Leila Aboulela

Die Übersetzerin

Black Women
Lamuv
herausgegeben von
Heike Brillmann-Ede

Black Women: Der Lamuv Verlag will sich verstärkt den Werken von Frauen, vor allem aus Afrika widmen, ihre Romane, Erzählungen, Autobiografien veröffentlichen.

Black Women: Das sind Bücher, die etwas Neues bieten, die bereichernd sind, die »Altes« aus einer ganz anderen Perspektive beleuchten, möglicherweise dadurch auch »fremd« erscheinen, zugleich »aufregend« sein können oder Verbindendes deutlich werden lassen, wo zunächst Trennendes dominierte.

Black Women: Diese Autorinnen sind hierzulande – Ausnahmen bestätigen die Regel – nur wenigen bekannt. Sie haben es sich verdient, ihre Leserschaft zu finden – ob weiblich oder männlich. Denn: »Ohne die afrikanische Literatur fehlen dem Orchester der Weltliteratur einige wichtige Instrumente.« (Doris Lessing)

Leila Aboulela

Die Übersetzerin

Roman

Aus dem Englischen
und mit einem Nachwort von
Jutta Himmelreich

Lamuv Taschenbuch 314

Originaltitel: The Translator

Die Übersetzung aus dem Englischen wurde mit Mitteln des Auswärtigen Amtes unterstützt durch die Gesellschaft zur Förderung der Literatur aus Afrika, Asien und Lateinamerika e.V.

Bitte fordern Sie unser kostenloses Gesamtverzeichnis an:
Lamuv Verlag, Postfach 26 05, D-37016 Göttingen
Telefax (05 51) 4 13 92
E-Mail info@lamuv.de
www.lamuv.de

02 03 04 05 06 6 5 4 3 2 1

1. Auflage 2002

Lektorat: Heike Brillmann-Ede
Umschlaggestaltung: Gerhard Steidl
unter Verwendung eines Fotos von Pascal Maitre/Cosmos/Focus
Gesamtherstellung: Steidl, Göttingen
Printed in Germany
ISBN 3-88977-622-1

Teil I

Doch ich sage, was
Mich aus innersten Gedanken überkommt
Widerspreche meinen Augen

Abu Nuwas (757–814)

1

In ihrem Traum fiel Regen, und sie konnte nicht aus dem Haus gehen, um ihren Termin mit ihm einzuhalten. Sie konnte sich den feindlichen Fluten nicht aussetzen, nicht riskieren, dass die Tinte auf den Seiten verwischte, um deren Übersetzung er sie gebeten hatte. Und die Angst, die sie spürte, weil sie ihn warten ließ, beherrschte den Traum, verlieh ihm eine Intensität, die an Schmerz grenzte. Sie hatte Angst vor Regen, Angst vor dem Nebel und dem Schnee, der dieses Land heimsuchte, sie fürchtete sogar den Wind. Wenn solches Wetter herrschte, blieb sie zu Hause und wartete, beobachtete von ihrem Fenster aus Menschen, die das taten, wozu sie nicht in der Lage war: Kinder, die durch Blätterwirbel hindurch zur Schule gingen, ältere Menschen, die die Eisdecke auf den Gehwegen mit ihren Spazierstöcken zerschlugen. Übermenschliche Wesen, Riesen, die sich von den Elementen nicht aufhalten ließen. Im vergangenen Jahr, während die Stadt in dunklem Nebel versunken war, hatte sie sich vier Tage lang zu Hause verkrochen, das letzte Paket Nudeln gekocht, Tee ohne Milch getrunken. Am fünften Tag, als sich der Nebel gelichtet hatte, war sie losgezogen, ausgehungert, hatte Geschäfte durchkämmt, auf der Jagd nach Lebensmitteln, schwindelig vor Anstrengung.

Doch Sammars Traum täuschte sie. Es regnete nicht, als sie an jenem Morgen aufwachte, ein grauer Oktoberhimmel, schottisch grau, mit Nordseenebel. Und sie machte sich auf den Weg, um Rae Isles wie verabredet zu treffen, ihre blaue Mappe mit der Übersetzung von *Al-Nidaas* Manifest eng an sich gepresst.

Das Tor zu den Winter Gardens (einem weitläufigen Gewächshaus im Duthie Park) war mit Hinweisschildern gespickt. »Wir bitten um Verständnis, keine Kinder- oder

Sportwagen abzustellen, Hunde müssen leider draußen bleiben; Öffnungszeiten von 9.30 Uhr bis Einbruch der Dunkelheit.« In diesem Land hatte alles ein Etikett, jedes Ding trug einen Namen. Sammar hatte sich an die Deutlichkeit gewöhnt, an all die Schilder und höflichen Regeln. Es war genau 9.30 Uhr, und als sie die Winter Gardens betraten, begegnete ihnen nur ein Gärtner, der eine Schubkarre über die nassen, rissigen Steinplatten zwischen den Pflanzen schob. Tropische Pflanzen, in die feuchte Wärme gepfercht, und orange Fische in fließendem Wasser. Vögel flogen zwitschernd durch den Raum, nahmen keine Notiz vom grauen Himmel über dem Glasdach.

Bänke. Weißes Schmiedeeisen, jede Einzelne von ihnen mit einer Plakette versehen, »In liebender Erinnerung« an diesen oder jenen Menschen. Als müssten einige Menschen sterben, damit andere in den Winter Gardens sitzen konnten. Menschen müssen sterben ... Ihr unsichtbares Mal verschob sich, machte sich deutlich bemerkbar. Vor Rae war es verborgen, so wie ihr Haar und die Haut ihrer Arme; man konnte sie nur ahnen. Vor vier Jahren war dieses Mal kristallisiert. Entstanden aus Trauer, die Form angenommen hatte, die Form eines Rhombus; seine vier Spitzen waren an ihre Stirn, ihre beiden Schultern und über ihre Magengrube geheftet. Sammar wusste, dass das Mal durchsichtig war und eine Flüssigkeit enthielt, die wie Quecksilber langsam auf und ab kroch, sobald sie sich bewegte. Die Rhombusform der Trauer schien ihr logisch: ihre Stirn – hier spürte sie den Schmerz, wenn sie weinte, hier in der Höhle hinter ihren Augen; ihre Schultern – gebeugt unter der Last ihres schweren Herzens. Und die Spitze über der Magengrube – hier lag der Schmerz.

Und so war Sammar einigermaßen gefasst, als die zähe Flüssigkeit im Rhombus sich nun bewegte, wie Öl, war nicht überrascht, als Rae sie nach Tarig fragte. »Der Sohn meiner Tante«, antwortete sie, »doch kennen gelernt hab ich ihn erst mit sieben. Sie wissen ja, ich bin hier geboren und mit meinen Eltern erst nach Hause zurückgegangen, als ich sieben war.«

Sammar und Rae saßen auf einer Bank in einem Raum voller Kakteen, die aussahen wie Außerirdische in verschiedenen Grüntönen, unterschiedlich groß standen sie aufgereiht, reglos, und lauschten. Umgeben von Sand, denn der Raum sollte den Eindruck einer Wüste vermitteln. Auch das Licht war anders, luftiger, gelber.

»Erst mit sieben.« Das waren ihre Worte. Das Wort »erst«, als könne sie sich noch immer nicht mit jenen ersten sieben Jahren ihres Lebens abfinden, die sie ohne ihn verbracht hatte. In besseren Zeiten hatte sie ihren Lebensanfang noch neu erfunden. Vorgegeben, sie sei zu Hause im Sudan geboren, in Afrikas größtem Land, in der Entbindungsklinik der Ordensschwestern, auf die Welt geholt von einer Nonne in Weiß. Sie malte sich gerne aus, dass Tarig draußen vor dem Kreißsaal auf sie gewartet hatte, ungeduldig, an der Hand seiner Mutter, ein wenig zappelig. Vielleicht hätte man ihr einen anderen Namen gegeben, wenn sie in Khartoum zur Welt gekommen wäre, einen gewöhnlicheren. Einen Namen, den sicher ihre Tante vorgeschlagen hätte, eine Frau, die zu allem eine Meinung hatte. In der Schule und auf dem College war Sammar die einzige Sammar. Wer über sie sprach, musste nie ihren Nachnamen nennen. »Spricht man den Namen aus wie das englische *summer,* die Jahreszeit?«, hatte Rae bei ihrer ersten Begegnung gefragt. »Ja, aber er hat nicht dieselbe Bedeutung.« Und da er mehr wissen wollte, hatte sie erklärt: »Der Name bedeutet ›Gespräche mit Freunden, spät abends‹. Früher war das ein beliebter Zeitvertreib der Wüstennomaden, zwanglos zu plaudern, im Mondschein, wenn es nicht mehr so heiß und das Tagwerk getan war.«

Rae kannte die Sahara, wusste, dass die meisten arabischen Namen geläufige Bedeutungen hatten. Er war Professor für Nahost-Geschichte und Dozent für politische Fragen der Dritten Welt. Sein jüngstes Buch trug den Titel *Die Illusion einer islamischen Bedrohung*. Bei Fernsehauftritten oder in der Presse bezeichnete man ihn als Islamexperten, ein Etikett, das ihm unangenehm war, weil, so erklärte er Sammar, ein solcher Monolith gar nicht existieren konnte. Sammar war Übersetzerin in Raes Fachbereich. Sie arbeitete an mehreren Projekten gleichzeitig, an historischen Texten, Artikeln aus arabischen Zeitungen und jetzt auch an dem politischen Manifest, das Rae ihr gegeben hatte. *Al-Nidaa* nannte sich eine Extremistengruppe im Süden Ägyptens. Ihr Dokument war handgeschrieben, schlecht fotokopiert und gespickt mit Rechtschreibfehlern. Es hatte Teeflecken und trug Spuren, hinter denen Sammar Bohnenpüree mit Öl vermutete. Gestern hatte sie bis spät in die Nacht hinein arabische Rhetorik ins Englische übertragen und sich dabei den Geruch von Bohnen vorgestellt, nach einem Rezept, das sie von früher her kannte, mit Kreuzkümmel und Olivenöl, und gleichzeitig hatte sie sich bemüht, nicht zu sehr an ihr Treffen am nächsten Tag zu denken, nicht zu viel Aufhebens darum zu machen.

»Tariq?«, hatte Rae zwischen den Kakteen gefragt und dabei das q betont. Sie hatte geantwortet: »Ja, der Name wird mit *qaf* geschrieben, aber wir sprechen das *qaf* wie g aus.« Er hatte genickt, er kannte die Buchstaben des arabischen Alphabets, er hatte in ihrem Teil der Welt gelebt. Vom Aussehen her hätte Rae sich mühelos als Türke oder Iraner ausgeben können. Dunkel genug war er. Er hatte ihr einmal erzählt, dass er sich in Marokko bewegen konnte, als wäre er verkleidet, niemand hielt ihn für einen Schotten, solange er schwieg und sich nicht durch seine Aussprache verriet.

Hier, mit anderen, schien er Sammar fehl am Platz, nicht nur seines Aussehens, auch seines Verhaltens wegen. Genau dieses Verhalten aber machte es ihr möglich, mit ihm zu sprechen, machte die Welt zum ersten Mal seit Jahren wieder lebenswert. Nach ihrem letzten Treffen mit ihm war Sammar krank nach Hause gegangen: Augenlider schwer wie Blei, Hammerschläge im Kopf, der kleinste Sonnenstrahl die größte Höllenqual für ihre Augen. Als sie aus der Ohnmacht erwachte, in die sie gestolpert war, sich frisch fühlte, leicht, vermutete sie, dass sie eine Art epileptischen Anfall erlebt hatte.

»Tarigs Mutter, meine Tante, heißt Mahasen«, fuhr sie fort und überlegte dabei, welchen Teil der Geschichte sie beschönigen oder aussparen sollte. Wie viel Wahrheit konnte er vertragen, ohne dass man ihm seine Verwunderung ansehen würde? Nie hatte sie bisher etwas gesagt, das ihn erstaunt hätte. Und sie wollte, dass das so blieb. In diesem Land schienen die Leute in Gesprächen mit ihr argwöhnisch, auf der Hut, als könne ihr jeden Augenblick ein unpassendes, peinliches Wort über die Lippen kommen. Er war nicht so. Er schien zu verstehen, nicht auf diese moderne, betont vorurteilsfreie Art, sondern so, als könne er jeden Augenblick sagen: »Das ist mir auch passiert.«

Wenn Sammar Huhn kochte, stieg Schaum an die Wasseroberfläche, den sie mit einem Löffel abschöpfte. Körniger Dreck, erdnussfarben, Abschaum vom Hühnchen, den man besser nicht aß. Solchen Schaum hatte auch sie in sich, Schaum, der hochkochen könnte, wenn sie anfangen würde, zu erzählen. Er würde ihn sehen und dann wohl gehen, statt, wie sie es sich wünschte, diesen Schaum abzuschöpfen, damit sie klar sein konnte. Für ihn wäre es einfach, sie klar zu machen, dachte Sammar, so einfach, wie man eine Schleife aufmacht.

Erzähl es, sagte sie sich, erzähl ihm von Mahasen und Tarig und Hanan. Mutter, Sohn, Tochter. Erzähl ihm, wie du deiner eigenen Familie den Rücken gekehrt und dich ihnen angeschlossen hast, allen dreien. Wie du dich hergeschenkt hast, ein Kind, das sie formen konnten. Ihr Haus, in dem du dir ausgemalt hast, eines Tages zu leben, der leere Platz davor. Bei Regen stand alles still, und der Platz nahm die Farbe des Mondes an. Tarigs Fahrrad, Tarigs Zimmer, Tarig, der in imaginäre Mikrofone sang, imaginäre Gitarren, imaginäres Schlagzeug spielte. Folgsame Nichte, lässt Mahasen bestimmen, was du anziehst, welche Frisur du trägst. Du warst glücklich damit, zufrieden, in Erwartung des Tages, an dem du ihr den einzigen Sohn wegnehmen würdest. »Pass auf Tarig auf«, hatte sie dir beim Abschied ins Ohr geflüstert. Und du hast ihn ihr zurückgebracht, in ein Leichentuch gehüllt, im Bauch eines Flugzeugs.

»Meine Tante ist eine starke Frau«, sagte Sammar, »eine echte Persönlichkeit. Sie kümmert sich zurzeit um meinen Sohn. Ich hab die beiden seit vier Jahren nicht gesehen.« Sie hatte Mahasen das Kind überlassen, und es hatte ihr nichts bedeutet, nichts, als sei er nie ein Teil von ihr gewesen, bei ihr auf Schritt und Tritt. Sie war unfähig, ihre Mutterschaft anzuerkennen. Der Teil von ihr, der sich des Kindes hätte annehmen sollen, war verschwunden. Schaum, ekliger Schaum. »Ich wünschte, du wärst an seiner Stelle«, hatte sie zu ihrem Sohn gesagt. »Ich hasse dich. Ich hasse dich.« In diesem Flugzeug, das den Tod brachte, hatte er spielen, durch die Gänge toben wollen, strahlend, so unbeschwert wie sein Vater im Umgang mit Fremden. Er hatte Essen gefordert, gierig. Von ihrem Schoß aus, vor sich das wackelige Tablett, hatte er nach Brötchen gegrabscht, Butter überall verteilt, ihr den Saft über die Kleider gekippt. Voller Leben, kommentierten die Leute, das pralle Leben. Wenn niemand es sah, zwickte sie ihn kräftig. Er zahlte es ihr mit Fußtritten heim. In der Toilette machte sie ihn sauber, während er zappelte, seine Hände nach dem Aschenbecher reckte, nach dem Klingelknopf für die Stewardess. Lass das, hör auf. Das Kind ließ ihr keine Ruhe, ließ sie nicht fallen, wie sie fallen wollte, sich krümmen vor Schmerz. Er forderte sie ganz.

»Tarig hat hier studiert«, sagte sie. »Wir kamen nach unserer Hochzeit hierher. Er studierte Medizin, und wir lebten in der Nähe von Foresterhill. An dem Tag, als der Autounfall passierte und man ihn ins Krankenhaus brachte, hatten einige Ärzte Dienst, die ihn kannten. Sie waren sehr nett zu mir. Sie riefen die …«, Sammar hielt inne, »die Beauftragte oder Koordinatorin für ethnische Minderheiten«, sie wusste nicht genau, welchen Titel die Frau trug. Rae zuckte mit den Achseln, es war unerheblich. Er fuhr sich mit den Händen übers Gesicht, bis zum Kinn und wieder aufwärts zur Stirn und presste seine Finger gegen die Schläfen.

Die Koordinatorin war ein energisches Wesen mit Lockenkopf. In den Augenblicken blanker Fassungslosigkeit hatte sie sich das rastlose Kind geschnappt, unter den Arm geklemmt und ihm Malteser-Schokolinsen aus dem Automaten gekauft. »Eine für dich, Mama«, hatte er gesagt, als er zurückkam, die Zähne braun vom Schokoschmelz. Er hatte ihr die Süßigkeit an die geschlossenen Lippen gehalten und aufmunternde Geräusche gemacht, so wie sie, wenn sie ihn fütterte. »Nein, nicht jetzt, die sind für dich, für dich ganz allein.« Sammar konnte die Frau am Telefon gestikulieren sehen. Das Kind quengelte, stampfte vor Wut mit dem Fuß auf, presste die Schokolade an ihre Lippen. Gegen ihren Willen biss Sammar in die milde Süße, Honigwabe und Tränen. »Diese Frau rief damals auch in der Moschee an, und es kam jemand von dort, um … um die Totenwäsche zu übernehmen.«

Eine ganze Woche verging, bis sie ihn unter afrikanischer Erde hatte. So lange hatte es gedauert, bis mit der Botschaft in London alles arrangiert war: die Quarantäne, der Flug.

Menschen kamen ihr zu Hilfe, nahmen ihr Arbeit ab. Fremde, Frauen, deren Namen sie ständig verwechselte, bevölkerten die Wohnung, kochten für sie und für einander, hüteten das ewig ruhelose Kind, damit sie weinen konnte. Sie beteten, rezitierten den Koran, verbrachten die Nächte auf der Couch und auf dem Fußboden. Sie überließen sie nicht sich selbst, ließen sie nicht allein. Sammar bewegte sich zwischen ihnen wie in Trance, dankbar, demütig in der Erkenntnis, dass sie stärker waren als sie selbst, freigiebiger, obwohl sie sich doch für gebildeter hielt, besser gekleidet. Sie bedeckte ihr Haar mit italienischer Seide, ihre Arme mit tropischen Farben. Sie wollte so elegant aussehen wie Benazir Bhutto, so bezaubernd wie die afghanische Prinzessin, die sie kürzlich im Fernsehen gesehen hatte, die Tochter eines im Exil lebenden Anführers der *Mudjaheddin,* die einen *Hijab* trug. Nun bewahrte die Anwesenheit dieser Frauen sie vor dem Wahnsinn, hielt sie aufrecht. Sammar bewegte sich zwischen ihnen wie ihn Trance, dankbar, demütig in der Erkenntnis, dass sie es weder für sie taten noch für Tarig, sondern einzig, weil sie überzeugt waren, das Richtige zu tun.

Ihre Kinder tobten durch die Wohnung, Sammars Sohn mitten unter ihnen, glücklich, weil er Gesellschaft hatte, aufgeregt, der vielen Menschen wegen. Armer Waisenjunge, kaum zwei Jahre alt, er versteht das noch nicht, sagten die Frauen, wenn er an ihnen vorbeisauste, in jeder Faust ein Spielzeugauto, und die Namen seiner neuen Freunde trällerte. Doch Sammar schien es grausam und erschreckend, dass er keine Ruhe hielt, nicht wenigstens Pausen machte, und mit der gleichen unbändigen Freude spielen, essen und im Arm gehalten werden wollte, damit er schlafen konnte.

In der Wäschetrommel klebten Tarigs Kleider nass an ihren, zwischen Schleuder- und Trockengang. Wenn sie trocken waren, gab Sammar sie zusammen mit seinen anderen Sachen in einen schwarzen Müllsack. Sie füllte einen schwarzen Müllsack nach dem anderen, eine Evakuierung. Zerriss Briefe, warf Zeitschriften in die Abfalltonne, wütende Demontage ihres gemeinsamen Lebens, ihres Heims. Nur Allah ist ewig, nur Allah ist ewig. Fotos, Bücher, Handtücher, Bettwäsche. Abziehen und weg damit, in einen schwarzen Müllsack. Vorübergehend, dieses Leben ist vorübergehend, flüchtig. Warum ist diese Lektion so schwer zu lernen? Stifte, Stiefel, eine Taschenlampe, ein Kamm. Die Karteikarten, die er fürs Studium benutzt hatte. Würden Sie diese Säcke bitte zur Moschee bringen. Vielleicht kann jemand etwas davon brauchen … Ein Paar Schuhe, Tarigs Mantel, noch so gut wie neu. Der Kassettenrecorder, der kleine Teppich. Abziehen, weggeben, packen. Wir gehen nach Hause, wir sind fertig hier, wir gehen in den afrikanischen Sand, verschmelzen mit Afrikas Sand.

Wie hatte sie es über sich gebracht, Mahasen anzurufen? Ihr die schlimmste aller Nachrichten zu überbringen? Zu allem Übel funktionierte Mahasens Telefon nicht. Sammar musste bei der Nachbarin anrufen und Mahasen lief, außer Atem, einen *Tobe* um ihr Nachthemd geschlungen, einen Lockenwickler hoch oben auf dem Kopf, wie ein purpurner Kamm. Zu Hause trug sie diesen einen purpurroten Lockenwickler immer. Sie behielt ihn sogar im Schlaf im Haar, damit eine aparte Locke unter ihrem *Tobe* hervorschaute, wenn sie aus dem Haus ging.

»Ich liebe deine Mutter mehr als dich«, hatte sie Tarig aufgezogen, ihre Tante dabei umarmt, ihr die Wangen geküsst und den Kopf an ihre Schulter gelegt. »Nun geh schon, Tarig, wir wollen uns unterhalten«, hatte sie lachend gefordert. »Wir werden tratschen und über dich herziehen«, hatte Mahasen verkündet, »scheibchenweise.« Das Wort für »Tratsch« bedeutete auch »schneiden«.

Das war dieselbe Mahasen, die jetzt nur noch böse dreinsah, wenn sie Sammars Namen nannte. »Diese dumme Göre.«

2

»*Euphorbia herimentiana, Cereus peruvianus, Hoya carnosa.*« Rae las die Namen der Kakteen laut vor. Namen, die Sammar nicht aussprechen konnte. »›*Cleistocactus reae,* gepflanzt von Silvana Suarez, Miss World 1979.‹ Sieh einer an.« Rae zog eine Grimasse, die Sammar zum Lachen brachte. Sie sah ihn zum zweiten Mal außerhalb der Arbeit, und es war noch immer ungewohnt, ein neues Gefühl, glücklich, wie beim Anblick eines Babys, das die ersten Schritte macht.

Zum ersten Mal hatte sie ihn privat an jenem Samstag getroffen, an dem sie Yasmin in die Stadtbücherei begleitet hatte. Yasmin war Raes Sekretärin. Ihr Arbeitszimmer war mit seinem Büro durch eine Glastür verbunden, und wenn Sammar sich dort mit Rae unterhielt, konnte sie Yasmin sehen, eifrig tippend über die Schreibmaschine gebeugt, das Gesicht hinter ihrem glatten langen Haar versteckt. Yasmins Eltern stammten aus Pakistan, doch sie war hier geboren und hatte ihr ganzes Leben in verschiedenen Teilen Großbritanniens verbracht. Sie hatte die Angewohnheit, verallgemeinernde Behauptungen aufzustellen, die mit »Wir« begannen, wobei »Wir« alle Menschen der Dritten Welt einschloss. So sagte sie zum Beispiel: »Wir sind nicht so wie die Leute hier« oder »Bei uns sind die engen Familienbande noch intakt, ganz anders als hier«. Yasmin arbeitete zusammen mit zwei anderen Sekretärinnen des Fachbereichs: gut gelaunte, nach Kaffee duftende Damen, die vornehm ergrauten und Faltenröcke trugen. Als eine der beiden einmal ihren rundlichen Bauch tätschelte und bedauerte, dass sie keine Diät durchhalten konnte, war Yasmin schnell mit der Bemerkung bei der Hand: »Bei uns verhungern die Kinder, und die Reichen zählen Kalorien!«

Yasmins Mann, Nazim, arbeitete zeitweise auf einer Bohrinsel. Wenn er unterwegs war, traf Yasmin sich mit Sammar gelegentlich am Wochenende. Yasmin hatte ein Auto, und Sammar machte es Spaß, durch die Gegend zu fahren, Radio zu hören, Stadtteile zu sehen, die sie noch nicht kannte. Sie wünschte, sie hätte ein eigenes Auto und könnte dem Wetter entkommen.

An jenem Samstag gingen sie in die Bücherei, weil Yasmin, mittlerweile in der zehnten Woche schwanger, sich Babybücher ansehen wollte. Reihenweise standen hier Bücher über Schwangerschaft, Geburt, Stillen. Die Bücherei war warm, voller Menschen, voller Bücher. Bücher über Kaiserschnitt, Abtreibung, Unfruchtbarkeit und Fehlgeburten. Sammar hatte eine Fehlgeburt hinter sich, ein Jahr nach der Geburt ihres Sohnes. Sie erinnerte sich an jenen Abend, schicksalhaft und dramatisch, auf Tage der Sorge folgten Tage der Gewissheit, dass diese Schwangerschaft nicht normal verlief, dass etwas nicht stimmte. Sie erinnerte sich an Tarig, daran, wie gefasst er war, warm, und wie genau er wusste, was zu tun war. Sie sah ihn vor sich, auf allen Vieren, wie er den Boden im Bad aufwischte, ihren zerfallenen Leib.

Zwischen ihr und Tarig war Dankbarkeit. Dankbarkeit als Dämpfer zwischen ihren Kämpfen, kurz und heftig. Sie glich die Gefühlsschwankungen aus. Manchmal überkam Sammar diese Dankbarkeit, wenn sie in Trance war oder träumte. Träume ohne Ort und Handlung, nur das Gefühl, als Konzentrat.

»Ich kann nur sechs Bücher ausleihen«, sagte Yasmin. »Wenn du auch einen Leseausweis hättest, könnte ich damit mehr ausleihen. Das ist überhaupt die Idee. Komm, wir lassen dir einen Ausweis ausstellen.«

»Nein, ein andermal.« Sammar tat Dinge nicht gern spontan, ohne Vorwarnung. Beim Anblick der Warteschlangen an der Ausleihe, der Bibliothekarinnen, die mit Lesegeräten Büchercodes einlasen, wurde sie nervös.

»Nie im Leben liest du mehr als sechs Bücher in einem Monat«, bemühte sie sich, Yasmin zu überzeugen. »Sechs sind genug.«

Doch Yasmin ließ sich nicht beirren, erteilte ihr eine Lektion über jedermanns Recht auf einen Leseausweis. »Schließlich zahlst du ja auch Steuern, oder nicht?«, fragte sie und erzählte von der Nigerianerin mit den drei Kindern, die sieben Jahre lang in Aberdeen gelebt hatte, bevor sie herausfand, dass ihr Kindergeld zustand. »Niemand hatte es ihr gesagt«, flüsterte Yasmin.

Und so begaben sich zwölf Bücher über Schwangerschaft auf den Weg zur Ausleihe. Yasmin übernahm das Reden, und Sammar kam sich vor wie eine hilflose Immigrantin, die keine Silbe Englisch sprach. Sie stellte sich vor, wie die englischen Wörter ihrem Hirn entströmten, verdampften und über ihrem Kopf eine feine Dunstwolke hinterließen. Die Vision wohl ausgelöst durch eine Bemerkung Mahasens am Abend, an dem sie Streit hatten, Mahasen fast bebend vor Zorn, triefend vor Redlichkeit. An jenem Abend, als Sammar sie um die Erlaubnis bat, Ahmad Ali Yasseen zu heiraten. *Ein gebildetes Mädchen wie du, du sprichst Englisch ... du kannst selbst für dich und deinen Sohn sorgen, du brauchst keine Ehe. Wieso solltest du heiraten? Als er davon anfing, hab ich ihm sofort das Maul gestopft. Beschämt hab ich ihn, den alten Einfaltspinsel.* »Er ist gläubig«, hatte Sammar noch mit erstickter Stimme hervorgebracht, »fühlt sich Witwen gegenüber verpflichtet ...« *Meinetwegen kann er mit seiner Gläubigkeit eine Moschee bauen, aber uns soll er in Frieden lassen. Früher brauchten Witwen Schutz, aber diese Zeiten sind vorbei.* Sammar hatte etwas entgegnen wollen, doch die Antwort war ihr im Halse stecken geblieben wie Teig.

»Raes Buch«, sagte Yasmin auf dem Weg nach draußen, »hast du's schon gesehen? Das steht bestimmt hier. Solchen Kram liest doch niemand.« Mitsamt ihren zwölf Büchern machten sie also kehrt, gingen in die Abteilung Geschichte, suchten und fanden tatsächlich *Die Illusion einer islamischen Bedrohung* im ersten Stock, unter der Rubrik Politik. Sammar las im schräg gedruckten Klappentext, was andere über das Buch sagten. *Bringt neue Einsichten über die turbulente Lage im Nahen Osten ... – Independent on Sunday. Isles tritt an, zu beweisen, dass die Angst vor einer drohenden islamischen Übernahme des Nahen Ostens übertrieben ist ... seine Argumente sind kühn, seine Erkenntnisse provokativ ... – The Scotsman.*

Während sie die Bücherei verließen, sprachen sie über Rae und übertönten den Verkehrslärm und den kalten Wind. Sammar erkundigte sich nach seinen Ex-Frauen. Die Erste, wusste Yasmin, hatte wieder geheiratet und lebte in Wales. Raes Ehe mit ihr lag lange zurück, Yasmin hatte sie nie kennen gelernt. Die Zweite, die Mutter der Tochter, die in Edinburgh im Internat lebte, arbeitete für die Weltgesundheitsorganisation in Genf. Die Familie hatte anfangs in einem schönen großen Haus in Cults gelebt, bis Rae schließlich in eine Stadtwohnung gezogen war.

Yasmin fuhr furchtbar unruhig Auto. Auf dem Rücksitz rutschten die Bücher hin und her. Sie parkte schließlich in einer von Bäumen gesäumten Straße, in einem Stadtteil, den Sammar nicht kannte. »Hier wohnt er«, sagte sie. »Ich war mit Nazim oft hier. Gut, dass du bei mir bist, dann kann ich Rae die Faxe geben, die gestern für ihn gekommen sind, als er schon weg war. Er erwartet Nachricht vom Programm zur Terrorismusbekämpfung. Die wollen ihm einen Beratervertrag geben.«

»Das geht doch nicht, das können wir doch nicht machen«, protestierte Sammar. »Gib sie ihm doch einfach am Montag ...« Doch Yasmin lockerte bereits ihren Sicherheitsgurt, schaltete die Heizung ab, zog die Handbremse an. »Wir sind doch zu zweit«, wehrte sie ab. »Es kommt ja nicht jede von uns auf eigene Faust.«

»Vielleicht ist er ja gar nicht zu Hause«, wandte Sammar noch ein. Yasmin war ausgestiegen, Sammar saß noch immer angeschnallt im Auto. Es dämmerte schon, Wolken hingen am Himmel wie purpurner Stuck, die Sonne weit entfernt.

Als Rae die Tür öffnete, spürte Sammar Fell um ihre Knie streichen. Eine große schwarze Katze schlüpfte gemeinsam mit ihnen in die Wohnung. Sammar war vor Katzen auf der Hut. Als sie klein war, hatten sich streunende Katzen oft ins Haus geschlichen und sie zu Tode erschreckt, wenn sie aus Schränken oder unter der Treppe hervorgeschossen kamen. Verwahrloste Katzen, mit Rippen, die sich gegen ihr schmutziges, filziges Fell abzeichneten. Manche hatten anstelle eines Auges ein schwarzes Loch, anderen waren Beinstümpfe oder verstümmelte Schwänze geblieben. Während Sammar schrie, sprangen die Tiere in Panik durchs Zimmer und suchten verzweifelt einen Ausgang. Sie schienen an den Wänden hochzuklettern, sich in die Farbe zu krallen und so wild zu schreien wie sie selbst, um aus der Falle zu entkommen, in die sie freiwillig gegangen waren, und wieder die vertraute Straße zu erreichen.

Tarig hatte eine Geschichte über die streunenden Katzen beim Krankenhaus auf Lager. »Ihre Lieblingsmahlzeit«, sagte er, »kriegen sie immer, wenn ein Baby zur Welt kommt. Sie lungern bei den Mülltonnen herum, und kaum wird eine saftige Plazenta weggeworfen, solltest du mal sehen, wie sie sich drüber hermachen!« Er hatte Spaß daran, Sammar mit blutrünstigen Krankenhausgeschichten aus der Ruhe zu bringen, über ihren Gesichtsausdruck zu lachen.

Raes Katze war bedächtig und wohlgenährt. Geschmeidig und gelassen schritt sie durchs Zimmer, während er Yasmin und Sammar in die Wohnung bat. »Was hast du mit deinem Haar gemacht!«, platzte Yasmin heraus.

Es war sehr kurz geschnitten und stand ab wie Stacheln. Rae lachte und fuhr sich mit der Hand über den Kopf: »Der Frisör war diesmal wohl übereifrig.« Rae sah anders aus als bei der Arbeit. Er trug keine Krawatte und war unrasiert. Die Wohnung schien Sammar nicht besonders groß. Das Zimmer, in dem sie saßen, ging direkt in die Küche über. Durch große Panoramafenster schaute man hinaus auf die Straße, und an der gegenüberliegenden Seite des Raumes war über der Küchenspüle ein weiteres Fenster mit gelben Jalousien zu sehen. Unter dem Wohnzimmerfenster standen Bücher aufgereiht, die Sonntagsbeilage der Zeitung lag ausgebreitet auf dem Fußboden.

Die Katze sprang auf Sammars Schoß. Sammar wusste nicht, was sie tun sollte, hatte sie doch nie zuvor eine Katze so aus der Nähe betrachtet, nie die gelben Schlitze ihrer Iris, ein so makellos glänzendes Fell gesehen. Während sie das Tier linkisch streichelte, hörte sie Yasmin und Rae zu, die sich über die Faxe unterhielten, das Wetter draußen und über die Schlagzeilen in der Zeitung, die Rae eben vom Boden aufhob, zusammenfaltete und beiseite legte. »Ich hasse dieses Getue um die Royals«, sagte Yasmin. »Hassen« war auch eines jener Wörter, die sie oft gebrauchte. »Ich hasse dieses beschissene britische Wetter.«

Rae ging und setzte Teewasser auf. Die Katze sprang von Sammars Schoß und gab ihr Gelegenheit, sich im Zimmer umzuschauen. Sie sah die Wandteppiche und die kupfernen Übertöpfe auf dem Boden. Ganz oben auf einem Bücherregal stand ein Foto von Raes Tochter, sie mochte zehn oder elf Jahre alt sein; sie saß auf einem Pferd, trug Reitstiefel und Reitkappe, mit Bändern unter dem Kinn geschnürt. Sammar stellte sich die Mutter des Kindes mit dem gleichen braunen Haar vor, ähnlich couragiert, eine Frau, die bei der

WHO eine wichtige Aufgabe hatte, Gutes tat, anderen Menschen half.

Während Sammar ihren Tee trank, ging ihr durch den Kopf, dass sie hier in einem richtigen zu Hause war. Lange schon hatte sie sich nicht mehr richtig zu Hause gefühlt. Sie lebte in einem Raum mit kahlen Wänden, ohne Persönliches, ohne Fotos, ohne Bücher, ein Krankenzimmer. Sie hatte alles weggegeben, damals in der Woche, bevor sie Tarig nach Hause gebracht hatte. Sie hatte alles eingepackt und weggegeben, weil sie sich nie hätte träumen lassen, dass sie wiederkommen, nicht im Traum geglaubt hätte, dass sie sich mit Mahasen streiten würde. Und als sie schließlich wieder hier war, hatte sie weder Lust noch Geld, sich Dinge anzuschaffen. Die Zimmermiete zahlen, weiter nichts. Ein Teller, ein Löffel, ein Dosenöffner, zwei Töpfe, ein Kessel, ein Becher. Es war ihr gleichgültig, machte ihr nichts aus. Vier Jahre krank in einem Krankenhaus, das sie sich selbst errichtet hatte. Krank, von Passivität befallen; Zeit, in der sie tatenlos dasaß. Die Zeit, aufgesogen vom Strudel aus Trauer und Schmerz. Stunden flogen dahin wie Minuten. Tage, an denen die fünf Gebete das Einzige waren, wozu sie sich aufraffen konnte. Die einzige Herausforderung, die letzte Verbindung zur Normalität – ohne sie wäre Sammar abgestürzt, hätte das Bewusstsein für Tag und Nacht verloren.

Sie trank den Tee, den Rae ihr gemacht hatte, und hörte den beiden einzigen Menschen zu, die sie in dieser Stadt wirklich kannte. Yasmin, deren Gesicht leichte Spuren der ersten Wochen der Schwangerschaft trug, dunkle Ringe unter müden Augen. Doch das war normal, in wenigen Monaten würde sie kugelrund und gesund sein, prall in Schwangerschaftskleidern. Und Rae? Es war ungewöhnlich, Menschen, die sie aus dem Büro kannte, in deren eigenen vier Wänden zu sehen. An Wochenenden rasierte er sich also nicht.

In einer der Zeitschriften, die aufgeschlagen auf dem Boden lagen, waren verschiedene Weltkarten abgebildet. Ein Artikel über alte Weltkarten und deren Eigenart, Kontinente in einem Missverhältnis zueinander darzustellen: Europa schien größer als Südamerika, Nordamerika größer als Afrika, Grönland größer als China, obwohl doch das Gegenteil zutraf. Auf der jüngsten Karte, auf der die Territorien gleiche Ausmaße hatten, war Afrika wuchtig, lang gezogen und gelb, Großbritannien dagegen unbedeutend rosa. Irgendwo in diesem riesigen Gelb, nahe dem Blau, das den Lauf des Nil beschrieb, war jenes Leben, aus dem man sie verstoßen hatte.

Sammar ging in die Knie und hockte sich auf ihre Fersen, um sich den Artikel genauer anzuschauen. Die vertrauten Städtenamen, in schwarzer Schrift auf gelbem Grund, rührten sie. Kassala, Darfur, Sennar. Kadugli, Karima, Wau. Sie spürte ihre Dürre und Dürftigkeit. Sonne und Armut. Stimmen von Menschen, die überlebten, weil sie so wenig vom Leben verlangten. Sammar blätterte weiter und sah eine Anzeige für Lehrmaterial. Schulmädchen in Somalia, lachend, Arm in Arm. Kurzärmelige weiße Blusen unter marineblauer Schürze, weiße Gürtel. Einst war auch sie so gekleidet, war eines jener Gesichter. Das Haar sorgsam gekämmt, weiße Socken und der weiße Gürtel. Sie erinnerte sich daran, wie sie neben ihren Freundinnen hergegangen war, ihre Finger in deren Gürtel eingehakt, sie mitgezerrt hatte. »Beeilt euch, sonst gibts in der Kantine bald kein *Bezianous* mehr.« Die Flaschen hatten außen kleine Knubbel, schöne runde Knubbel. *Bezianous* war rosa und süß und nie kalt genug. Den Sand unter den Füßen ebnen, glatt streichen, festklopfen. Die leere Flasche halten, nicht mogeln, nicht in die Knie gehen, fallen lassen. Was, wenn sie stehen bleibt? Dann geht dein Wunsch in Erfüllung, oder »er« liebt dich auch.

Als Sammar von der Zeitung aufschaute, sah sie, dass Rae sie beobachtete, sein Blick war freundlich. Sammar fühlte sich ermutigt und sagte: »So eine Uniform hatte ich im Gymnasium auch.«

»Wir mussten kurze Hosen tragen«, erinnert sich Rae, »sogar mitten im Winter. Furchtbar, in der Kälte zu Fuß zur Schule zu gehen. Ich war heilfroh, als ich verwiesen wurde.«

»Du bist von der Schule geflogen?«, fragte Yasmin. »Was hattest du denn verbrochen?«

»Einen Aufsatz«, lachte er, und Sammar wusste nicht recht, ob die Bemerkung ernst gemeint war. »Ich schrieb einen Aufsatz mit dem Titel *Der Islam ist besser als das Christentum.*«

»Du Lügner«, prustete Yasmin vor Lachen, »das glaub ich dir nicht, das erfindest du doch bloß.«

»Nein, es ist wahr. Damals in den fünfziger Jahren. Wahrscheinlich sollte ich ohnehin von der Schule fliegen und habe mit diesem Aufsatz einfach das Fass zum Überlaufen gebracht.«

»Warum hast du denn so was geschrieben?«

»Ich hatte einen Onkel, der im Zweiten Weltkrieg als Soldat nach Ägypten gegangen war. Dort erwachte sein Interesse für den Sufismus, er trat zum Islam über und verließ die Armee. Du kannst dir vorstellen, dass er als Verräter angesehen wurde, als Deserteur. Meine Großmutter erzählte allen Leuten, er gelte als vermisst. Sie erzählte es so oft, bis sie es selbst glaubte, und auch der Rest der Familie glaubte schließlich daran. Onkel David schrieb ihr, schrieb auch meiner Mutter und erklärte, was ihn zu diesem Schritt bewogen hatte.«

Sammar schlug die Zeitschrift zu. Rae lehnte sich in seinem Stuhl zurück. Er hustete und schnäuzte sich in ein großes blaues Taschentuch. Es schien, als erzähle er diese Geschichte oft und gerne auch ein weiteres Mal. »Ich las diesen

Brief. Damals, glaube ich, traf ich erstmals auf das Wort ›Islam‹ und verstand seine Bedeutung. Mir war natürlich klar, dass mein Onkel einen Skandal verursacht hatte, und ich war neugierig. Außerdem sollte ich ja diesen Aufsatz für die Schule schreiben. Zu schade, dass ich Davids Brief nicht mehr habe, oder den Aufsatz. Denn ...«, er hielt inne, »ich habe ganze Passagen von ihm abgeschrieben. Der Titel allerdings war von mir. David hat natürlich nie geschrieben, der Islam sei ›besser‹ als das Christentum. Dieses Wort hat er nicht gebraucht. Aber er sagte zum Beispiel, der Islam sei einen Schritt weiter, so wie das Christentum auf den Judaismus gefolgt war. Er sagte, der Prophet Mohammed sei der letzte in einer Reihe von Propheten, die von Adam über Abraham und Moses bis zu Jesus reichte. Sie waren alle Muslime, Jesus war Muslim, da er sich Gott ergeben hatte. Das las man weder in dem Brief noch in dem Aufsatz gerne.«

Rae lachte wieder.

»Und was ist mit Ihrem Onkel passiert?«, fragte Sammar. »Ist er je wieder nach Hause gekommen?«

»Er konnte nicht zurück, selbst wenn er es gewollt hätte. Man hätte ihn ins Gefängnis gesteckt. Deserteur, Verräter, das sind schwer wiegende Vorwürfe. Ein paar Jahre lang hat er meiner Mutter geschrieben. Irgendwann hat er dann einen anderen Namen angenommen, eine Ägypterin geheiratet und wurde Vater. Ich hatte also ägyptische Cousins, Verwandte in Afrika. Ich fand das sehr aufregend. Ungemein romantisch. Doch meine Mutter hat seine Briefe nie beantwortet, oder sie hat ihm hässliche Briefe geschickt, damit er aufhörte, ihr zu schreiben. Fünf Jahre lang hab ich nach ihm gesucht, zwischen 1976 und 1981, als Dozent an der AUC, der American University of Cairo, doch ich hab ihn nirgends gefunden. Ich hätte nichts dagegen, wieder rüberzugehen und mich noch einmal auf die Suche zu machen.«

Als er geendet hatte, schwiegen sie. Sammar hatte das Gefühl, schon lange in der Wohnung zu sein. Der Nachmittag in der Bücherei schien lange her, ein anderer Tag. Die letzten Tropfen Tee in ihrem Becher sahen aus wie Honig. Yasmin begann ein Gespräch über die Intoleranz der Leute, und Sammar stand auf, um die Teebecher in der Küche zu spülen. »Das dauert nur eine Minute«, sagte sie zu Rae, der sie aufforderte, die Becher stehen zu lassen, sich keine Mühe zu machen. Doch Sammar nahm sich Zeit und schaute sich um. Auf dem Küchentisch eine Flasche Olivenöl von Safeway, eine offene Packung Aspirin-Brausetabletten, an der Kühlschranktür andere Fotos der Tochter, jünger, lachend. An der Wand ein Bild der Uleg-Beg-Moschee in Samarkand, die Fassade verziert mit den für die islamische Kunst charakteristischen Schnörkeln und Arabesken. Laut Bildunterschrift war sie 1418 erbaut worden und gleichzeitig *Masjid* und Schule, an der neben Religionswissenschaften auch Astronomie, Mathematik und Philosophie gelehrt wurden. Sammar rollte die Jalousie vor dem Küchenfenster hoch und konnte im Dunkeln die Gartenhütte erkennen, Licht in den anderen Häusern, Spuren anderer Leute Leben. Warmes Wasser, Seifenschaum, der nach Zitrone roch, Raes Stimme.

»... hin und wieder beweisen die Gerichte hier auch Gespür für kulturelle Besonderheiten«, sagte er, »und jedes Mal wird ein Präzedenzfall geschaffen, an dem andere sich orientieren. In einem Fall sprach ein Oberster Richter einer geschiedenen Asiatin Schadenersatz zu, Tausende von Pfund, vom Ehemann zu zahlen. Wegen übler Nachrede, weil er angedeutet hatte, dass sie bei der Hochzeit nicht mehr Jungfrau war. Die Anklage wurde damit begründet, dass dies in der Gemeinde der Frau als eine schwer wiegende Beleidigung galt.«

»Ja, bei uns gilt Jungfräulichkeit sehr viel«, sagte Yasmin, »und Keuschheit. Kaum zu glauben, dass ein britischer Richter und britische Geschworene das verstehen, geschweige denn Mitgefühl zeigen.«

»Verstehen schon, allerdings eingebettet in den jeweiligen Rahmen, in den Teil der Welt, in den es gehört.«

»Hier bei uns sieht die Sache ganz anders aus. Hier gilt eher das Gebot, mit den Wölfen zu heulen.«

»Typisch imperialistische Einstellung.«

»Stimmt«, sagte er, »doch solche Dinge brauchen Zeit. Zu unseren Lebzeiten wird sich jedenfalls nichts ändern, so wie ich das sehe.«

»Zu *deinen* Lebzeiten wohl nicht«, bemerkte Yasmin. »Aber wir sind ja noch jung, was meinst du, Sammar?«

Sammar drehte sich zu ihr um, hielt die Hände übers Spülbecken, damit der Schaum abtropfen konnte. »Du bist jünger als ich, Yasmin.«

»Nächste Woche werde ich dreißig«, antwortete sie. »Und wie üblich wird Nazim an meinem Geburtstag nicht da sein.«

»Noch immer auf der Bohrinsel?«, fragte Rae.

»Vor Schottland muss er frieren, der Arme. Aber wenn er nicht da ist, ist es immer so schön friedlich.«

»Das meinst du doch nicht so, Yasmin.« Sammar drehte die Wasserhähne zu, wischte das Spülbecken trocken und die Flecken um den Abfluss und zwischen den Wasserhähnen weg.

»Tschechow schrieb«, so Rae, »dass eine Frau, der Gesellschaft eines Mannes beraubt, vor Sehnsucht schmachtet, ein Mann ohne die Gesellschaft einer Frau wird dumm.«

»Quatsch«, protestierte Yasmin. »Ich schmachte nie.«

Sammar suchte ein Handtuch, um sich die Hände abzutrocknen. Über einer Stuhllehne fand sie ein Tuch mit dem Bild eines Delphins. Die Katze war nirgends zu sehen, hatte sich nach draußen zurückgezogen, und auch für sie war es Zeit, sich zu verabschieden. »Wir sollten gehen, Yasmin«, sagte Sammar, während sie zurück zu den beiden ging. »Es ist schon spät.«

»Ich bin so müde, dass ich mich kaum rühren kann«, seufzte Yasmin, und Sammar musste sie an beiden Händen fassen, um ihr hoch zu helfen.

»Wie wirst du erst in ein paar Monaten aussehen?«, stichelte sie, und beide lachten, während Rae die Wohnungstür öffnete und mit ihnen die Treppe hinunter nach draußen ging.

Sammar tauchte ein in eine Halluzination, in der die Welt sich verkehrt hatte. Ihr Zuhause war hierher gekommen. Die schwach beleuchteten Straßen, der Himmel und das Gefühl von Heimat waren hierher gekommen und im Gleichgewicht, nur für sie. Sie sah den Himmel wolkenlos, mit zu vielen Sternen, stellte sich die Nacht warm vor, wärmer als drinnen. Sie roch Staub und hörte streunende Hunde bellen zwischen Schutt und Löchern im Asphalt. Eine Fahrradklingel schrillte, Frösche quakten, der *Muezzin* hustete ins Mikrofon und sang dann den *Azan* für das *Isha*-Gebet. Doch hier war sie in Schottland, die Wirklichkeit betäubte sie, machte sie unsicher. Das war ihr früher schon passiert, doch nie für so lange Zeit, nie so intensiv. Manchmal erinnerten sie die Schatten in einem dunklen Raum an die Stromausfälle zu Hause, oder sie hielt das Brodeln der Zentralheizung für einen *Azan* in der Ferne. Nie zuvor war sie jedoch in eine Vision eingetreten, Zuhause war nie zuvor hierher gekommen. Es dauerte eine Weile, bis sie die perfekte Ordnung der Häuser und die glänzende Straße wahrgenommen hatte. Es dauerte eine Weile, bis der Ventilator in Yasmins Auto die beschlagenen Fensterscheiben von ihrem Atem befreit hatte.

Sie fuhren durch hell erleuchtete Straßen, durch dichten Verkehr. Junge Leute gingen in der Union Street spazieren, scheinbar gefühllos gegen die Kälte. Samstagabend. Eine andere Welt.

»Rae ist anders«, sagte Sammar. Ihre Stimme machte aus dem Satz eine Frage.

»Wie denn anders?«

»Irgendwie vertraut, wie Leute von zu Hause.«

»Er ist Orientalist. Das ist sein Berufsrisiko.«

Sammar mochte das Wort Orientalist nicht. Orientalisten waren unangenehme Leute, die die Araber und den Islam falsch darstellten. Vielleicht ein Relikt aus ihrem Geschichts- oder Literaturunterricht in der Schule, sie erinnerte sich nicht mehr genau. Vielleicht waren moderne Orientalisten ja anders. Sammar nahm ihre Umwelt nur noch verschwommen war. Sie fühlte sich müde, ausgelaugt. Die Scheinwerfer der Autos waren zu grell, runde wilde Kreise, von Schwertern durchkreuzt.

»Meinst du, er könnte eines Tages konvertieren?« Lichtspiegelungen glänzten auf dem Asphalt.

Yasmin schnaubte. »Das wäre beruflicher Selbstmord.«

»Wieso das?«

»Weil ihn danach niemand mehr ernst nehmen würde. Was wäre er denn dann? Bloß ein weiterer Ex-Hippie-Aussteiger, der irgendeinem verrückten Kult beigetreten ist. Schlimmer noch, der Religion von Terroristen und Fanatikern. So würde man das beurteilen. Er hat doch ohnehin schon genügend Kritiker: Die einen halten ihn für zu liberal, die anderen werfen ihm sogar Verrat vor, nur weil er die Wahrheit über eine andere Kultur sagt.«

»Verrat an was?«

»Am Westen, du weißt schon, an der Idee, der Westen ist am besten.«

»Man kann nie wissen«, wandte Sammar ein. »Schau dir doch seinen Onkel an ...«

»Hoffst du etwa insgeheim, dass er konvertiert, damit du ihn heiraten kannst?«

»Sei nicht albern, ich hab mich nur gefragt ...« Sammar atmete angestrengt ein und aus. Ihre Augen taten weh, ihre Nase tat weh. »Ich dachte nur, weil er so viel über den Islam weiß ...«

»Das ärgert ihn.«

»Was ärgert ihn?«

»Dass Muslime erwarten, er tritt zum Islam über, nur weil er so viel darüber weiß.«

Inzwischen waren sie bei Sammars Wohnung angelangt. Sammar hatte Mühe, ihre Augen offen zu halten, um den Schlüssel ins Türschloss zu stecken. Licht verschaffte ihr Leid. Und Kopfschmerz, schlimmer als bei einer Geburt. Innen drin, sie wollte mit dem Kopf irgendwo anstoßen, um loszulösen, was innen drin war. Der Schlaf, der sie in diesem Krankenzimmer sonst so mühelos überkam, in Schichten und für Stunden, wollte sich jetzt nicht einstellen. Stille und Schmerzlosigkeit wollten nicht kommen. *Ya Allah, Al-Rahman Al-Rahim.* Als der Schlaf schließlich kam, fiel sie in eine verzweifelte Ohnmacht. Sie erwachte mit klarem Kopf, schwerelos, völlig ruhig und dachte sich, dass sie wohl einen Anfall zwischen Migräne und Epilepsie überstanden hatte.

3

Inzwischen waren auch andere Leute in die Winter Gardens gekommen. Es war früher Vormittag, und Familien unterhielten sich laut, gingen zwischen den Blumen und Grünpflanzen spazieren. Ein Junge rannte an Sammar und Rae vorbei, eine rote Tüte Kartoffelchips in der Hand, die Ärmel seiner Jacke um die Hüften geknotet. Ihr Sohn war jetzt so alt wie er. Kein Babyspeck mehr und weit über die ersten Sprechversuche hinaus. Ein Schulkind. Mahasen hatte ihr geschrieben, dass die Schulen nicht mehr so gut seien wie früher. Du musst kommen und ihn holen, das ist besser für ihn. Der Brief ihrer Tante erreichte Sammar, als die Stadt unter einer dichten Nebeldecke lag (sogar der Postbote machte seine Runden, immer noch unbeeindruckt im Dunklen). Ein Jahr vergangen, und noch immer war Sammar gelähmt, gefühllos gegen ihren Sohn. Schaum, hässlicher Schaum.

Sammar ging nicht aus dem Kopf, was ihre Tante ihr an jenem Abend gesagt hatte, als sie Streit hatten wegen Ahmad Ali Yasseen, dem alten Freund der Familie. *Kaum neun Monate sind vorbei und du willst schon wieder heiraten ... noch dazu ihn? Ein halber Analphabet mit zwei Frauen und Kindern in deinem Alter. Niemals gebe ich zu so was mein Einverständnis. Aus welchem Lehm bist du gemacht? Erklär mir das. Erklär mir mal, wie du dir das vorstellst ...* Als Sammar klein war, war 'Am Ahmad regelmäßig aus dem Süden zu Besuch gekommen. Eine Staubwolke im Schlepptau seines Toyota-Kleinbus, Paletten mit Mangos und Zuckerrohr gebündelt. Er lachte vor Glück. Sammar hatte ihn nur lachend in Erinnerung, bis auf die Zeit, in der er um Tarig geweint hatte, sein Bauch unter seiner weißen *Jellabia* von Weinkrämpfen so heftig geschüttelt wurde wie beim Lachen. Doktor. Er nannte Tarig schon Doktor, als der erst sechzehn war und noch auf sein Abschlusszeugnis wartete.

Tarig, Rae hatte nach Tarig gefragt. Er hatte äthiopisches Blut in den Adern, das verriet der kupferne Ton seiner Haut, die Form seiner Nase. Er bereitete sich auf Prüfungen vor, unzählige Prüfungen, um Arzt zu werden. Tarig, der beim Lernen Musik hörte. Sie kamen nach Aberdeen, um Zusatzprüfungen zu machen. Teil eins, Teil zwei. Prüfungen ohne Ende. Unter Kulturschock stehend, waren sie zum ersten Mal allein zu zweit. Keine Mahasen, keine Hanan. Niemand in dieser neuen Stadt außer ihnen. Sie hatten davon geträumt, darüber gesprochen. Doch Sammar lebte wie die alten Menschen, deren Langzeitgedächtnis besser funktionierte als die Erinnerung an gestern, in Gedanken an Tarig in seiner Jugend.

Zu Rae sagte sie: »Als Tarig vierzehn war, brach er sich ein Bein. Er fiel von der Leiter, als er versuchte, in seinem Zimmer ein Poster an die Wand zu hängen. Dabei fiel auch die Leiter um. Der Krach riss Mahasen aus ihrem Mittagsschlaf. Sie stürzte ins Zimmer und verprügelte Tarig mit ihrem Hausschuh, weil er unvorsichtig gewesen war und weil er sie geweckt hatte. Ich lachte ihn aus, ich konnte nicht anders. Ich hielt mir die Hand vor den Mund, weil ich wusste, dass es sich nicht gehörte zu lachen, wenn Erwachsene wütend waren. Doch ich konnte kaum an mich halten. Er sah derart komisch aus, in die Leiter verkeilt und im Kampf gegen Mahasens Hausschuh. Gut, dass sie mich nicht lachen sah, sonst hätte ich auch noch Prügel bekommen.«

In den Winter Gardens begann Sammar zu lachen. »Ich muss immer lachen, wenn Leute hinfallen«, sagte sie, »ich kann einfach nicht anders.« Auch Rae lachte. »Kein besonders feiner Sinn für Humor.«

»Nein, nicht sehr fein«, stimmte Sammar zu und fuhr fort: »Sein Vater musste ihn in Deutschland operieren lassen –

die Ärzte setzten ihm Stahlnägel in den Unterschenkel. Als die beiden wiederkamen, war das Haus voller Leute, alle Zimmer strahlend hell. Aus Deutschland hatten sie eine Unmenge Schachteln mit köstlichen Pralinen mitgebracht. Die behielt Mahasen zurück für die wichtigen Gäste, und der Rest musste sich mit Mackintosh Toffees begnügen, das Verfallsdatum der Dose war schon überschritten. Die gab es so zu kaufen, eingeführt über den Duty Free Shop, aschgrau die Schokolade, die Toffees festgeklebt am Einwickelpapier.

Tarig kam zurück wie verwandelt, schien plötzlich älter, obwohl er doch nur einen Monat weg gewesen war. Er hatte ein Gipsbein und ging auf Krücken, mit denen Hanan und ich abwechselnd durchs Haus humpelten. Ich schrieb meinen Namen auf den weißen Gips, auf Arabisch und auf Englisch.«

Als sie jung waren, hatten sie unbefangen miteinander reden können. Kaum über Wunderkerzen und Kinderräder hinaus, war alles anders geworden. Vielleicht, so dachte Sammar manchmal, hatte sich ja nach seinem Beinbruch alles verändert. Wenn sie mit Hanan zusammen waren, hatten sie miteinander reden können, zu dritt, über Kinofilme oder darüber, wen Tarig in der Warteschlange an der Tankstelle getroffen hatte. Doch wenn Hanan sie alleine ließ, um *Tang* zu machen oder ans Telefon zu gehen, entstand eine unangenehme Stille zwischen ihnen. Belangloses Geplänkel, während sie hörten, wie Hanan das Brausepulver in die Gläser rührte oder wie sie in der Spüle mit den Eiswürfeln klapperte. »Wie geht's dir?« – »Mir geht's gut, und dir?« Wenn Tarigs Schwester ins Zimmer zurückkam, schwiegen sie beide betreten, als hätten sie ein schlechtes Gewissen, fühlten sich bei einer verbotenen Tat ertappt.

Schüchternheit quälte sie über Jahre. Rau wie Wolle. So sehr sie Hanan herbeisehnten, um reden zu können, wünschten sie sie auch weit weg, um alleine zu sein. Über die Schwester seines besten Freundes schickte Tarig ihr Briefchen in der Schule. Er umging Hanan, obwohl sie in Sammars Klasse war. Diese Heimlichkeit war viel verwirrender als die Worte, die er schrieb. Papierfetzen, schwer wie Stein in ihrer Hand. Sammar zerriss sie und verteilte die Schnipsel an verschiedenen Orten, aus Furcht, jemand könnte sie finden. Am Telefon sprach sie gerne mit ihm, am Telefon war sie in Sicherheit. Telefonisch tauschten sie böse und schöne Träume aus. Er sagte: »Ich will dir was sagen, aber ich trau mich nicht.«

Was sie vom Leben wollte, war einfach, dachte Sammar, nichts Großartiges, nur weiter am gleichen Ort leben, eine zweite Mahasen werden, wenn sie groß wäre. Kinder haben, dick werden, dasitzen, ein Bein übers andere geschlagen und mit Freundinnen fürs Leben über die horrenden Preiserhöhungen und die vielen Stunden klagen, die Tarig in der Klinik zubringen musste. Doch Regelmäßigkeit schien ein ehrgeiziges Ziel an sich. Tarig war ohne Warnung, ohne krank gewesen zu sein, aus der Welt gerissen worden, wie ein Härchen, das man sich mit einer Pinzette aus dem Gesicht zupft.

»Sagen Sie«, wandte sie sich an Rae und hielt ihre Mappe hoch, »sind die Gerüchte über Sie wahr?«

»Welche Gerüchte?«

»Sie und die Terroristen, oder ist das ein Staatsgeheimnis?«

Er lachte und legte seinen Finger auf die blaue Mappe. »Sagen Sie mir erst, was Sie davon halten.«

»Es ist traurig.«

»Traurig?«

»Eher erbärmlich, die vielen Rechtschreibfehler, die Flecken auf dem Papier. Die wenigen Wahrheiten, die drin stecken, sind weltfremd, ohne Bezug zur Realität.«

»Sie sind alle so.«

»Man bekommt den Eindruck von Menschen, die überwältigt sind, erdrückt von dem Gedanken, dass nichts so ist, wie es sein sollte.«

»Sie tun sich selbst keinen Gefallen. Die *Sharia* bietet ihnen keinen Rückhalt für das, was sie tun, ganz gleich, wie sehr sie sich rechtfertigen.«

»Wann treffen Sie sie?«

Er schüttelte den Kopf. »Ich habe den Auftrag nicht bekommen, sie haben jemand anderen genommen, sicher jemanden mit verdaulicheren Ansichten.«

»Das tut mir Leid.« Sammar bereute, dass sie sich eben noch lustig gemacht hatte.

»Mir auch. Ein Winter in Ägypten hätte mir gut gefallen.« Er schaute auf die Fenster. Außerhalb der Winter Gardens sah Sammar eine Welt, verschwommen im unentrinnbaren Regen, stahlblau, leblos grün. Rasenflächen, menschenleer, zugedeckt mit toten Blättern.

»Eigentlich hätte es auch dem Fachbereich gut getan. Wir müssen Industrie und Regierung davon überzeugen, wie nützlich wir sind, damit die Fördergelder weiter fließen.«

Sammar betrachtete die Steinplatten am Boden, Sechsecke an Reihen aus Kieseln. Ordentlich, abfallfrei. Hatte Tarig immer mit den Füßen Striche in den Staub gezeichnet? Oder war sie das gewesen? Aufeinander geschichtete Zweige, verbeulte Flaschendeckel, ein Stein, den man vor sich her kickte wurde, weil er sich durch seine auffällige Form oder Farbe von den anderen abhob. Und um Tarig nicht in die Augen sehen zu müssen, hatte sie kleine ovale Blätter von Stielen gezupft und Knoten um Knoten in die Stiele geknüpft. Jasminblüten zwischen ihren Fingern gerollt, bis sie völlig zermalmt waren.

»Ich dachte an Sie«, sagte Rae. »Deshalb wollte ich, dass Sie diesen Text übersetzen. Dort wird eine Dolmetscherin gebraucht, und ich möchte Sie gern weiterempfehlen. Der Auftrag dauert nicht allzu lange, nicht länger als einen Monat. Und von Kairo aus könnten Sie dann weiterreisen, um Ihre Familie zu besuchen. Wie weit ist es von Kairo nach Khartoum?«

»Zweieinhalb Flugstunden.« Sammar sah ihn argwöhnisch an, plötzlich war Distanz zwischen ihnen, kühle Förmlichkeit. »Glauben Sie etwa, ich kann Terroristen interviewen?« In ihrer Stimme lag leichter Sarkasmus, Widerwillen.

»Es wird von Sicherheitsbeamten wimmeln, machen Sie sich deshalb keine Sorgen. Und viele dieser Leute waren gar nicht an Terroraktionen beteiligt. Außerdem dolmetschen Sie, Sie führen selbst keine Interviews, jemand anders wird die Fragen stellen. Ich denke, Sie werden bestens zurechtkommen.«

»Diese Antiterror-Programme«, fuhr er fort, »sind meiner Ansicht nach nichts weiter als Pseudoaktivitäten, um echte Probleme wie die Arbeitslosigkeit und die Unfähigkeit der Regierung zu verdrängen. Bei meinen früheren Gesprächen mit Mitgliedern solcher Extremistengruppen wurde meist schnell klar, dass sie keinerlei realistische politische Konzepte haben, keine klare Vorstellung davon, wie sie in die Tat umsetzen wollen, was sie vage ›islamische Wirtschaft‹ oder einen ›islamischen Staat‹ nennen. Das sind Protestbewegungen, die sicher Grund genug haben, zu protestieren. Israels Besetzung der West Bank, mittelmäßige Regierungsparteien in der Region, die von der Mehrheit der Bevölkerung nicht unterstützt werden und meist vom Westen abhängig sind. Diese Gruppen machen sich den Zorn der Leute zunutze, die Wut angesichts der herrschenden Klassengegensätze, aber sehen die Menschen in ihnen wirklich tragfähige Alternativen? Das glaube ich kaum.«

»Ich will hier lieber keine großen Reden schwingen«, sagte er lachend. Sein Lachen ging über in Husten. »Entschuldigen Sie, dass ich mich so lang und breit darüber ausgelassen habe. Aber überlegen Sie sich's. Ich denke, das gibt Ihnen Gelegenheit, nach Hause zu fahren, Ihre Familie zu sehen.«

»Ich habe Angst.«

Doch er verstand sie nicht. »Angst vor neuen Aufgaben ist völlig normal.«

Als sie keine Antwort gab, fragte er: »Es gibt noch andere Räume in diesen Gärten, möchten Sie sie sehen?«

Sie ließen die Kakteen hinter sich, spazierten durch Grün, zwischen tropischen Pflanzen mit riesigen Blättern, rosa Blüten. Miniaturwasserfälle und Ströme, an denen kleine Mädchen die Fische ärgerten. Immer umgeben von Vogelgezwitscher und fließendem Wasser. Wasser, das durch die Rohre an der Decke rauschte, um die Luft feucht zu halten, oder goss es draußen schon?

Im hintersten Winkel, in einem stehenden Tümpel nahe den Toiletten und dem Notausgang, schwebte ein komischer Frosch mechanisch auf und ab. Er brach durch den Schaum an der Oberfläche, stieg höher und spie aus seinem weit aufgerissenen Maul das Wasser, in dem er existierte. Dann tauchte er wieder ab, mechanisch, um alsbald artig wieder aufzutauchen. Der Junge war dort, die Jacke noch immer um die Hüften geknotet, kniete er am Rand des Tümpels. Ein Freund war bei ihm, und sie schienen sich beide sehr an dem Frosch zu erfreuen. Der Junge zog ein Kaugummi zwischen den Zähnen hervor, lang und silbrig, schob das Ende zurück in den Mund und ließ die so geformte Schlinge bis zum Boden baumeln. Spielerei, die Mütter meckern lässt: »Steck das Kaugummi zurück in den Mund. Spiel nicht rum damit.« Sie hatte zu Mahasen gesagt: »Ich will wieder heiraten, ich brauche einen Mittelpunkt in meinem Leben«, und ihre Tante hatte geantwortet: *Dein Sohn ist dein Mittelpunkt*. Doch Sammar hatte ihn zurückgelassen, war hierher gekommen, wo ihr Krankenzimmer ihr Mittelpunkt wurde, von dessen Fenster aus sie Menschen beobachtete, die taten, wozu sie nicht in der Lage war. Vier Jahre Rekonvaleszenz. Wenn sie jetzt nach Hause ginge, würde sie mit Amir wiederkommen, falls er einverstanden wäre. Sie würde nicht noch einmal vor ihm weglaufen.

Glasgänge führten in andere Räume, zu Baumrinden, zu Topfpflanzen, die zum Verkauf angeboten wurden, und zu aus Stein geformten Riesenpilzen. Wieder im Wüstenraum angelangt, fanden sie ihre Bank leer, das Licht hieß sie willkommen. Kein elektrischer Frosch, kein Blattwerk, nur die raue, karge Dürre, die ihr von früher her so vertraut war.

Das Geräusch des fließenden Wassers war Regen, der gegen die Scheiben prasselte. Wie der Regen in ihrem Traum, ihrem ersten Traum von der Gegenwart, in dem diese graue Landschaft erstmals bis in ihr schlafendes Gehirn gedrungen war. In vier Jahren war ihre Seele in die Vergangenheit abgetaucht, blieb von der Gegenwart völlig unberührt. »Wenn Sie nach Hause fahren«, sagte Rae, »wird es Ihnen sicher schwer fallen, wiederzukommen, und ich hätte dann keine Übersetzerin mehr.« In jenem Moment verstand Sammar die Bedeutung seiner Freundlichkeit. Begriff, dass er um die Last ihrer anderen Verpflichtungen wusste, wusste, wie übervoll sie war mit fernen Orten, Stimmen in einer Sprache, die nicht die seine war.

4

Erster Weihnachtsfeiertag, und alles war geschlossen, Geschäfte, Büros, und der Bus fuhr nicht an ihrem Fenster vorbei. Kein Schnee, die Bürgersteige schwarz vor Regen. Ein kurzer Tag, kaltes Silber zwischen zwei Nächte gepresst. Menschenleere Straßen, es schien, als schliefen die Leute zu Hause oder als sei der ganze Tag die lange Dämmerung eines Morgens, der erst im neuen Jahr anbrechen würde. Doch Sammar wusste, dass dieser Eindruck täuschte. Irgendwo verborgen lag der Höhepunkt der hektischen Einkäufe der vergangenen Wochen, Bäume, Puten, Familien, die auf Sofas saßen. Wie auf den Fotos, die sie in Zeitschriften gesehen hatte. Privatmenschen, dachte sie, von der Kälte privat gemacht. Sie feiern in ihren Häusern, und die Straßen sehen nicht festlich aus, sondern freudlos ohne Menschen.

Aus der Wohnung unter ihr konnte sie den Fernseher hören. Lesleys Wohnung im Erdgeschoss. Die alte Dame drehte das Gerät lauter, weil sie ein wenig schwerhörig geworden war. Applaus und Musik drangen durch die Dielen, typische Fernsehgeräusche – das Einzige, was heute nicht Urlaub machte. Sie leisteten Sammar Gesellschaft wie die Geräusche aus Lesleys Alltag sonst auch, mehr als die der anderen Mieter. Die Haustür, die auf und zu ging, Lesley, die ihren Schirm auf der Fußmatte ausschüttelte. Lesley war Kriegswitwe, allein stehend, robust, untersetzt, hatte makelloses weißes Haar, war freundlich und rege. Sammar hatte sie einmal mit Tante angesprochen, aus Höflichkeit, in der Anfangszeit, kurz nachdem sie aus Khartoum gekommen war, leidend und fiebrig, ohne Tarig, ohne Amir, nur voller Groll gegen ihre eigene Tante. Im Grunde aber hatte sie ein weiches Herz, zu weich, wehleidig weich. Die bestürzte Entgegnung der alten Dame: »Ich bin nicht Ihre Tante«, und ihr verblüffter Blick aus müden braunen Augen: »Nennen Sie mich Lesley«, hatten Sammar zum Weinen gebracht, vom Treppenabsatz bis in den ersten Stock hinauf törichte Tränen, hemmungslos, oberflächlich, wie Tränen, die beim Zwiebelschälen kommen, doch als sie ihren Sohn zum Abschied in die Arme geschlossen hatte, hatte sie nicht eine Träne weinen können.

Um drei Uhr nachmittags, bei Einbruch der Dunkelheit, schaltete Sammar das Licht aus, um noch aus dem Fenster schauen zu können, ohne gesehen zu werden. Sie zeichnete Kringel ins Kondenswasser an den Scheiben, schubste mit dem Finger Tropfen auf die Fensterbank. Konnte sie sich in Trance versetzen, um den *Azan* zu hören? Den *Azan* zum Abendgebet, beinahe so besonders wie das Morgengebet, wenn der *Muezzin* die Worte hinzufügte: *Das Gebet ist besser als der Schlaf.* Heute fastete Sammar, um Tage wettzumachen, die sie im Ramadan versäumt hatte. Fasten von Sonnenaufgang um sieben bis Sonnenuntergang um halb vier war einfach. Tarig hätte sich darüber lustig gemacht. »Du flunkerst«, hätte er gesagt. »Zu einfach, das zählt nicht.« Sie erinnerte sich daran, wie er im Ramadan gefastet hatte, als er zwölf war und dabei weiter schwimmen ging, in der brütenden Nachmittagshitze Rad fuhr, trotzig und ein wenig versessen, zu beweisen, wie stark er war. Im Grunde aber waren sie ja alle so, auch die Mädchen. Fastest du? Ein kühles Ja oder ein einfaches Nicken, betont beiläufig, als sei gar nichts dabei. Später im Monat allerdings würden sie ihre Mütter imitieren, ich habe Kopfschmerzen, unerträglich. Abgenommen hab ich, ich kann abends kaum essen.

Jetzt war es kurz nach drei und Sammar zählte, noch zwanzig Minuten. Aus der Moschee hatte sie ein Blatt Papier mit den Gebetszeiten für jeden Tag mitgenommen.

Danach hatte das Fasten am 25. Dezember, *Maghrib,* um 15.31 Uhr ein Ende. Sie würde erst eine Dattel essen, Wasser trinken, beten, und dann den Reis, den sie schon gekocht hatte, den Rest Bohnen von gestern. Abends könnte sie dann arbeiten, vor ihrer Abreise war noch eine Menge zu tun.

Ihre Reise nach Ägypten war für Februar geplant, im Rahmen des Antiterror-Programms. Sammar war beim Vorstellungsgespräch in London gewesen und hatte in der Akte, die der Interviewer vor sich hatte, ihr ausgefülltes Antragsformular, Kopien ihres Hochschulzeugnisses und Raes Unterschrift auf dem Empfehlungsschreiben erkannt. Und sie hatte alle Fragen selbstbewusst beantwortet, als sei sie stark, unerschrocken. Stets angespornt von dem Gedanken, ich kann meine Familie wieder sehen. Der Auftrag sollte drei Wochen dauern, Experten würden Gespräche mit Angehörigen von Terrorgruppen in Ägypten führen, und sie würde dolmetschen. Anschließend würde sie in nur zwei Stunden heim nach Khartoum fliegen und Amir mit zurück nach Schottland nehmen. All das musste organisiert, ein neuer Lebensabschnitt geplant werden. Doch die Energie kam, Genesung des Körpers, Genesung von Teilen des Geistes, die lange Zeit brachgelegen hatten.

Vier Jahre lang hatte Sammar gelebt, als sei ihr Zuhause ihr entrissen worden wie Tarig. Ein Wiedersehen mit Daheim. Ein wahrer Höhepunkt in ihrem Leben, Lichtblick. Die Straßen wieder sehen, in denen Tarig Rad gefahren und auf denen sie täglich nach der Schule zu ihm und Hanan nach Hause gegangen war, in Richtung Flughafen, den Rücken der Stelle zugewandt, an der später die Sonne untergehen würde. Dorthin zurückkehren, wo alles Leben war, in das Haus ihrer Tante; Lachen zu ihrer Hochzeit, Feuer, als sie Tarigs Leichnam heimgebracht hatte. Dinge, die funkelten. Mit Eiswürfeln Bilder auf die ziegelroten Fliesen zeichnen, Angst vor streunenden Straßenkötern, bei Hochzeitsfeiern von der eigenen Hochzeit träumen, Besuche bei Weissagern, die Muscheln in den Staub streuten und nie auf die Fragen antworteten, die sie zu stellen gekommen war.

Die Fernsehgeräusche wurden zu leisem, gleichmäßigem Murmeln. Ansprache der Queen. Sammar stellte sich vor, dass Rae sie eben in Edinburgh hörte, gemeinsam mit seiner Familie, nach dem Weihnachtslunch in einem rot und grün geschmückten Zimmer, einem Idyll, das sie aus den dicken Katalogen kannte, die kostenlos in Briefkastenschlitzen klemmten. Was die Königin im Vergleich zu früheren Jahren sagte oder verschwieg, würde ihm etwas bedeuten. Sammar fühlte sich fern von ihm, im Exil, während er in seiner Heimat war, sie fastete, während er Pute aß und Wein trank. Sie lebten in Welten, die durch einfache Tatsachen voneinander getrennt waren – Religion, Herkunftsland, Rasse –, Angaben, die Formulare füllen. Er trinkt ja keinen Alkohol mehr, fiel ihr ein. Als er ihr das gesagt hatte, hatte sie es als eine weitere Eigenschaft an ihm gesehen, die ihn weniger bedrohlich machte. Ein weiterer Charakterzug, der ihn ihr näher brachte. Schon ganz zu Anfang hatte sie den Eindruck, dass er anders war als die anderen, nicht modern wie sie, nicht ungeduldig wie sie. Er redete mit ihr, als habe sie nichts verloren, als sei sie die Sammar aus vergangenen Zeiten. Redete so mit ihr nicht einmal, nicht zweimal, sondern immer. Sodass sie, in Momenten, in denen ihre Gedanken sich überstürzten, versucht war zu fragen, woher kennt er mich, warum ist er anders als alle anderen? Versucht zu sagen, dazu bin ich nicht stark genug. Der Besuch bei ihm mit Yasmin hatte sie zu sehr mitgenommen, damals. Sogar an dem Tag in den Winter Gardens hatte die Blindheit sie auf dem Heimweg überrascht, hatte Teile der Granitgebäude und der Autos auf den Straßen ausgeblendet.

Doch im Februar würde sie heimgehen, und dann sie ihre Pläne ja ändern, könnte für immer dort bleiben, er würde in ihrer Erinnerung zu jemandem, der einst freundlich zu ihr war. Sie würde sich an seinen Stundenplan erinnern, an seine Vorlesungen, Tutorien, die Namen der Doktoranden, deren Dissertationen er betreute. Ein gewissenhafter Mann aus Sierra Leone, eine Frau aus Algerien, die Kämpfe mit der englischen Sprache ausfocht, zwei Anglistikstudenten, mit großen Brillen, die einige seiner Tutorien besuchten. Sammar unterhielt sich gerne mit ihnen. Beim Mittagessen oder beim Kaffee nachmittags im Larm der Uni-Cafeteria lenkte sie die Gespräche auf ihn. Lächelte, wenn sie ihn lobten oder sich über seine Angewohnheit amüsierten: »Und woran liegt das?« zu fragen. Die Worte der Studenten bekamen lyrische Qualität, konnten gesammelt, auswendig gelernt werden, ohne besonderen Grund.

Später, zu Hause, unter Menschen, die ihr Zeit ihres Lebens vertraut waren, würde sie sich an Dinge erinnern, die sie über ihn gelernt hatte. Titel der Bücher, die an seiner Bürowand aufgereiht waren: *Wie Europa Afrika unterentwickelte; Die Verdammten dieser Erde; Religion in der Dritten Welt; Kultur und Imperialismus; Radikaler Islam; Terrorismus in Afrika; Muslimischer Extremismus in Ägypten*.

Sie kannte seine verschiedenen Sprechweisen. Verhalten, mit Bedacht, als sie ihn fragte, woher er das Dokument von *Al-Nidaa* bekommen hatte. »Ich habe Freunde.« Lächelnd, beinahe vertraulich, während er die fleckigen Seiten in der Hand hielt und verkündete: »Für ein Dokument, das so dicht an der Basis ist wie dieses hier, würden Forscher über Leichen gehen!« Und seine Stimme einmal im Radio, in einer Art Diskussionsforum, als er mit Nervosität und Nachdruck sprach, die sie an ihm nicht kannte: »... nicht die gefährlichste Bedrohung für die westliche Welt. Wenn wir den Schaden betrachten, der tatsächlich durch Terrorismus verursacht wird, so haben Muslime wesentlich weniger angerichtet als die IRA, die Roten Brigaden, die Baader-Meinhof-Bande, die baskischen Separatisten der ETA ...«

Nach den Winter Gardens. Am Ende eines langen, anstrengenden Tages, als sie an seine Bürotür klopfte und er seinen Stuhl zurückschob. »Für *Sie* hab ich immer Zeit, außer Ihnen kann ich im Moment niemanden ertragen.« Er hielt ihr einen Vortrag: »Ein so genanntes Entwicklungsland ist gekennzeichnet durch drei Dinge: erstens, eine auf Export gegründete Wirtschaft; zweitens, eine unzureichende Infrastruktur; drittens, eine von Kolonialherrschaft geprägte Geschichte.«

Sammar wusste, dass er an Asthma litt. Intrinsisch, nicht durch eine Allergie ausgelöst. Er nahm zwei Spritzer Ventolin aus einem blauen Inhalator. Schüttelte ihn vorher, beiläufig, im Gespräch über ein anderes Thema. Das Spray hinterließ eine Pulverspur auf seinen Lippen, die er ableckte. Ein kratzendes Geräusch in seiner Lunge, das ihr auffiel, wenn sie genau hinhörte. Er sah müde aus nach einem langen Arbeitstag. Erschöpft vom Husten, wenn der Winter kam, mit seinen Mikroben, hustend und sich entschuldigend. »Tut mir Leid, Sammar«, »Pardon, Sammar«, bis ihr die eigene Lunge wehtat.

Nach den Winter Gardens. Er bat sie, zusammen Mittagspause zu machen, in seinem Büro mit der verglasten Wand, durch die sie die nach Kaffee duftenden Sekretärinnen Weihnachtskarten kritzeln sah, und Yasmin, ihre Schwangerschaft inzwischen unverkennbar, die Sammar anstarrte. Rae war sehr stolz auf sein Lunch, sorgfältig zubereitet. Thunfisch-Sandwich, Malzbrot, zwei Äpfel, vier Müslikekse, eine Dose *Irn-bru*. In einem Anfall kalten Entsetzens dachte Sammar, das macht er wohl jeden Morgen, seine Lunchbox mit Hingabe vorbereiten. Ihre Schnitte, nur schnell mit Butter beschmiert, eingewickelt in die Frischhaltefolie von gestern – schließlich schleppte sie sich morgens im Dunkeln nur mit Mühe zur Arbeit. Und da, Panik, tatsächlich ein grüner pelziger Fleck an der Kruste der Schnitte, die sie in der Hand hielt. Schneidende Scham, schimmeliges Sandwich. Linkischer Abgang, Rae tagelang meiden, Yasmin meiden. Nur seinen Studenten zuhören, wie sie ihn loben; Lyrik aus Sierra Leone, auf Arabisch von der Algerierin.

Sammar drehte den Wasserhahn auf, und der Strahl übertönte den Lärm von Lesleys Fernseher. Von allen Menschen in diesem Haus sah Sammar Lesley am häufigsten. Lesley ging ans Telefon auf dem Treppenabsatz, ein Münzfernsprecher, den alle außer ihr gemeinsam nutzten; Lesley hatte ihr eigenes Telefon, schnurlos, mit Anrufbeantworter (eine Prämie aus dem Littlewoods-Katalog). Wenn Sammar und Lesley sich unterhielten, sprachen sie entweder übers Wetter, oder Lesley beklagte sich über die anderen Mieter. Studenten, die Streit hatten, und einer, der die Polizei rief, »so ein Ärger«, oder die junge Frau aus 3b, die in der Intensivstation endete, weil sie sich mit Speiseöl eingerieben und während einer Hitzewelle im Juli ein Sonnenbad genommen hatte. Lesley war immer auf den Beinen, ging bei Wind und Wetter Bingo spielen. In den Monaten, in denen Sammar ihren Schmerz treppauf und treppab geschleppt hatte, hatte sie Lesley bewundert, so viele Jahre älter als sie und viel lebendiger. Allein stehend füllte sie eine leere Wohnung, einen Garten, eine Lebensnische mit sich selbst.

15.35 Uhr, und Sammar aß eine Dattel, die süßer schmeckte, weil sie ihr Fasten brach. Dann trank sie Wasser und fühlte sich wie jemand, der einfache Ansprüche hatte, leicht zu befriedigen, leicht zu stillen. Datteln und Wasser weiteten ihr Herz, kein Verlangen, kein Beigeschmack, kein Schmerz.

Sammar wusch sich die Hände. Ihr nasses Gesicht im Spiegel sah nicht anders aus als das Gesicht der Sammar von damals, weichere Züge vielleicht, verschwommen, trübere Augen als früher. Sie wusch sich die Füße. Gestern war ihr aufgefallen, wie trocken sie waren, und sie hatte sich tatsächlich die Mühe gemacht, einen Bimsstein zu kaufen. Hatte Hornhaut abgerubbelt, die seit Jahren nicht entfernt worden war. Auch ihr Haar war ihr aufgefallen, und wie früher hatte sie ungesalzene Butter aufgetragen, sich Silberfolie um den Kopf gewickelt und gespürt, wie die Butter schmolz und in ihre Kopfhaut einzog, bevor sie sie mit Shampoo wieder auswusch. So würde ihr Haar wieder kräftiger werden, glänzen nach so vielen Jahren der Vernachlässigung, weiße Strähnen, die Tarig nicht gesehen hatte.

Ihr Gebetsteppich hatte Quasten an den Rändern, fühlte sich samtig an, roch gut. Die einzige Stabilität im Leben, diesem unberechenbaren Leben, das Wendungen nahm, die man sich nicht einmal im Traum vorstellen konnte. Nach diesem Gebet setzte sie sich zum Gebet mit dem *Tasbih,* dem Rosenkranz, berührte beim Zählen jedes Fingerglied mit dem Daumen, drei an jedem Finger, fünfzehn an einer Hand: *Astaghfir Allah, Astaghfir Allah, Astaghfir Allah . . . Ich bitte Allah um Vergebung . . . Ich bitte Allah um Vergebung . . . Ich bitte . . .* beim neunundzwanzigsten Mal, dreißig, hörte sie das Telefon draußen auf dem Treppenabsatz klingeln, einunddreißig, zweiunddreißig, Lesleys Schritte auf der Treppe, dreiunddreißig, und was von ihrer Konzentration noch blieb, war vollends dahin, als es an der Tür klopfte.

Er klang unzufrieden, die erste Begrüßung, ihr Name, und schon fühlte sie sich herausgehoben aus dem Tag, der ein Stockwerk höher seinen Lauf genommen hatte. »Ich bin's, Rae«, sagte er, so wie er sich auch im Büro am Telefon meldete. Sie antwortete langsam, fragte sich, warum er sie an einem Feiertag anrief, noch dazu aus einer anderen Stadt. »Hab ich Sie geweckt?«, fragte er und brachte sie zum Lachen, das machte ihn ihr so sympathisch, ihn, der sich vorstellen konnte, dass man an einem dunklen britischen Weihnachtsnachmittag ein Schläfchen machte.

»Ich habe endlich diese Azhar-Arbeit aufgetrieben, von der ich Ihnen erzählt hatte«, sagte er. Sammar erinnerte sich, er hatte sie erwähnt, es ging um Gerechtigkeit und den Herrscher oder um den ungerechten Herrscher, genau wusste sie es nicht mehr.

»Wie schön«, sagte sie. »War sie sehr schwer zu finden?«

»Hat lange gedauert, aber jetzt bin ich sehr zufrieden.« Er schien allerdings nicht zufrieden, seine Stimme klang gereizt. »Wir treffen uns, wenn ich zurück bin. Könnten Sie schon mit der Übersetzung der Zusammenfassung und der Eingangskapitel anfangen, auch mit der Einführung vielleicht? Sie fahren ja bald, viel Zeit bleibt Ihnen nicht.«

»Sechs Wochen«, entgegnete Sammar, »etwa sechs Wochen.«

»Sie zählen die Tage?«

»Manchmal. Ich denke, die Zeit wird auch für die Übersetzung der Einführung reichen, wenn sie nicht zu umfangreich ist.«

»Wir werden sehen. Wenn ich wiederkomme, zeige ich Ihnen den Text«, sagte er. Sie erwartete, dass er das Gespräch jetzt beenden, sich verabschieden würde. Mit der Stille, die folgte, hatte sie nicht gerechnet.

»Hatten Sie schöne Feiertage?«, fragte sie.

»Schön nicht. In diesem Haus wird so viel über Essen gesprochen. Ich bin von Kennern und Feinschmeckern umringt. Beim Essen reden sie schon über andere Rezepte, schwelgen in Erinnerungen an frühere Mahle. Am Frühstückstisch planen und diskutieren sie schon das Abendessen.«

»Sie«, so erfuhr Sammar, waren seine Ex-Frau und deren Familie. Er war über die Feiertage bei ihnen, weil auch seine Tochter Mhairi dort war. Sie verbrachte die Ferien bei ihren Großeltern. Ihre Mutter war noch immer in Genf, bei der WHO.

Kulturschock für Sammar. Ein alter Mann in Edinburgh duldete den Ex-Mann seiner Tochter unter seinem Dach. Das musste zivilisiertes Benehmen sein, eine »friedliche Scheidung«. Dort wo Sammar herkam, entpuppte sich der geschiedene Ehemann gewöhnlich als »Hurensohn«, oder die Ex-Frau »war verrückt« und wurde entsprechend behandelt. Man blieb nicht »befreundet«, man sprach nicht mehr miteinander.

Sammar erkundigte sich nach seiner Tochter. Rae sagte, sie sei hübsch und heute mit Weihnachtsgeschenken überhäuft worden. Immer, wenn er sie besuchte, sagte er, dauerte es einen, zwei Tage, bis sie mehr als »Ja« oder »Nein« oder »Weiß nicht« zu ihm sagte, und schließlich redete sie pausenlos und raubte ihm den letzten Nerv. Rae gestand, dass es ihnen bis auf heute jeden Tag gelungen war, dem Cordon Bleu nach Art des Hauses zum gleißenden Gelb eines Burger King oder eines Kebab-Imbisses zu entkommen. Rae wollte, dass Mhairi so subversiv aufwuchs wie er selbst.

In Anspielung auf die Eltern seiner Ex-Frau und das Essen sagte Sammar: »Vielleicht wünschen sie sich, dass Sie beide wieder zusammenkommen, und sind deshalb besonders gastfreundlich.«

Nichts, was sie sagte, verblüffte ihn. Sammar hatte sich inzwischen beinahe daran gewöhnt.

»Nein, das wollen sie nicht. Mit der jetzigen Situation sind sie ganz zufrieden.« Und mit ruhiger Stimme fuhr er fort: »Wenn Sie auf der Erfolgsleiter der WHO nach oben steigen, passt Ihnen ein nörgelnder Ehemann, der die Vereinten

Nationen und ihre heuchlerische Politik kritisiert, am allerwenigsten in den Kram.« Sammar hielt den Telefonhörer umklammert und starrte auf die Fahrräder unter der Treppe, das Schild an der Eingangstür: »Schlüssel nicht vergessen«.

»Am Tag bevor ich hierher kam«, sagte Rae, »war ich unten in den Personalräumen, um Fotokopien zu machen. Der Kopierer stand in einem kleinen Raum, in dem ich noch nie vorher gewesen war. Dort hingen alte Vorhänge, orange-braun gemustert. Typisches Muster aus den siebziger Jahren, heute längst aus der Mode. Sie erinnerten mich an unser Haus. Wir hatten damals auch solche Vorhänge, kräftig orange, blau und braun. Das Haus war schön – Ende der sechziger Jahre gebaut, mit Blick auf die Dee. Küche und Wohnzimmer im Obergeschoss und Fenster vom Boden bis zur Decke, über die gesamte Länge des Raumes. Und aus allen diese herrliche Aussicht. Sie würden sich an den Nil erinnern, Sammar, obwohl der Nil natürlich breiter ist und unberührtere Ufer hat. Ich habe mich an den Nil erinnert. Wir waren damals gerade aus Ägypten zurückgekommen. Ihr hatte es dort nicht besonders gut gefallen. Sie ging gerne spazieren, und Kairo ist keine Stadt für Spaziergänger.

Ich weiß noch, als das Haus verkauft wurde, kam sie aus Genf, um zu packen. Als ich von der Arbeit nach Hause kam, saß sie am Boden, rauchte und sortierte Unmengen von Sachen aus. Wir hatten viel zu viel. Bücher und Schallplatten, alte Kleider. Wir warfen nur ungern Sachen weg, Zeitschriften und Zeitungen stapelten sich eben. Ich klebte die Kartons zusammen, und sie teilte auf. Mir gab sie alles, was mit Nordafrika und dem Islam zu tun hatte.

Als wir uns kennen lernten, rauchten wir gemeinsam, Zigaretten und anderes Zeug. Das gehörte damals einfach dazu. Sie rauchte sogar während der Schwangerschaft. Ich hörte erst auf, als mein Asthma am schlimmsten war, und trotzdem hing der Rauch noch überall im Haus, Zigarettenrauch und dicke Luft.«

Sammar sah ein Haus mit orangen Vorhängen, einem Ausblick auf den Fluss, Räumen voller schöner Dinge, aus Europa und Afrika. Das Leben in diesem Haus bestand aus Rauch und Groll.

»Abends Streit«, sagte er. »Und morgens war alles so schön friedlich, wenn ich zur Arbeit ging, mit den Studenten redete, mich mit einer Vorlesung über außenpolitische Analysen beruhigte. Ich blieb lange im Büro, schob den Heimweg hinaus. Aber je später ich heimkam, desto später fingen die Streitereien an und desto länger dauerten sie, die ganze Nacht hindurch. Schlafentzug ist Folter. Ich döste manchmal am Steuer ein. Einmal schlief ich ein, während sie redete, schlief einfach ein, hatte das Gefühl, auf Drogen zu sein. Sie rüttelte mich wach, sagte: ›Hör doch, hör mir doch zu . . .‹«, Rae begann zu husten, hustete bis es Sammar fast das Herz zerriss. Auf dem Treppenabsatz war es kalt. Durch Lesleys Tür drang die Klaviermusik einer Fernsehkomödie.

»Sind Sie krank?«, fragte sie.

»Sieht ganz so aus, ja.«

Sammar nahm den Hörer in die linke Hand und wischte die rechte an ihrer Strickjacke ab. Rae sollte weitersprechen, so lange bis ihre Ohren wund wären.

»Verzeihen Sie, ich rede zu viel.«

»Nein.« Sammar suchte nach passenden Worten, wollte etwas Freundliches sagen. Plötzlich hatte er ihr derart persönliche Dinge gesagt, und alles, was ihr über die Lippen kam war: »Sind Sie krank?«

Sie begann, über ihre Arbeit zu sprechen, und wurde selbstsicherer. »Ich bin auf eine Übersetzung der *Qudsi Hadith* gestoßen, der Heiligen Hadith. Englisch und Arabisch nebeneinander. In der Einführung ist gut erläutert, wie sie sich vom Koran unterscheiden.«

»Wie heißt es da? Wie ist das dargestellt?«

Auf diese Frage war Sammar nicht vorbereitet, sie stammelte, sie müsse nach oben gehen und das Buch holen, und hätten denn seine Gastgeber nichts dagegen, dass er so lange telefonierte.

»Machen Sie sich darüber keine Gedanken«, sagte er, »die sind gut organisiert. Die Telefonrechnung weist jedes Gespräch einzeln aus. Ich habe schon nach Ägypten und Mexiko telefoniert. Ich zahle meinen Anteil später...« Seine Stimme klang unbeschwerter.

Jetzt rannte Sammar die Treppen hinauf, die sie oft nur Stufe um Stufe erklommen hatte, ihre Trauer im Schlepptau. Plötzlich erschien die Treppe in einem neuen Licht, und außer ihr und Lesley war niemand im Haus. Die anderen Mieter waren über die Feiertage weggefahren, und die Treppe gehörte ihr allein. Wo war sie jetzt, in welchem Land? In welchem Jahr? Sie stieg die Treppe hinauf in eine Vision, in die die Welt sich verkehrt hatte. Das Zuhause und die Vergangenheit waren hierher gekommen und im Gleichgewicht, nur für sie. Die Treppe in warmes gelbes Licht getaucht und Partylärm, Menschen unterhielten sich und jemand lachte. Sammar war mitten in diesem Lachen, trug ein neues Kleid, balancierte ein Tablett zwischen den Kindern hindurch, die um ihre Füße wuselten. Sie reichte den Gästen Gläser mit einer dunklen süßen Flüssigkeit, und wenn jemand ablehnte, ermutigte sie ihn so lange, bis er schließlich doch zugriff. Jemand rief ihren Namen, sie musste sich beeilen, über die Schulter zurückschauen, die Stimme finden, laut antworten, ich komme gleich.

Sie setzte sich auf den Treppenabsatz und las übers Telefon laut vor, was sie sich über das Buch notiert hatte. »Die Definition des Wissenschaftlers al-Jurjani: ›Ein heiliger

Hadith kommt seiner Bedeutung nach von Gott, dem Allmächtigen; seiner Wortwahl nach vom Gesandten Gottes, Friede sei mit ihm. Er ist das, was Gott der Allmächtige seinem Propheten in einer Offenbarung oder in einem Traum mitgeteilt hat, und er, Friede sei mit ihm, gibt ihn in seinen eigenen Worten weiter. Daher steht der Koran über ihm, denn er ist nicht nur Offenbarung, sondern auch Gottes Wort.‹ In der Definition eines späteren Wissenschaftlers, ar-Qari, heißt es: ›... Anders als der Heilige Koran ist der Heilige Hadith nicht zur Rezitation in persönlichen Gebeten zulässig, er unterliegt nicht dem Verbot der Berührung oder der Rezitation durch jemanden im Zustand der rituellen Unreinheit ... und er zeichnet sich nicht durch das Attribut der Unnachahmlichkeit aus.‹«

»Das ist sehr eindeutig«, stellte Rae fest, »danke. Und ihr Inhalt? Ich könnte mir denken, dass sie sich nicht mit Rechtsfragen oder der Gesetzgebung befassen ...«

»Nein, im Allgemeinen nicht. Es gibt einen Abschnitt über die Inhalte.« Sammar blätterte in dem Buch: »... sie erklären die Bedeutung der Gottheit gewöhnlich in direkter Rede ... Ich lese Ihnen eine vor. Der Prophet, Friede sei mit ihm, sprach: *Allah der Allmächtige sagt: Ich entspreche der guten Meinung, die Mein Diener von mir hat. Ich bin mit ihm, wenn er Meiner gedenkt. Wenn er Meiner in seinem Herzen bei sich allein gedenkt, gedenke ich seiner bei Mir allein. Wenn er Meiner in einer Gruppe gedenkt, gedenke ich seiner in einer Gruppe, die noch besser ist als jene.*«

Rae zögerte. »Hätten Sie das genau so übersetzt?«

»Zum ersten Satz gibt es eine Fußnote, die eine andere Möglichkeit der Übertragung aus dem Arabischen angibt: *Ich bin, wie Mein Diener Mich zu sein erwartet.* Ich finde, das kommt dem arabischen Wort für ›erwarten‹, ›denken‹ oder sogar ›spekulieren‹ näher.«

»In dieser Gesellschaft«, sagte Rae, »in dieser säkularisierten Welt wird spekuliert, dass Gott irgendwo Golf spielt. Bis auf wenige Ausnahmen und abgesehen von einigen überzeugten Atheisten, nehmen die Leute an, dass Gott dieses komplexe Sonnensystem aufgebaut hat und es sich selbst überlässt. Es bedarf Seiner nicht, um sich aufrecht zu halten. Die Menschheit ist autark …«

»Aber wieso Golf?«, fragte sie. »Wieso ausgerechnet Golf?« Und zum ersten Mal an diesem Tag lachte er.

5

Am zweiten Weihnachtsfeiertag, am darauf folgenden Wochenende und an Silvester, bevor sich die Straßen wieder mit Autos und Schulkindern füllen, die anderen Mieter aus den Ferien zurückkommen würden, wartete Sammar auf dem Treppenabsatz, gewappnet gegen die Kälte: Wollschichten, Strümpfe, ein Sitzkissen, Barriere zum Schutz gegen die Bodenbretter. Ungemütlich der Moment, in dem das Telefon klingelte und sie wusste, dass der Anruf für sie war, wusste, wer anrief. Ungemütlich auch die ersten Sätze. Ihr Name. Hallo. Das Wetter: Schnee in Edinburgh, Frost in Aberdeen, eiskalt.

»Wie geht's?«

»Wie geht es Ihnen? Wie geht's Mhairi?«

»Was nehmen Sie gegen Ihre Erkältung?«

Er sagte, er habe in der Zeitung gelesen, dass Tausende von Menschen zu dieser Jahreszeit ins Ausland fahren, entweder zum Skilaufen oder auf der Suche nach Sonne. Beliebte Reiseziele seien die Skigebiete Frankreichs oder Teneriffa. »Jetzt ist die beste Jahreszeit für Marokko, Libyen, den Nahen Osten«, sagte er. Er erinnerte sich an eine Zugfahrt in den siebziger Jahren, von Tanger aus gen Süden, nach Marrakesch. Regen und dann die Sonne, die in den überfüllten Zug schien. Ein Mann mit buschigem Schnurrbart bot ihm eine Zigarette an, und sie unterhielten sich über den Überfall in Entebbe. Rae dachte zurück an die Zeit, als er noch atmen konnte wie andere Leute, als noch mehr Luft in der Welt war.

Sie sagte: »Wir haben Winter im Sudan, Kälte, die auf der Haut Halt macht, sich nicht bis auf die Knochen drängt, sich damit zufrieden gibt, die Haut aufzubrechen und aschgrau zu färben.« Die schneidende Kälte hatte ihr weh getan, als sie klein war; und sie dachte zurück an Glycerin, flüssig, brennend, und an den Befehl »Nicht ablecken, nicht von den Lippen lecken«. Oder an geschmacklose Vaseline, in Plastikdosen, mit Sandkörnern durchzogen, braun und rau in der dicken silbrigen Masse. Oder Nivea-Creme, die blaue Luxusdose aus einem deutschen Werbespot im Fernsehen.

Er fragte sie: »Was ist blauer: der Nil oder Nivea-Dosen?«

Sie sagte, Farben machten sie traurig. Gelb, wie sie es kannte, und Grün, wie sie es kannte, gab es hier nicht, nicht hell, nicht lebhaft, wie sie sein sollten. Sie hatte die Unterschiede gesammelt; das Wetter, die Kultur, Modernität, die Sprache, das Schweigen des *Muezzin,* und hatte bald festgestellt, dass sogar die Farbe von Erde, Himmel und Blättern anders war.

Er sagte, seine Stimme vom Schnupfen belegt: »Der Nil ist blauer. Haben Sie ihn nie genau betrachtet, stattdessen lieber *Peyton Place* im Fernsehen gesehen? Ich frage nur, weil die Kinder damals in der West Bank morgens Steine nach den Soldaten warfen und abends gemeinsam mit ihnen am Boden vor dem Fernseher saßen, um *Dallas* zu sehen.«

Sie sagte: »Wir schliefen nachts im Freien. Bei Sonnenuntergang brachten wir unser Bettzeug nach draußen. Im Haus war es so heiß, dass die Laken aus dem Schrank viel zu ungemütlich waren, um gleich darauf zu schlafen; man musste sie erst abkühlen lassen. Abend für Abend sah ich Fledermäuse oder die grauen Schattenrisse von Vögeln. Und ein Licht um den Mond herum, das immer dieselbe Form hatte. Vor langer Zeit rieten muslimische Mediziner nervösen Menschen, in den Himmel zu schauen. Die enge Erde zu vergessen. Sich vorzustellen, dass der Himmel, der ganze weite Himmel ihnen allein gehörte. Halbmond, tiefer Mond, mehr Sterne als Augen, die zu ihnen hochschauten. Doch der Himmel war frei, ohne jeden Preis, niemand sprach je darüber, niemand wetteiferte darum. Stattdessen gingen die, die es sich leisten konnten, dazu über, drinnen zu schlafen, in kühlen, klimatisierten Räumen, auf der Flucht vor Moskitos und Fliegen, weg vom *Azan* zum Morgengebet. In Häusern oder Wohnblocks, die heute gebaut werden, ist nicht mehr vorgesehen, dass die Leute draußen schlafen. Heute gibt's das nicht mehr, das ist sehr lange her.«

Er sagte: »Das ist der Feind, das Unumkehrbare, das, was sich schon tief in ihnen eingenistet hat. Es gibt kein Zurück mehr. Sie können ganze Busladungen von Touristen bombardieren, die amerikanische Flagge verbrennen, doch den Feind erschießen sie damit nicht. Er ist schon längst in ihrem Lager, in ihnen drinnen, erzeugt Hass in ihnen, drängt sie in die Defensive, nimmt ihnen das Vertrauen in ihre Weltanschauung.«

Sie dachte darüber nach, er gab ihr zu denken. Der Treppenabsatz existierte mitsamt den Fahrrädern unter der Treppe und der Wintersonne, die an den Rändern des Briefkastens ins Treppenhaus drang. Doch all das war unwirklich, überflüssig. Real war, dass sie die Erlaubnis bekommen hatte, zu denken und zu sprechen, und dass nichts von dem, was sie sagte, ihn überraschte. Als habe er das Versprechen gegeben, nie entsetzt zu sein. Überraschung war Teil dieser Stadt, der Granitgebäude, der Busse, die sogar durch engste Straßen fuhren. Und es gab Nuancen der Überraschung: höhnische Überraschungen, peinlich berührte Überraschungen, verblüffte Überraschungen, missbilligende Überraschungen. Sie musste schweigen. Sich mit Lippen und Zähnen zum Schweigen zwingen.

Und nun wurden die Spielregeln gebrochen. Sie brachen bereits, als Sammar in Raes Wohnung das Foto in der Zeitschrift berührt und gesagt hatte: »So eine Uniform hatte ich im Gymnasium auch.« Die Regeln brachen, und ihr Kopf zerbarst in winzige flimmernde Teilchen.

Erste afrikanische Nacht. Sie sprach zuerst, denn so wie er war auch sie in diesem winterlichen Königreich zur Welt gekommen. So wie er hatte auch sie Afrika erreicht und lieb gewonnen.

Abends waren sie aus London gekommen. Ein Vater mit einem erfolgreichen Universitätsabschluss, eine Mutter, die ihre Kinder im Ausland geboren hatte, eine siebenjährige Sammar. Zum ersten Mal in einem Flugzeug. Das hatte sie in den Wochen vor dem Flug beschäftigt, nicht wo die Reise hinging. Zu Hause war ein ungenauer Ort, eine Mischung aus allem, was ihre Mutter darüber erzählte. Zu Hause war der grau-weiße Ort auf den Fotografien ihrer Cousins, die per Luftpost kamen. Das Flugzeug, in den Wochen vor der Reise drehte sich alles um das Flugzeug. Neue Kleider, die man im Flugzeug tragen würde, eine Puppe, um Sammar zu beschäftigen, darf sie am Fenster sitzen? Darf sie das Fenster aufmachen? Ein glattes ovales Fenster. Das schöne Tablett, das die Stewardess bringt, perfekte Tassen, Teller mit allerlei Sachen, heiß, kalt, bunt. Zucker in einem Tütchen, ein Zahnstocher zum Auspacken, zum Spielen, der Puppe in die Augen stechen. Und ein winziges Kissen zum Schlafen. Können wir das Kissen mitnehmen? Warum nicht? Warum denn nicht?

Viele Menschen erwarteten sie auf dem Parkplatz am Flughafen von Khartoum. Menschen, die aufgeregt durcheinander sprachen. Eine Frau brach in Tränen aus, Männer umarmten ihren Vater, Kinder starrten Sammar an. Ihre Cousine, ihr Cousin, Hanan und Tarig. Sie schüttelten ihr neugierig die Hand. Ahmed Ali Yasseen war da. Er hob sie hoch über die Autos und die anderen Kinder. Hob sie über alle anderen hinweg. »Was hast du mir aus London mitgebracht?«, wollte er wissen. »Nichts«, sie zuckte mit den Achseln, und er lachte, und alle, die sie hörten, lachten mit. Sie verstand nicht, was daran lustig war, freute sich einfach, dass jemand sie trug, sie hochhob. In ihrem Alter hörte sie schon allzu oft, du bist jetzt zu alt, um noch getragen zu werden, zu schwer, ein großes Mädchen.

Ihr Gepäck verschwand in mehreren Autos. Auch Sammar und ihre Eltern wurden in verschiedenen Autos untergebracht, alle mit demselben Ziel, zu ihrer Tante, zum Abendessen und um dort zu übernachten. Sammar fuhr in 'Am Ahmeds Toyota-Transporter mit. Sie saß vorne, neben seiner Frau, und Tarig fuhr hinten auf der Ladefläche mit. Er stand ständig auf und wurde von 'Am Ahmed zur Ordnung gerufen: »Setz dich richtig hin, oder du musst hier vorne bei mir sitzen.« Doch Tarig war nur schwer zu bändigen, er konnte nicht anders, als unablässig herumzuspringen, Aufmerksamkeit auf sich zu lenken. Sammar fand ihn anfangs albern, im Laufe der Zeit aber kühn, kühn und dumm zugleich, weil er verbotene Dinge tat, zu denen sie nicht den Mut hatte, wenn er beispielsweise mit Rasierklingen spielte, die sie im Staub gefunden hatten, oder wenn er auf den Hauptverkehrsstraßen Fahrrad fuhr.

Ihre Tante wohnte unweit vom Flughafen, die Fahrt dauerte nicht lange. Am Telefon fragte Rae: »Wie weit?«

»Gar nicht weit«, antwortete sie und nahm den Hörer in die andere Hand, ans andere Ohr, »gar nicht weit, so weit wie von der Holbourn Street nach Alt-Aberdeen. Und es war spät am Abend, nicht viel Verkehr. Khartoum ist abends schlecht beleuchtet. Wer das nicht gewöhnt ist, der findet die Stadt düster, warm und leblos. Wenn eine Straßenlaterne ausfällt, dauert es ewig, bis sie repariert wird, Wochen und Monate. Doch Angst herrscht in der Dunkelheit nicht. Die Straßen sind sicher, bis auf ein paar streunende Hunde und die offenen Abwasserkanäle, auch Löcher in den Bürgersteigen, in die man leicht fallen kann.«

»Sind Sie je gefallen?«

»Nein«, lachte Sammar, und der Treppenabsatz schien so warm wie die Nächte in Khartoum, die sie beschrieben hatte.

Während der Fahrt, so erzählte sie Rae, hatte 'Am Ahmeds Frau sie unentwegt angelächelt. Sie hatte einen Goldzahn, den Sammar ihr zu ziehen versuchte. Das brachte die Frau zum Lachen, mit ihren Grübchen und ihren dicken Armen. Zum Ausgleich überließ sie Sammar einen ihrer Goldarmreifen. Er war ihr zu groß. Sie schob ihn am Arm entlang nach oben, probierte ihn am anderen Arm an, und als er hinfiel, musste sie auf den Boden krabbeln, um ihn aufzuheben.

Das Haus ihrer Tante war hell erleuchtet. Die ersten Gartenlaternen gingen unter im Licht anderer Lampen, Partylichter in späteren Jahren, Hochzeitslichter. Die Autos wurden in der Einfahrt und draußen auf der Straße geparkt. Sammar sah ihre Eltern mit ihrem kleinen Bruder Waleed, sie hatten jetzt keine Augen für sie, waren beschäftigt mit Verwandten und Freunden, die sie seit Jahren nicht gesehen hatten. Und da sie sich in Sicherheit wusste, weil die Eltern in der Nähe waren, beachtete auch Sammar sie nicht. Sie war zu wach, ihre Aufmerksamkeit galt vielmehr allem und allen um sie herum. Die ungewohnte warme Nacht, die schäbigen Autos und das große Haus vor ihr. Ein strahlendes Haus vor einem leeren Platz, der in Dunkelheit gehüllt war. Ein Platz, groß und geheimnisvoll; Glasscherben lagen dort im Staub, Hunde bellten sich durch den Abfall, den andere dort abgeladen hatten. Am Wagenunterstand, auf dem Weg ins Haus, zeigte Sammar Hanan den Armreif, sie durfte ihn anprobieren. Die Mädchen verglichen Länge und Umfang ihrer Arme und Handgelenke. Ein Anfang. In späteren Jahren verglichen sie lackierte Fingernägel, die Härchen auf ihren Armen, die Linien in ihren Handflächen.

Ihre Tante, Mahasen, war die hoch gewachsene Frau im sonnengelben *Tobe,* die Frau, die nicht mit an den Flughafen gekommen war. Sie gehörte zu diesem Haus, war Teil seiner Lichter. Die Frau, die mit ausgestreckter Hand über den Rasen kam und »Mein Bruder...« sagte und Sammars Vater zuerst in die Arme schloss. Die Frau inspizierte Baby Waleed und quietschte: »Der ist ja hässlich, was ist das für eine Kreatur!«, und alle lachten, als sie ihn leicht in die Wangen kniff und ihm einen Kuss auf die Stirn drückte. Mahasen ließ sich auf einem der Gartenstühle nieder und zog Sammar zu sich heran. Sammar roch eine Wolke aus Parfüm, sah die gestickten Blumen auf dem sonnengelben *Tobe,* spürte den Stoff dicht an ihrer Haut.

Mahasen strich ihr mit dem Daumen die Augenbrauen glatt, berührte ihre Ohrläppchen, ihr Kinn. »Die hier gefällt mir«, sagte sie lachend zu ihrem Bruder. Dann stand sie auf, wie groß sie war, so viele bestickte leuchtende Falten. »Komm mit, Sammar.«

Ihre Hand in der Hand ihrer Tante. Elegante Hände, die nie Geschirr spülten, nie Fußböden schrubbten. Überall im Haus Kachelfußboden, braun-schwarz gesprenkelt, Marmorimitat. Eine riesige Fläche aus harten, quadratischen Fliesen. Das war fremd für Sammar. Sie kannte nur die unauffälligen Teppiche und Dielen aus Londons Wohnungen. Die Fliesen hier konnte man zählen, konnte auf ihnen rutschen. Die hochhackigen Sandalen ihrer Tante klapperten auf diesen Fliesen. Gelbe Sandalen, passend zum *Tobe,* ziegelrot lackierte Fußnägel, Fersen, die regelmäßig geglättet und täglich eingecremt wurden. Im Schlafzimmer ihrer Tante ein großer Spiegel, Töpfchen mit Lotionen und Cremes. Ein Transistorradio, ein Gemälde mit Gazellen, ein riesiges Bett mit blauen Kissen. Und auf dem Nachttisch stand, was Sammar sich ansehen sollte. Die Fotografie eines Mädchens, das Tauben fütterte. Die Tauben flatterten um ihre ausgestreckten Hände, eine saß auf ihrer ängstlichen Schulter. Über der Szene thronte der steinerne Löwe des Trafalgar Square. »Das bin ich!« Die ersten Worte, die Sammar im Haus ihrer Tante sprach.

»An jenem Abend«, so erzählte sie Rae am Telefon, »an jenem Abend saßen die Erwachsenen im Garten, wie beinahe jeden Abend. Als ich älter war, durfte ich bei ihnen sitzen, auf Stühlen mit kühlen Kissen und über uns allen die Sterne. Insekten attackierten die Gartenlaternen, die, die zu nahe kamen, blieben als schwarze Punkte am heißen Glas kleben. Der Garten war von Lärm erfüllt: Lachen und laute Geschichten, ununterbrochenes Quaken der Frösche, leisere Töne der Heuschrecken. Und vom Platz vor dem Haus her drang das Heulen der Straßenköter, Trauer in weiter Ferne.«

An jenem ersten Abend in Khartoum ging Sammar mit Hanan und Tarig im Garten spazieren, hinters Haus, dort war kein Garten, dann ins Haus hinein, bis hinauf unters Dach, hier standen leere Betten in einer Reihe. Wo immer sie hingingen, tat Tarig, was Hanan und Sammar nicht tun würden. Im Garten zog er seine Sandalen aus und stapfte durch die Erde der Blumenbeete. Er riss Blätter vom Eukalyptusbaum. Im hintersten Winkel des Gartens hing eine Schaukel. Tarig schaukelte im Stehen und sprang ab, wenn er hoch in der Luft war, mühelos, unerschrocken.

Hinterm Haus roch es nach Feuer und mariniertem Lamm. Der Koch grillte Fleischspieße über einem Kohlenfeuer. Er trug eine *Jellabia* und hatte rote Augen. Auf einem Schemel sitzend, fächelte er den Flammen mit einer Zeitung Luft zu. Tarig hockte sich neben ihn und streckte die Hand nach einem Stück Fleisch aus. »Geh weg, sonst verbrennst du dich.« Der Koch gab ihm mit der Zeitung einen Klaps auf den Kopf. Doch Tarig lachte, wich einem weiteren Schlag aus und schnappte sich einen Brocken, grau, noch halb roh. Und er ekelte alle, weil er das Fleisch kaute und kaute und schließlich ausspuckte. »Mein Bruder ist furchtbar«, fand Hanan. »Ich hasse ihn.« Sammar war von Tarig fasziniert, starrte ihn an. Doch sie mochte ihre Cousine Hanan lieber.

Vom Dach aus sahen sie übers Geländer nach unten auf ihre Eltern. Die saßen in einem großen Kreis, schauten nie nach oben. Manche Männer rauchten, und die Glut ihrer Zigaretten, winzige rote Lämpchen, hüpfte hin und her. Hier oben auf dem Dach war der Himmel größer als das Haus und der Platz. Die Dunkelheit mit Sternen übersät, so getupft wie die Fliesen im Haus, doch die Tupfen am Himmel hielten nie still. Plötzlich schob sich ein enormer grauer Schatten zwischen die durchsichtigen Wolken, rotes Blinklicht, Riesenlärm. »Das ist dein Flugzeug«, sagte Tarig und schaute nach oben. Er hatte sich zu weit nach vorn übers Geländer gebeugt. Nun lehnte er sich weit zurück, seine Hände umklammerten die oberste Sprosse, die Arme trugen sein gesamtes Gewicht.

»Unser Flugzeug?«, rätselte Sammar.

»Das Flugzeug, mit dem du gekommen bist«, erklärte er. »Es fliegt ohne dich zurück nach London.«

Rae hustete am Telefon. »Entschuldigen Sie. Einen Augenblick bitte, Sammar.« Er legte den Hörer aus der Hand, um sich die Nase zu putzen, sich zu räuspern, in ein Taschentuch zu spucken. Sie konnte ihn hören.

Sie sprachen über ihren Vater und ihre Tante, darüber, wie schnell Dinge in diesem Teil der Welt sich änderten. Er stellte ihr Fragen. »Und woran liegt das?«, wollte er wissen. Nachdem sie geantwortet hatte, war er still, als denke er über ihre Antwort nach. Sammar sah in Gedanken, wie er sich mit den Handflächen übers Gesicht fuhr.

Sie sprachen über Khartoum. Khartoum, wo unter der Brücke der Blaue und der Weiße Nil zusammentrafen, unter der Sonne, und jenseits der Brücke lag Umdurman, wo Heilige begraben lagen und eine Atmosphäre von Alter und Vollkommenheit herrschte. Über dem Sand und dem Klang des Windes hielt alles zusammen, fügte sich zu einem Ganzen. Rae kannte die Geschichte ihres Landes bis in alle Einzelheiten, besser als sie, kannte die genauen Daten. Die Namen kannten sie beide ... den Mahdi, seinen Nachfolger Khalifa, die beiden Herrscher, und die britischen Militärs und Kolonialverwalter Gordon, Kitchener und Wingate.

»In Aberdeen«, sagte Rae, »steht eine Statue von General Charles George Gordon. In Schoolhill. Haben Sie die gesehen?«

»Nein.« Sammar sah nicht viel, sie wandelte schlafend durch die Welt.

»Vielleicht schauen Sie sich die mal an.« Eine Steintafel mit den Worten: »Gestorben in Khartoum 1885«.

»Ich wusste gar nicht, dass er Schotte war. Das haben sie uns in der Schule nicht beigebracht.«

»Es waren die Briten ...«

»Die *Ingeleez* ...« Sie lachten beide, und der Wind rüttelte ein wenig an der Haustür und zog weiter.

Er sagte, er sei noch nie in Khartoum gewesen. Er hatte fahren wollen, doch aus den Plänen sei dann nichts geworden. Sie sagte: »Ich wünschte, Sie würden hinfahren. Es ist schön ...«, und hielt inne, wollte mehr sagen, in Worte fassen: einfach, authentisch, der Natur gehorchend. Ihre Stimme klang traurig, als sie sagte: »Sie gilt allerdings nicht als schöne Stadt ...«

»In welchen Kreisen?«

»Unter Leuten, die mehr von der Welt gesehen haben als ich.«

»Ich vertraue Ihnen aber«, sagte er. »Bei Ihnen fühle ich mich sicher. Wenn ich mit Ihnen spreche, fühle ich mich sicher.« Das Wort »sicher« nahm sie auf und legte es beiseite, um es später zu schälen, herauszufinden, was es bedeutete. Während sie auf dem Treppenabsatz saß, ging ihr durch den Kopf, dass sich hier ein Wunder vollzog. Nicht nur seine Stimme, auch die Tatsache, dass das Glück ihr hier am Fuß dieser Treppe begegnen konnte, die einst so schwer zu erklimmen war, an der Treppe zu ihrem Winterschlafplatz, zum Krankenzimmer.

6

Am Neujahrstag, am Wochenende darauf, saß Sammar am Fuß der Treppe und hörte Rae zu. Am Telefon erzählte er ihr von seiner ersten Nacht in Marokko und rief Bilder eines Ortes in ihr wach, an dem sie nie gewesen war. In jenem Jahrzehnt war sie ein junges Mädchen, er ein erwachsener Mann.

Zu dritt hatten sie geplant, mit dem Kleinbus von Edinburgh gen Süden zu fahren, nach Frankreich, Spanien, um in Algeciras mit dem Schiff nach Tanger überzusetzen. Rae, Steve und Chris, alle drei waren Ende der Sechziger Anfang zwanzig, eben mit der Uni fertig, heiß auf die Dope-Tour, heiß auf den schwarzen Kontinent. Chris wollte sich treiben lassen, abhauen, von oder vor was, wusste er nicht. Er war Gewichtheber und hasste sich selbst. Wenn er am Steuer saß, schnaufte er ungeduldig und blies ständig eine lange Haarsträhne aus der Stirn. Steve stiftete Frieden, glaubte an Freundschaft und Liebe, war einer der wenigen, die Chris nicht hasste. Steve wollte eigentlich nach Indien, für ihn war Nordafrika nur ein Kompromiss, ein großzügiges Zugeständnis an die beiden anderen.

Rae hielt im Wagen endlose Reden über *The Republic* und *Das Kapital,* über Livingstone und Richard Burton, den Afrikaforscher und Übersetzer von *Tausendundeine Nacht.* Über seinen verschollenen Onkel David, den er in Ägypten hatte, über afrikanische Cousins. Nannte große Namen, während große und kleine Städte vorüberzogen, Fidel Castro, Golda Meïr, Haile Selassie, Frantz Fanon und sprach vom antikolonialen Kampf.

»Mein Held ist Malcolm X. An der London School of Economics hab ich einen seiner Vorträge gehört, ich kann euch sagen, einfach stark, wie er sein Publikum gefesselt hat . . .«

»Halt doch mal die Luft an, ja!«

»Halt die Klappe!«

Er hielt sie nicht. Er brauchte Jahre, um den Wert des Schweigens, die Macht wohl gewählter Worte zu erkennen.

In jenem Sommer war seine Stimme unentwegt im Einsatz, in einem endlosen Monolog, während der Bus durch England rollte, durch französische Landschaften, unter spanischer Sonne. Wenn er am Steuer saß, sprach er weniger, doch er saß nicht oft am Steuer. Chris fuhr gerne, Beifahrer sein fand er langweilig. Rae war nur vollkommen still, wenn er las oder wenn er sein krächzendes Transistorradio hörte, den BBC World Service. Er lauschte mit Hingabe, die Welt um ihn versank. In der Welt ereignete sich einiges, Historisches. Auch in der seltenen Gesellschaft von Mädchen schwieg Rae. Steve hingegen war beliebt bei den Mädchen, er sah gut aus, spielte Gitarre. Wenn Frauen dabei waren, benahm Chris sich albern, trat zum Beispiel gegen die Autoreifen oder ließ den Motor aufheulen, als sie zwei Anhalterinnen aus Paris mitnahmen. Für Chris war das Leben gespannt wie ein fest um ihn gewickeltes Gummiband. Er lag ständig im Clinch mit Rae, und Rae reizte ihn, hielt ihm vom Rücksitz aus Vorträge, inmitten von Gepäck, seinem Radio, Steves Gitarre.

»Das schottische Hochland haben die Engländer zuerst kolonisiert ...«

»Es reicht, Rae.«

»... dann Indien und Afrika. Sie ließen Schotten das Land für das Empire plündern. Hier haben Schotten ihr Leben gelassen ...«

»Halt die Klappe.«

»Sie waren die Fußsoldaten. Sie wurden zuerst von den Speeren getroffen, Speere der Derwische und der ›Fuzzy-Wuzzies‹. So nannte Kipling sie in einem Gedicht. Hey, Musikus! Hast du von den ›Fuzzy-Wuzzies‹ gehört? Chris, du ungebildeter Clown, du? Ich finde nach wie vor, dass jeder, der Fanon nicht gelesen hat, den Tod durch Erschießen verdient...«

Chris trat auf die Bremse, stieß die Seitentür auf und zerrte den zunächst verblüfften, dann sich wehrenden Rae aus dem Wagen an den Straßenrand. Dem Amateur im Gewichtheben war es ein Leichtes, Raes Widerstand zu brechen. Kurzer Prozess, zeitlich gesprochen. Rae, unterlegen, blieb am Straßenrand zurück. Steve machte sich vom Bus aus lustig, mit Grimassen und Gesten. Rae humpelte die fünf Meilen bis nach Algeciras, wischte sich das Blut ab, das ihm aus der Nase rann. Er war seinen kostbaren World Service los, seine Bücher, seinen Pass, seine Kleider. Ganz und gar nicht witzig. Am Hafen traf er sie wieder, sie erwarteten ihn. Schweigen war ihre Entschuldigung. Er hasste sie, hasste ihre dummen Streiche. Er sah das Ende kommen, das Ende des Trios. Er schlief hinten im Bus, verschlief den Sonnenuntergang, und das Schiff glitt durch die Straße von Gibraltar.

Nacht und der erste Blick auf die afrikanische Küste. Lichter am Hafen von Tanger, Rae umgeben von der Melodie einer anderen Sprache, Männer, denen seine Fremdheit gleichgültig war. Das Schiff brachte marokkanische Gastarbeiter, Heimkehrer aus Frankreich und Spanien, bepackt mit Säcken und Plastiktaschen. Einige, von ihren Familien begleitet, hatten alte Autos beladen, stinkige Diesel, ein schrottreifer roter Benz war unter blauem Leintuch versteckt. Singer-Nähmaschinen, Bügeleisen, Kühlschränke, Mixer, Transistorradios. Alle Reisenden schauten in dieselbe Richtung, auf die Lichter und Schatten von Tanger unter dem tiefen afrikanischen Himmel. Rae an ihrer Seite, noch ergriffener, noch erbärmlich-verdammter als sie. Er fühlte sich schlapp und dreckig, sein Hemd zerrissen, sein Haar mit Staub bedeckt. Seine Nase und seine Lunge brannten vom beißenden Geruch des Dieselöls. Und gleich bei dieser ersten Ankunft entstand ein Muster. In späteren Jahren bereitete jede Ankunft in Afrika Verlust oder Schmerz, rief einen verletzten Stolz hervor. Verlorenes Reisegepäck, Nächte in Quarantäne, gestohlene Reiseschecks. Als fordere der Kontinent von ihm ein Pfand, als solle er die Schulden zurückzahlen, die die Geister der Vergangenheit hinterlassen hatten.

Über seine Zeit in Marokko erzählte Rae Sammar am Telefon von Stirling aus. Inzwischen hatte er Edinburgh, das Haus der Ex-Schwiegereltern hinter sich gelassen, sich von seiner Tochter verabschiedet. Sammar spürte die Veränderung in seiner Stimme. Sie war leichter, er war entspannter. In Stirling besuchte er Cousins und einen alten Onkel im Pflegeheim, den älteren Bruder des verschollenen Onkel David. »Heute«, sagte Rae, »hat mein Onkel mich gar nicht erkannt. Letztes Jahr ging es besser. Letztes Jahr hielt er mich noch für David, und wir unterhielten uns. Das hat mir gefallen.«

In Stirling lebte auch Dr. Fareed Khalifa, Erziehungswissenschaftler und seit zehn Jahren britischer Staatsbürger. Der Debattierklub hatte sie beide geladen, die Gegenposition zum Thema »Dieses Haus fürchtet die Bedrohung durch den radikalen Islam« zu vertreten.

»Ich sagte zu ihm: ›Fareed, wir werden verlieren, das ist so gut wie vorbestimmt. Als Preis für den besten Redner haben sie sogar eine Flasche Champagner gestiftet, das zeigt doch, dass sie nicht damit rechnen, dass du als Sieger hervorgehst. Wenn das Ergebnis auf Seiten des Hauses unter 80 Prozent liegt, haben wir uns gut geschlagen.‹ Ich kann dir sagen, Sammar, der Mann war fix und fertig. ›Sie‹, sagte er, ›sind ein Defätist, ich bin hier, um meinen Glauben zu verteidigen, und das werde ich nach Kräften tun.‹«

»Defätist genannt zu werden, hat mir nicht besonders gut gefallen«, fuhr Rae fort.

Realist sei er, nicht Defätist, warf Sammar ein.

»Ich hoffe nach Kräften, dass mich meine Erkältung nicht zum Defätisten macht. Nachts ist es am schlimmsten, wenn ich schlafe, bekomme ich Fieber, und im Liegen kann ich kaum atmen. Ich sollte nach Aberdeen zurückkommen und zu meinem Arzt gehen.«

Sie sagte, zaghaft und stockend: »Ich hätte nichts dagegen . . . , ruf mich ruhig nachts an . . . wenn du nicht schlafen kannst.« Sie, die jahrelang Winterschlaf gehalten hatte, fand plötzlich kaum noch Schlaf. Tagsüber seine Stimme und nachts die Tagträume. Träumen, träumen, statt zu schlafen.

Das erste Klingeln des Telefons durch einen Traum von Farben und Menschen hindurch. Sie torkelte die Treppen hinab, schlaftrunken. Hoffentlich wird die alte Dame nicht wach. Zwei Uhr morgens. Stoßgebete gen Himmel, lass Lesley nicht hören, dass es klingelt, lass sie tief und fest weiterschlafen.

»Deine Stimme ist so schön«, sagte er. Er hatte Fieber, und die Worte purzelten ihm über die Lippen. Worte, die ihr zu Kopf stiegen und zu kleinen Edelsteinen wurden, zu bunten Juwelen, Diamanten, die sie immer bei sich tragen könnte.

Er sagte, er würde sie gerne an Orte mitnehmen, an denen sie vergessen und sich erinnern könnte. Ihr eine Biegung der Dee zeigen, an der sie den Nil sehen würde. Ihr ein Haus mit Flachdach zeigen, einen Leuchtturm wie ein weißes Minarett, Burgen, in denen vor langer Zeit Gläubige gelebt hatten, dem Klima gehorchend. Er sagte: »Wenn ich wieder in Aberdeen bin, könnten wir mit dem Auto rausfahren.«

Sie schwieg. Hörte auf die Geräusche der Nacht, seinen Atem. Es war einmal, in einem anderen Teil der Welt, die

Angst, *man wird uns zusammen sehen, zusammen allein ... der Ruf einer Frau ist zerbrechlich wie ein Streichholz ... die Ehre einer Frau ...* Der Ruf ein von Menschen geschaffener Abgott, der das Geben bestimmte und das Zurückhalten. *Die Ehre eines Mädchens ... dein Vater wird dich töten ... dein Bruder wird dich verprügeln ...* am nächsten Morgen wirst du zur Schule gehen, so wie es die mutigeren Mädchen zwangsläufig taten, mit roten, geschwollenen Augen, ungewöhnlich unterwürfig.

Doch die Macht der Idole ist nicht unendlich. Sie fesseln einen Ort, eine bestimmte Gemeinde für gewisse Zeit. Sammar sah mit an, wie der Ruf an Kraft und Einfluss verlor, wie er schrumpfte und schwand auf diesem entfernten Fleckchen Erde. Wenn Idole stürzen, ist der Weg zur Wahrheit frei, offenbar. Wer sah sie, kannte sie, war bei ihr auf Schritt und Tritt?

»Du hast Recht. Ich würde gerne Burgen sehen, in denen Gläubige lebten, vor langer Zeit, hilflos und stark zugleich, einen Leuchtturm hoch wie ein Minarett, ein Haus mit Flachdach wie das meiner Tante. Aber es wäre falsch. Tut mir Leid, wirklich Leid.«

Sie hatte Angst, er könnte böse auf sie sein, ungeduldig, gelangweilt. Sie biss sich auf die Lippe.

»Keine Bange, es muss dir nichts Leid tun. Ich möchte nicht, dass du meinetwegen etwas tust, was dir unangenehm ist.«

Tags darauf erkundigte er sich nach ihrem Sohn. »Du hast mir noch gar nicht gesagt, wie er heißt«, sagte er.

»Er heißt Amir«, antwortete sie, »der Name bedeutet Prinz.« Sie dachte an den Jungen, der barfuß durch den Schlamm lief und sein Spielzeug vom Dach hinunterwarf, wie Tarig. Sie sagte zu Rae: »Ich mache mir Sorgen, wenn ich ihn mit hierher bringe, wird er's anfangs schwer haben, wegen des Wetters und weil er sich so warm anziehen muss.«

»Kannst du Auto fahren?«, fragte Rae.

Früher war sie gefahren, vor vielen Jahren. 'Am Ahmed hatte es ihr beigebracht und allen anderen, auf dem leeren Platz vor dem Haus waren sie umhergefahren, an heißen Nachmittagen, während Mahasen schlief. Sammar erinnerte sich lebhaft. An Staubwolken und stottrige Starts.

Sie lachte: »Bei uns fährt man nicht so wie hier. Es gibt nur wenige Regeln, und einen Führerschein kann man sich ganz einfach beschaffen, ganz ohne Fahrprüfung.«

Er wusste das, er verstand. Er sagte: »Hier ist alles eher überreguliert. Muss wohl auch so sein, allein der vielen Autos wegen, und dann die Geschwindigkeit.«

Sammar fiel ein, wie Tarig den Tod gefunden hatte. Autos. Geschwindigkeit und ein alter Mann, der, von der Sommersonne geblendet, einen tödlichen Fehler machte. Sie grübelte über dieses Schicksal nach. So unfassbar. Ein netter alter Herr, von der Sonne geblendet, tötet Tarig. Ein reumütiger kleiner Mann, in Tränen aufgelöst. Die Frage nach dem »Was wäre wenn?« klang wie zischelnde Schlangen; was, wenn Tarig eine Minute früher aus dem Haus gegangen wäre, eine Minute später, was, wenn er den Mann gesehen hätte, der auf ihn zufuhr, was, wenn es bewölkt gewesen wäre an jenem Tag, wie an so vielen anderen Tagen in dieser wolkigen Stadt, wie an so vielen anderen Tagen in dieser wolkigen Stadt. Die Frage nach dem »Was wäre wenn?« klang wie zischelnde Giftschlangen. Das »Was wäre wenn?« hatte sich über Jahre in ihren Gedanken verhakt, an ihrem Glauben gezerrt, ihr das Treppensteigen unmöglich gemacht.

Rae redete von Fahrstunden, damit sie ihren Sohn hin und her fahren könnte. Er sprach von Fahrschulen und Fahrprüfungen. Seine Stimme kam aus weiter Ferne. Sammar schwebte dahin.

»Ich hatte einen Sohn in Marokko«, sagte er und hielt inne. »Totgeburt... Das ist wohl der korrekte Ausdruck.«

Er sprach und trug sie an Orte, die sie nie gesehen hatte, zu Menschen, die sie nie kennen lernen würde. In ihrer Fantasie nahmen sie Gestalt an, Sammar sah, wie sie aussahen, wie sie redeten, was Rae in Einzelheiten beschrieb, was er ausließ.

Er blieb, nachdem Chris und Steve mit dem Bus zurückgefahren waren. Steve wollte noch immer nach Indien, Chris nach England, beide waren unzufrieden. Rae fand Arbeit in einem Laden für Kunsthandwerk, die Besitzer waren ein einheimischer Wissenschaftler und seine französische Frau. Der Laden trug ihren Namen. Sie bewies Geschmack, und das Geschäft machte nicht den Eindruck einer kitschigen Touristenfalle. Im Ausland ansässige Marokkaner kauften ihre Souvenirs und Geschenke hier: Auslandskorrespondenten, verwestlichte Marokkaner, französische Diplomaten. Der Eigentümer und seine Gattin widmeten sich den Stammkunden, während Rae die Laufkundschaft bediente, Glühbirnen im Schaufenster austauschte. Er belauschte ihre Gespräche: Palästina, was Fanon sagte, was Sartre sagte... Nasser hat die Straße von Tiran geschlossen!... Sechs-Tage-Krieg, sechs Tage lang!... Israel besetzte den Sinai, die West Bank...

Wenn Rae Interesse zeigte, eine Ansicht äußerte, begrüßten sie das, hörten ihm zu. Sein Chef nickte wohl wollend, rauchte seine Pfeife, korrigierte hier und da ein paar Fakten und bewegte ihn dazu, seine extremeren Ansichten zu mäßigen. Inmitten von Kalligrafien, Arabesken, feinstem Gewebe und Stickereien lernte Rae Dinge, die man ihm weder an der Universität noch im Debattierklub beigebracht hatte, in dem er so engagiert war. Dinge, die wichtiger waren als Zorn, wichtiger als ein klug formuliertes Argument.

Unter allen Kunden, die in den Laden kamen, fanden die Auslandskorrespondenten sein größtes Interesse. Er war fasziniert davon, wie gut sie sich auskannten, bewunderte ihre Ungezwungenheit. Er folgte ihnen von einer Hotelbar zur nächsten, von Party zu Party, bis sie ihn gähnend nach Hause schickten. Sein Zuhause war eine Wohnung, die er sich mit drei Piloten der Air Maroc teilte. Die drei waren meist unterwegs, und er blieb sich selbst überlassen, konnte barfuß über den Kachelfußboden gehen, mit seinem Transistorradio draußen auf dem Balkon sitzen. In den seltenen Fällen, in denen alle drei Piloten gleichzeitig in der Stadt waren, war die Wohnung voll, herrschte Partystimmung oder eine Atmosphäre wie in einem *Souk*. Die Piloten waren seine Verbindung zu den Menschen der Stadt. Gemeinsam mit ihnen ging er in die Cafés, spielte Domino, rauchte die Wasserpfeife. Er ging in Moscheen, lernte, dass man hier seine Schuhe auszog und im Schneidersitz am Boden saß. Die Piloten sprachen gerne über ihre Arbeit, ihr Land, ihre Religion. Sie stellten ihn Verwandten und Freunden vor, Mittagessen bei einer Tante, die Hochzeit eines Schulfreunds. Wenn die Piloten auf Reisen waren, war die Wohnung voll mit Raes Gedanken und dem krächzenden BBC World Service, die silberne Radioantenne in einem mühevoll ausgeklügelten Winkel justiert.

So wie die Piloten ihn mit den Einheimischen verbanden, bildeten seine Arbeitgeber die Verbindung zur internationalen Gemeinde. In den engen Kreisen der Ausländergemeinde verläuft soziale Integration ebenso schnell, wie ein Urteil über einen Neuankömmling gefällt wird. Wer in seinem Alter oder älter war, beschloss, ihn nicht sonderlich sympathisch zu finden. Vorlaut und irgendwie geheimnisvoll. Ihm fehlte dieser ungezwungene Charme, der sie so faszinierte; er ließ die kühle, selbstsichere Ausstrahlung vermissen, der sie den Vorzug gaben. Andeutungsweise, so befanden die Damen, sah er exakt aus wie ein Araber. Rae verstand sich besser mit den jungen Leuten, die in Marokko aufgewachsen waren, eine Minderheit mit privilegierten Lebensläufen. Er tat, was die Jungen nicht taten: Er las Zeitung, lernte Arabisch. In Moscheen gehen, mit Marokkanern leben. Das war ihnen subversiv genug. Sie mochten ihn.

Die junge Amelia sah reizend aus in ihren Kleidern aus Paris, die der Hausdiener bügelte. Amelias Vater war Engländer, die Mutter Spanierin. Sie zählte zu den besten Köchinnen der Gegend, und das sah man ihrer glücklichen Tochter an. Sie wirkte älter als achtzehn. »Amelia ist wie Marilyn Monroe – Größe 42«, verkündete ihre stolze Mutter ihren Freunden, denen Figuren wie die von Twiggy oder Mary Quant wesentlich lieber waren. Anders als ihre Zeitgenossen war Amelia nicht zurück nach England ins Internat gegangen. Sie hing zu sehr an ihrer Mutter und an deren gutem Essen. Marokko war ihr Zuhause, lag in ihrem spanischen Blut, und Englisch sprach sie mit leichtem Akzent – das klang sehr attraktiv für Rae.

Rae saß bei Amelia, die am Pool in der Sonne lag. Bikini aus Paris. Das Bild hatte koloniale Züge, arabische Kellner in makellos weißen Uniformen, Cocktails am Pool serviert. Blätter, die ins Wasser fielen, und eine armselige Gestalt in hochgerollten Hosen, von geringerem Status als die Kellner, fischte sie mit einem langen Netz heraus. Nur der Mann, die Kellner und Rae waren vollständig bekleidet. Rae trug khakigrün. Khakigrün und khakibraun waren seine Lieblingsfarben, sein Image.

In Amelias Nähe wurde Rae schwindelig von der Sonne, dem perfekten Blau des Pools. Ein klarer Gedanke wand sich durch seinen Kopf. Rae sagte Amelia, was er dachte. Sie kniff die Augen zusammen, die haselnussbraun und grün waren. Die Kellner. Der Gedanke kreiste um die Kellner.

Ihre Frauen waren bedeckt, selten erhaschte man einen flüchtigen Blick, während die Männer hier ihr Geld damit verdienten, hübschen Badenixen eisgekühlte Limonade an den Pool zu bringen. Abends mixten sie Cocktails, schnitten Zitronen in Scheiben für wasserfarbenen Gin, reichten Whisky, während ihnen Alkohol verboten war. Deshalb, so erklärte Rae Amelia, gab es diese verschlagenen Blicke, dieses klägliche Kichern und, zu Hause, die tägliche Tracht Prügel für die Kinder.

In Raes Augen lag Amelias Charme zum Teil in der unausgesprochenen Ablehnung ihrer Eltern ihm gegenüber. Auf einer Party an jenem Pool spielte eine Band eines Abends *Nights in White Satin,* und Rae tanzte mit Amelia, während ihre Eltern geduldig grollten. Er war verliebt, im Ausland, und sie war Halbspanierin, exotisch. Dafür war er eigens aus Edinburgh angereist. Und warum liebte Amelia Rae? Weil er über seltsame Dinge sprach, die Wasserpfeife rauchte. Dieser junge Schotte hatte *arabische Züge.* Arabisches, nach dem sich Amelia seit Jahren sehnte. Sie war in der prächtigen Villa ihrer Eltern aufgewachsen und hatte heimlich und schuldbewusst den Hausdienern nachgeschaut, den Gärtner aus Fez ins Herz geschlossen.

Rae und Amelia versorgten die internationale Gemeinde mit dem saftigsten Stück Klatsch des Jahres. Auf Kaffeekränzchen, bei Telefonaten – sogar die Männer im Laden sprachen von der überstürzten Heirat, das leichtsinnige Ding. Aus dem leichtsinnigen Ding wurde eine kränkelnde Ehefrau. Rae vermutete Anzeichen einer Schwangerschaft und war verstört. Er strich Amelia das Haar aus der Stirn, wenn sie sich wieder und wieder ins Waschbecken im Bad erbrach. Rae hatte Geldsorgen. Sein Hirn dachte Geld, Geld, sein Herz tat ihm weh. Er saß bis spät in die Nacht über Berechnungen, addierte und subtrahierte Zahlen auf schmierigen Papierfetzen. Er verschuldete sich und bekam

Albträume von marokkanischen Gefängnissen. Für ihn allein hatte der Job im Laden ausgereicht, jetzt genügte er nicht mehr. Und was war mit ihm, mit seiner Karriere. Er hatte vage Vorstellungen davon, Politologe zu werden oder Auslandskorrespondent wie die, die zu ihm in den Laden kamen, die Welt bereisten, auf der Suche nach Krieg und Revolution.

Amelia fand keinen Gefallen an den Piloten in der Wohnung. »Sie *riechen*«, sagte sie und weinte sich an Raes Schulter aus. Eines Abends erschien ihre Mutter und machte eine Szene, schrie Rae auf Spanisch an.

Krank wie sie war, vertrug Amelia nur Essen, das ihre Mutter kochte. Sie mied die Wohnung für Tage und ließ sich in der elterlichen Villa versorgen. Rae hing in Cafés und Moscheen herum. Seine Freunde, die Piloten, versicherten ihm, dass er sich ehrenhaft verhalten hatte. Er fühlte sich nicht ehrenhaft, er hatte das Gefühl, sein Leben verpfuscht zu haben, oder dass das Schicksal sein Leben verpfuscht hatte. Und unverdrießlich machte er trotzdem weiter Kakao für Amelia, versuchte sie aufzuheitern. Häuslichkeit war ihm nicht unangenehm, das Gefühl, nicht alleine zu sein, den weltlichen Alltag zu teilen, ein Stück Seife, den Staub, der ins Zimmer kroch.

Über das Baby sprachen sie nicht oft. Es war eine schwere Geburt. Bläulich war der Junge auf die Welt gekommen, ohne Kinn, die Augen seltsam geformt wie Halbmonde, das Rückgrat verkrümmt. Amelia durfte ihn nicht sehen. Sie sah ihn nie. Rae indes würde dieses entstellte gewichtslose Bündel nie vergessen, das dichte dunkle Haar, das dieselbe Farbe hatte wie sein eigenes Haar. Er hatte immer geglaubt, Babys kämen ohne Haare auf dem Kopf zur Welt, so viel Haar hatte er nicht erwartet. Das Haar brachte ihn vor Amelias Eltern, dem Arzt und der Krankenschwester zum Weinen.

Trauer durchbrach die Regelmäßigkeit seines Lebens, brannte für eine Weile sogar den Wunsch nach dem BBC World Service weg. Während Amelia im Krankenhaus zu Kräften kam, suchte er, mit roten Augen, seine Freunde auf. Ihre Gesellschaft verschaffte ihm Linderung. Sie sprachen zu ihm, doch er konnte nicht zuhören, nicht verstehen, war zufrieden, allein ihre Stimmen zu hören. Ihre Worte. Kinder, die sterben, werden sich für ihre Eltern verwenden. Sie werden an den Toren zum Paradies stehen und sich weigern, ohne ihre Mütter und Väter einzutreten, werden nach ihnen rufen, und Allah wird ihnen ihren Wunsch erfüllen.

Im Krankenhaus litt Amelia an den Spritzen, die man ihr gab, um den Milchfluss zu stoppen, an den Stichen, an dem Gefühl, dass all der Schmerz vergeblich war. Sie trauerte ihrer Figur von einst nach, dem glücklichen Leben mit Pool und Partys. Sie gab Rae die Schuld, der unversehrt davongekommen war. Ihre Mutter gab Rae die Schuld. Er hatte nur Fehler. Ihre hübsche Tochter hätte es viel weiter bringen können. So viel weiter. Doch noch war ja nicht alles verloren, dachte die schlaue Mama, im Gegenteil, vielleicht hatte ja das, was dem Baby zugestoßen war, auch sein Gutes. Sie musste nur durchgreifen, um dieser albernen Ehe ein Ende zu setzen. Sie holte sich Hilfe bei Raes Chef. Der weise Gelehrte erwog die Dinge, sog an seiner Pfeife. Dann riet er Rae, aufzugeben, loszulassen, heimzugehen und sein Studium fortzusetzen. Und Amelia sagte: »Ich will dich nicht mehr.«

Jahre später wendete sich Amelias Schicksal und bescherte ihr einen Waliser, einen Bungalow in Gwenyd, Töchter und Söhne. Wie ihre Mutter wurde auch sie eine hervorragende Köchin und brachte es schließlich sogar zu einem eigenen Catering-Service. Rae wurde wieder Student, gab seine Pläne auf, Auslandskorrespondent zu werden. Vielleicht, weil er entdeckt hatte, dass sie unter ihrer weltgewandten Oberfläche eindimensional waren, kein Gefühl für Marokko hatten. Er war zu schwer für ihre globetrottende Welt, zu tiefsinnig. Ihm lagen Ideen und Worte. Marxistisch, strategisch. Guerillakrieg, Widerstand. Nationalismus. Revolution. *Coup d'État*.

Sammar saß am Boden, hatte den Kopf auf die Knie gestützt. Sie dachte an das stumme Baby, ein Europäer, in afrikanischem Sand begraben. Sie fragte am Telefon: »Wie kannst du einen Ort mögen, wieder dorthin fahren, seine Kultur und Geschichte studieren, wenn dir dort so Furchtbares widerfahren ist?«

Er schwieg.

Als er schließlich sprach, meinte er: »Weil es gesund war für mich, wie Medizin. Mich weniger hart gemacht hat. Und weil ich Dinge gelernt habe, die ich aus Büchern nie hätte lernen können. Wie du.«

Sie verstand ihn nicht. »Wieso ich?«, fragte sie. Und er wiederholte: »Du gibst mir Sicherheit. Bei dir fühle ich mich sicher.«

7

Sammar ging zu Fuß zur Arbeit, sie trug ihren neuen Mantel und spürte, wie sauber er war, die Wolle nicht ausgeblichen, nicht zerschlissen. In den Schaufenstern sah sie ihr Spiegelbild, das Hennarot, die Knebel anstelle der Knöpfe. Sie fühlte sich wie früher als Kind am ersten Tag nach *Eid,* dem Neujahrsfest, neues Kleid, neue Strümpfe, neue Haarschleife. An der Fußgängerampel wartete sie, zog einen Handschuh aus, schob die Hand in die Manteltasche und spürte die seidene Frische des Futters. Grünes Männchen, Tonsignal, und sie ging über die Straße, zog dabei ihren Handschuh wieder an. Für bloße Finger war es zu kalt, Januarkälte, obwohl der Tag mild war für diese Jahreszeit und sie beschlossen hatte, zu Fuß zu gehen, statt wie sonst den Bus zu nehmen. Ein ruhiger Tag mit bewölktem Himmel, ohne Sonne. Sammar hatte früh gelernt, schon im ersten Jahr mit Tarig hier, dass die Wintersonne dieser Stadt kälter war als die Winterregen. Bevor sie diese Lektion gelernt hatte, hatte sie oft durchs Fenster den strahlenden Sonnenschein gesehen, die Wärme durch die Glasscheiben hindurch gespürt und war nur leicht bekleidet nach draußen gegangen, um verwundert zu bibbern und zu leiden, wie jeder unpassend gekleidete Afrikaner in der fremden britischen Kälte litt.

Noch war ein wenig Festtagsatmosphäre spürbar, die Weihnachtslichterketten waren noch nicht abmontiert. Keine Schulkinder, keine Lolliverkäufer, die Schule hatte noch nicht begonnen. Sammar wusste, dass auch die Uni öde und leer sein würde, jetzt, weil die Studenten erst in der nächsten Woche wiederkämen. Sie würde auf den Korridoren nur Kollegen oder vereinzelten Doktoranden begegnen. Hörsäle dunkel und still, die Bibliothek nicht belebt wie sonst. Sie würde Rae treffen, der weniger Arbeit hätte als während des Semesters. Sie würde sich nach seiner Erkältung erkundigen, denn bei ihrem letzten Gespräch hatte sich sein Husten schlimmer angehört. Er würde ihr die Arbeit der University of Azhar zeigen, die sie für ihn übersetzen sollte, sie würde ihm das Buch über die *Qudsi Hadith* geben, und es würde ihnen noch Zeit bleiben. Vielleicht könnten sie miteinander reden wie am Telefon, vielleicht würde sie sagen, was sie immer hatte sagen wollen, und er wäre nicht erstaunt. Würde ihr zuhören und dann über Orte und Menschen sprechen, die sie nie kennen lernen würde, ihr das Gefühl geben, sie zu verstehen, das Gefühl, dass sie mit diesen Geschichten in Verbindung stand. Vielleicht könnten sie in seinem Büro so miteinander sprechen wie am Telefon. Sie hatte weder gezählt, wie oft er sie während der Feiertage angerufen hatte, noch ihre Gespräche in Minuten oder Stunden gemessen. Hatte sich gezwungen, dies nicht zu tun. Und sie hatte sich gezwungen, nicht zu fragen, warum ruft er mich an, wo soll das hinführen, was bedeutet das alles?

Nach und nach öffneten die Geschäfte wieder ihre Tore. Sammar passierte einen Zeitungskiosk, ein Sportgeschäft, einen Fischhändler, eine Bäckerei. Der Lebensmittelladen, der *Halal*-Fleisch anbot, war noch geschlossen, er öffnete erst spät am Tag. Sammar kaufte manchmal auf dem Heimweg dort ein. Während der Besitzer aus Bengalen das Huhn hinten im Laden zerlegte, wartete sie nahe der Theke; der enge schmuddelige Raum war randvoll mit Säcken mit Trockengemüse, Konserven aus fernen Ländern, Sammar stand inmitten von Gewürzduft und Filmstars aus Asien an den Wänden. Sie kaufte Chilisauce und Bohnen in Büchsen, die Zutaten in arabischer Sprache angegeben, abgepackt in einem warmen Land, auf einem anderen Kontinent. Ein Paket *Falafel*-Mischung, Made in Alexandria.

Sie passierte ein Schuhgeschäft, einen Laden für Brautmoden und ein Wäschegeschäft. Sonderangebote im Winter, Schlussverkauf im Januar, riesige rote Schilder, halber Preis, 30 Prozent billiger, das größte Sonderangebot aller Zeiten. Gestern war auch sie unter den Schnäppchenjägern gewesen. Gestern war ein anstrengender Tag gewesen. Morgens hatte sie die Augen aufgeschlagen und mit einem Blick ihr Zimmer erfasst, das Krankenzimmer. Hatte die hässlichen Vorhänge gesehen, die ausgeblichene Tagesdecke. Sie hatte Schränke und Schubladen aufgerissen und ausgeleierte Gummibänder, abgewetztes Nylon und ausgetretene Schuhe mit schiefen Absätzen zu Tage gefördert. Sie hatte die Sachen in den Händen gehalten, so als sähe sie sie zum ersten Mal. Ausgefranste Wollsachen, bleiche Baumwolle, und sogar ihre Schals, die seidenen Kopftücher, stets mit Bedacht ausgewählt, waren inzwischen verblasst und abgetragen. Seit Tarigs Tod hatte sie sich keine Kleider mehr gekauft. Ihr war nicht aufgefallen, wie die Zeit verging, wie die Jahre die Kleider zerfraßen, in denen Tarig sie gesehen hatte, Wollsachen, die er angefasst, Farben, die er begutachtet hatte.

In der Kochnische stand ein kleiner Kühlschrank, eine Kochplatte, der Tisch, den sie als Schreibtisch nutzte. Dort entdeckte sie verschimmeltes Brot, Käse mit grünem Pelz, Salat, dunkel und schwer geworden, längst über sein Haltbarkeitsdatum hinaus. In diesem Teil der Welt war alles geruchlos. Zu Hause hätte sie nicht so lange nachlässig sein können, Ameisen und Kakerlaken hätten ihr keine Ruhe gegönnt. Hier hatte eine Zwiebel lang ausgetrieben. Ein Hühnerschenkel, drei Monate alt, lag im Kühlschrank wie ein Stück Gummi. Nur die antike Gurke hatte eine Pfütze karamellartiger Substanz abgesondert, allerdings noch immer völlig geruchlos. Seit Jahren schon ernährte sich Sammar so, hackte auf die guten Happen ein, ohne sich zu fragen, was sie da tat, wie durch Nebel an Einsicht gehindert, schwerfällig wie im Traum. Nun schaute sie sich in ihrem Krankenzimmer um und sagte sich: »Das bin nicht ich. Ich bin besser.«

Große schwarze Säcke, Sachen wegpacken, falten und in Tüten verstauen. Wie damals, als Tarig gestorben war und sie alles weggeworfen hatte, weil sie glaubte, sie würde nie wieder nach Aberdeen kommen. Doch heute war keine Trauer dabei, kein Brennen in Kopf und Brust, sie arbeitete in aller Ruhe, entschied, was sie behalten und wovon sie sich trennen wollte. Es ging schnell. Es war einfach. Anschließend putzte sie, die Böden, die Wände, die Fenster und den Kühlschrank, den Küchenschrank, die Schubladen. Sie schrubbte, bis alles nach Seife roch, und öffnete die Fenster, um ihr Leben mit dem eiskalten Regen zu spülen. Sie nahm den Vorhang ab und brachte Kopfkissen und Decke in den Waschsalon.

Ein ungewohntes Gefühl, durch große Kaufhäuser zu gehen, die grellen Lichter und der Parfümduft, Menschenmassen auf Schnäppchenjagd. Sie war froh über so viel Betrieb. Leere Geschäfte, in denen Verkäufern Zeit blieb, »Kann ich Ihnen helfen?« zu fragen, machten sie nervös. In der Mantelabteilung konnte sie zwischen mehreren Modellen und Farben wählen. Ein Mantel stand ihr gut, er hatte goldene Knöpfe, deren Farbe und Kühle Sammar an ihre Tante erinnerten. In der Umkleidekabine, umringt von Spiegeln, von zu vielen Spiegelbildern vor sich und hinter sich, überkam sie Sehnsucht nach ihrer Tante, plötzlich, und schmerzlich wünschte sie, sie wären wieder zusammen, wünschte, sie könnte sie wieder in die Arme schließen, ihr wieder nahe sein, wie in den Jahren vor Tarigs Tod. Doch den Mantel mit den Goldknöpfen kaufte sie nicht, obwohl sie wusste, dass ihre Tante ihn bevorzugt hätte und ihr Geschmack in Sachen Garderobe ja immer ideal gewesen war, der Maßstab. Sammar kaufte den Dufflecoat, der Knebel hatte, und glatte braune Steine anstelle von Knöpfen. Nachdem sie ihn bezahlt und das Kaufhaus verlassen hatte, hob sie ihn aus der großen Plastiktüte, auf der in roten Lettern *SALE* prangte, zog ihn sofort über, riss die Preisschilder ab und stopfte ihren alten Mantel in die Tüte.

»Sie haben eine wunderschöne Haut«, sagte die strahlende Lady in der Kosmetikabteilung. Sie hatte eine Menge Mascara auf wenigen Augenwimpern verteilt. Mit ihren langen Fingernägeln Farbe Fuchsie klimperte sie über Cremetöpfchen und Lotion in Flaschen.

»Oh..., danke schön.«

»Die sind nichts für Sie«, strahlte die Lady weiter und ließ ihre schmale Hand über Pomaden und Cremes in purpurnen Pöttchen gleiten. »Diese hier«, sie angelte nach einer Flasche mit gelber Lotion. »Probieren Sie die.«

Sammar neigte die Flasche und verrieb ein paar Tropfen Lotion auf ihrem Handrücken.

»Tragen Sie Make-up?«

»Nein ... Nicht mehr...«

»Wenn Sie die Feuchtigkeitscreme, die Seife und die getönte Creme kaufen, bekommen Sie das Geschenk-Set inklusive Lippenstift, Rouge, Augenbrauenstift und Lidschatten gratis. Unser besonderes Angebot.« Die Fuchsiennägel wiesen auf ein Schild auf der Theke. *Sonderangebot* in roter Schrift und ein Foto des Geschenksets, größer, als es tatsächlich war.

Seit Tarigs Tod vor vier Jahren hatte Sammar weder Make-up noch Parfüm getragen. Vier Monate und zehn Tage dauerte laut der Sharia die Trauerzeit für eine Witwe, Zeit nur für sie alleine, Zeit, die vergehen musste, bevor sie wieder heiraten, sich wieder schön machen durfte. Vier Monate und zehn Tage. Vier Monate und zehn Tage, dachte Sammar oft, so genau festgelegt, weder zu kurz noch zu lang. Sie fand Allahs *Sharia* gütiger und ausgewogener als die Regeln, die die Menschen sich machten.

Sie kaufte neue Vorhänge für ihr Zimmer, brachte sie an, und der Raum verwandelte sich, bekam neues Licht. Kein Krankenzimmer mehr, bunte Plastiktüten und Verpackungen auf dem Boden verstreut, und ihre neuen Schals lagen auf dem Bett ausgebreitet. Als ihr Blick wieder auf die Vorhänge fiel, das helle Muster in Orange, Blau und Braun, wurde ihr plötzlich bewusst, dass es die Vorhänge waren, die Rae ihr beschrieben hatte, die Vorhänge in seinem früheren Haus, mit Blick auf die Dee. Unbewusst hatte sie diese Farben gewählt, die Farben, die er erwähnt hatte. Sie hatte seine Worte im Kopf, fest im Kopf, sie verflogen nicht. Nachts träumte sie nicht länger von der Vergangenheit, sondern vom Regen und den grauen Farben dieser Stadt. Sie träumte von der Gegenwart. Träumte von Lesley, die sagte, das Telefon im Treppenhaus sei kaputt. Sie träumte, dass sie und nicht Amelia das tote, entstellte Baby in sich trug. Der Junge war schwer in ihr, und sie wollte ihn nach draußen drängen. Doch ihre Tante sagte ihr im Traum, du bist noch nicht so weit, für die Geburt ist es noch zu früh. Ihre Tante wusste nicht, dass das Baby tot war, nur Sammar wusste es, weil Rae es ihr gesagt hatte. Sie war nicht traurig darüber, spürte das Gewicht des Babys, der Schmerz war vertraut, nicht beängstigend, nicht unangenehm. Sie wusste, dass ihre Tante sich täuschte, wusste, dass es so weit war und sie es nicht verhindern könnte, das Baby auszustoßen.

Die Träume taten ihr gut, brannten wie Antiseptikum. Sammar nahm all ihren Mut zusammen und rief bei einer Fahrschule an, machte die erste Fahrstunde aus. Die Lehrerin, eine große, lebhafte Frau mit weißem Haar, geleitete sie zu einem leeren Straßenabschnitt in der Nähe vom Hazelhead Park. Da waren sie wieder, die Fahrkünste, die 'Am

Ahmed ihr beigebracht hatte, Gänge schalten, das schöne Geräusch beim Anziehen der Handbremse. Doch auf belebteren Straßen geriet sie in Panik, sobald ihr ein Auto entgegenkam. Sie verkrampfte sich beim Anblick des ankommenden Fahrzeugs, riss das Steuer nach links und sagte in Gedanken instinktiv die *Shahadah*: Ich bezeuge, es gibt keinen Gott außer Gott ..., während die Fahrlehrerin ihr ins Steuer griff, damit sie die Richtung hielt. Als Rae am selben Abend anrief, war Sammar in Tränen aufgelöst: »Ich hab alles vergessen. Das lerne ich nie. Nie im Leben bestehe ich eine Fahrprüfung.« Er sagte amüsiert: »Natürlich wirst du es lernen, du wirst dich an alles wieder erinnern. Rede dir nicht ein, dass du dumm bist, du bist nicht dumm.« Er sprach ihr Mut zu, während der tränennasse Hörer ihr fast aus der Hand glitt.

Sammar lief durch vertraute Straßen zur Arbeit. Sie wusste, wo der Asphalt in Kopfsteinpflaster überging. Sogar die Gesichter mancher Leute waren ihr inzwischen vertraut geworden. Vor Jahren noch waren dieselben Straßen ein Gewirr aus Kulturschocks gewesen. Erschreckend widersprüchliche Dinge, ein Ohrring am Ohrläppchen eines Mannes, eine Frau, die einen Hund ausführte, groß genug, das Baby zu schlucken, das sie in ihrem Kinderwagen vor sich her schob, die riesigen Plakatwände an den Straßen: Wonderbra; Zigarettenwerbung, die die Leute aufforderte, zu rauchen und das Rauchen aufzugeben; das Ministerium der Sünde; der Nachtclub in einer ehemaligen Kirche. Mittlerweile fielen Sammar diese Dinge nicht mehr auf, sie starrte sie nicht mehr fassungslos an wie noch vor Jahren. Mit der Zeit waren ihre Augen abgestumpft, und sie hatte nach und nach erleichtert entdeckt, dass sie nicht allein war, nicht jeder glaubte, was auf den Plakaten stand, nicht jeder wusste, warum die Frau sich diesen riesigen wilden Hund hielt.

8

Der Campus war so ruhig, wie sie ihn erwartet hatte, nur wenige Autos auf dem Parkplatz, das Gebäude des Fachbereichs ohne Studenten. Sammars Arbeitszimmer lag im obersten Stock und hatte ein Fenster, durch das man den Himmel sehen konnte. Das Zimmer gefiel ihr, weil die Sonne direkt durch dieses Fenster schien. Sie teilte es sich mit Diane, einer von Raes Doktorandinnen. Zu Sammars Überraschung stand die Tür offen, das Licht brannte, und Diane saß gebückt über Fotokopien, umgeben von ihrem üblichen Vorrat an Stiften, Cola light, Müsliriegeln und Schinken-Pickles-Sandwiches.

»Ich dachte, du seist verreist; schön, dich zu sehen.« Sammar hängte ihren Mantel an den Haken hinter der Tür. »Ist was passiert? Warst du nicht zu Hause?« Dianes Zuhause war in Leeds.

»Doch, aber ich bin gestern Abend wiedergekommen.« Sie hatte ihr Gesicht in die Hände gestützt und schaute hoch zu Sammar.

»Du siehst müde aus.«

»Zu viele Nächte durchgefeiert, zu viele Partys.« Diane grinste, nahm ihre Brille ab und legte seufzend ihren Kopf auf den Tisch. Dabei glitt ihr glattes blondes Haar über die Seiten auf dem Tisch. Ohne Brille sah sie jünger aus und weniger gelehrt. Sammar fiel auf, wie jung Diane war, beinahe acht Jahre jünger als sie, und so selbständig im Vergleich zu ihr in jenem Alter. Selbständig und eine ständige Quelle für Kulturschocks, die mit der Zeit nachließen. »Ich hab meiner Mutter Schlüpfer zu Weihnachten gekauft«, ». . . den hab ich im Pub kennen gelernt«, ». . . heute Morgen war *kaum jemand* in Raes Vorlesung, gestern Abend war ein großes Besäufnis«, ». . . Kinder will ich auf keinen Fall, ich heirate *nie.*« Diesen letzten Satz wiederholte Diane oft, das schien ihr sehr am Herzen zu liegen. Wenn Sammar zu Hause und Diane eine ihrer alten Freundinnen wäre, hätte sie geantwortet: »Bist du verrückt? Du willst dein ganzes Leben ohne Mann verbringen!«, und beide hätten gelacht. Hier aber sagte sie nur leise: »Vielleicht änderst du ja deine Meinung eines Tages und heiratest doch.«

»Warst du irgendwo?«, wollte Diane nun wissen.

»Nein.« Doch Sammar hatte das Gefühl, auf Reisen gewesen zu sein, weit weg, an einem Ort, an dem sie zufrieden war. Sie schaltete den Computer auf ihrem Schreibtisch ein, drückte den Knopf am Bildschirm, der zu flimmern begann. Der Rechner startete den Speichertest. »Ich verreise Anfang nächsten Monats. Ich fliege nach Kairo und dann nach Khartoum, um meinen Sohn zu holen.« Diane setzte ihre Brille wieder auf, schaute Sammar aus müden Augen an. Sie gähnte.

»Hast du Schwierigkeiten, ihn ins Land zu bringen, Einreise und so?«

»Nein, er ist hier geboren. Genau wie ich.«

»Echt? Das wusste ich gar nicht.«

»Hab ich das nie erwähnt? Mein Vater hat damals hier studiert. Deshalb habe ich einen britischen Pass. Inzwischen haben sie das Gesetz geändert. Doch damals bekam jeder, der hier geboren war, einen britischen Pass. Ich kann meinen Sohn ohne weiteres hierher bringen.«

Diane sah enttäuscht drein, sie schien eine Story über ein schweres Schicksal und die Ungerechtigkeit der Einwanderungsbehörde erwartet zu haben.

Ohne diesen Pass wäre Sammar jetzt nicht hier. Weil es ihr möglich war, in Großbritannien zu leben, war sie nach dem Streit mit ihrer Tante ins Flugzeug gestiegen, hatte vom Erlös ihrer Goldarmreifen ein einfaches Flugticket gekauft. Aberdeen hatte sie wegen der Verbindung zu Tarig gewählt und weil sie zeitweise für die Universität gearbeitet hatte und weil die Chance bestand, dass man ihr dort wieder Arbeit geben würde. Sie hatte Glück gehabt. Übersetzer vom Arabischen ins Englische waren gefragt, es gab wenig Konkurrenz. Ihr Schicksal war geprägt durch ein Gesetz, das ihr einen britischen Pass bescherte, eine Zeit, in der die Nachfrage nach Übersetzern vom Arabischen ins Englische das Angebot überstieg. »Nein«, rief sie sich ins Gedächtnis, »das ist nicht die ganze Wahrheit. Mein Schicksal ist geprägt durch Gott den Allmächtigen, ob und wen ich heirate, was ich esse, die Arbeit, die ich finde, meine Gesundheit, der Tag, an dem ich sterbe, alles ist allein so, wie es ihm gefällt.« Und wer anders dachte, glitt ab, spürte die Welt enger werden, trübselig und eng.

Sie durchsuchte ihre Dateien, wählte eine per Mausklick aus. Diane erzählte, wie sie Rae vor ihrer Reise nach Glasgow zum letzten Mal gesehen hatte.

»... nicht gerade bei bester Laune. Ich wollte ein paar Aufsätze von ihm, und er sagte: ›Hol sie dir aus der Bibliothek, ich habe sie nicht.‹ Ich weiß genau, dass er sie hat. Und alles, was er dann noch anzubieten hatte, war eine Lektion darüber, dass die Bibliothek an *keinem einzigen Tag* während der Ferien schließt.«

Sammar schmunzelte, weil Diane grummelte und ihren Kopf wieder auf den Schreibtisch legte.

»Und *das* hat er mir gegeben.« Sie wedelte vor Sammars Gesicht mit dem Aufsatz eines Studenten herum, an dem eine gelbe Post-it-Notiz klebte. Sammar erkannte Raes Handschrift auf dem kleinen Zettel: »Diane, vierzehn Punkte sind viel zu großzügig für einen Aufsatz mit so wenigen Literaturangaben.« Diane hielt die Tutorien für eines von Raes Seminaren im Grundstudium ab und musste hin und wieder die Arbeiten der Studenten benoten.

»Wie viel sollst du denn seiner Meinung nach geben?«, fragte Sammar.

»Höchstens elf.« Diane begann ihr Sandwich auszupacken.

»Immerhin, elf heißt doch bestanden, oder?«

»Ich will sie ermutigen. Vierzehn hätten ihr Mut gemacht, aber der Bastard ist einfach zu pedantisch.«

»Vielleicht könnte sie den Aufsatz umschreiben.«

»Das wird sie nicht tun, sie wird sich einfach mit elf abfinden.«

Diane ließ den Aufsatz zurück auf den Stapel in der Ecke ihres Schreibtischs fallen, beugte sich über ihre Arbeit und aß dabei ihr Sandwich.

Sammar freute sich, dass Diane wieder da war. Sie war nicht gerne allein, und sie hörte ihr gerne zu, wenn sie über Rae sprach. Es war auch so, wenn Yasmin über ihn sprach, nur mit dem Unterschied, dass Diane spontan war und keinen Verdacht schöpfte. Wenn Sammar sich bei Yasmin nach Rae erkundigte, runzelte die in letzter Zeit jedes Mal missfallend die Stirn und antwortete schnippisch: »Hoffst du etwa insgeheim, dass er konvertiert und du ihn heiraten kannst?« Sammar überlegte, ob Yasmin inzwischen aus Manchester zurück war, wo sie mit Nazim dessen Eltern besucht hatte. Später, auf dem Heimweg, würde sie zu Rae gehen, schauen, ob er wieder da wäre, und auch im Sekretariat vorbeischauen, um zu sehen, ob Yasmin wieder da war.

Am Nachmittag ging sie in die kleine Moschee der Universität, um zu beten. Es war ein Raum, den man den muslimischen Studenten überlassen hatte. Er lag in einem anderen Gebäude, älter und schöner als der moderne Bau, in dem ihr Fachbereich untergebracht war. Sie fand den Raum dunkel vor und leer. Sie knipste das Licht an, zog die Schuhe aus und fühlte sich unwohl, allein in dem riesigen Raum mit seiner hohen Decke. Während des Semesters, wenn der Raum gut besucht war, betete jeder einfach direkt auf dem Teppichboden, doch jetzt nahm sie eine der Matten, die zusammengerollt im Regal lagen, und breitete sie aus. Sie war blau und plüschiger als der Gebetsteppich, den sie zu Hause hatte, und trug ein Bild der Kaaba unter marineblauem Himmel. Beten in einer Gruppe tat wohler. Im gemeinsamen Gebet mit anderen fiel es ihr leichter, sich zu konzentrieren, fühlte sie ihr Herz gestärkt durch die, die glaubten wie sie. Jetzt stand Sammar allein unter der hohen Decke des alten College, begann leise vor sich hin zu sagen: *Lob sei Allah, dem Herrn aller Welten, dem Allbarmherzigen, dem Gnädigen . . .*, und die Gewissheit dieser Worte brachte unerwartete Tränen, ein Gefühl, tiefer als Glück, alle Bruchstücke in ihr fügten sich zusammen.

Nach dem Gebet betrachtete sie die Aushänge am schwarzen Brett: der Plan mit den Gebetszeiten, die Termine für die Treffen der interkonfessionellen Gruppe, ein Vortrag über Jerusalem von einem Dozenten aus St. Andrews.

Durch die regennassen Campusgärten ging sie zurück in ihr Büro. Die frische Luft verschaffte ihr eine Pause, jetzt war es kälter als heute Morgen. An Tagen, an denen Diane nicht da war, schloss Sammar die Tür von innen ab und betete im Büro. Sie bewahrte einen alten Schal in ihrer Schreibtischschublade auf, der ihr als Gebetsteppich diente. Anfangs, als sie zum ersten Mal hier war, erschien ihr die Abgeschiedenheit, in der gebetet wurde, seltsam. Sie war daran gewöhnt, Menschen auf Gehwegen und Rasenflächen beten zu sehen. Sie war daran gewöhnt, mitten in Partyrummel zu beten, an Orten, wo Menschen plauderten, schliefen oder lasen. Doch jetzt, nach Jahren in dieser Stadt, konnte sie sich vorstellen, dass Menschen überrascht reagieren, die um die nächste Ecke biegen und über jemanden stolpern, dessen Stirn, Nase und Handflächen den Erdboden berühren. Sammar überlegte, was Rae wohl empfinden würde, wenn er sie je beten sähe. Entfremdung? Würde der Unterschied zwischen ihnen unterstrichen, oder empfände er es als nahe liegend, als etwas, das er selbst gerne täte?

Sie schaltete den Computer aus, nahm dem Raum das stetige Summen, das ihn den ganzen Tag über erfüllt hatte. Diane war in der Bibliothek, im Zimmer war es nun völlig still, ohne das Computergeräusch. Eigentlich wollte Sammar nach Hause gehen und vorher noch in Raes Büro vorbeischauen, doch sie blieb sitzen. Vielleicht wäre er anders als am Telefon, kühler, förmlicher, hätte andere Dinge im Kopf. Vielleicht hatte die Art, wie er mit ihr telefoniert hatte, mit den Feiertagen zu tun. Mit den dunklen Feiertagen mitten im Winter, an denen alles geschlossen hatte und die Tage die kürzesten des ganzen Jahres waren. Tage, die aus der Normalität herausfielen, dem Übermaß das Feld überließen.

Diane stieß die Tür auf und kam mit zwei Yorkie-Riegeln und einer Tüte Chips ins Zimmer.

»Bin eben Yasmin über den Weg gelaufen«, sie ließ ihre Snacks auf den Schreibtisch fallen.

»Dann ist sie also aus dem Urlaub zurück.«

»Dick und rund sieht sie jetzt aus«, stellte Diane fest und schwang auf ihrem Drehstuhl hin und her.

»Tatsächlich?«, fragte Sammar lächelnd und sagte: »Nein danke«, als Diane ihr einen Yorkie-Riegel anbot.

»Sie sagt, Rae liegt im Krankenhaus.«

Der Schmerz packte sie an einer bestimmten Stelle, über der Magengrube. »Was hat er?«

Diane riss ihre Tüte Chips auf. Der Geruch von Käse und Zwiebeln strömte in den Raum. »Anscheinend hat eine Schwester aus Foresterhill angerufen und gesagt, er hatte einen schweren Asthmaanfall und dass sie ihn dabehalten, weil er auch Bronchitis hat. Und das«, so erzählte Diane weiter, »das klingt nach einem schönen Start in sein neues Jahr. Wer soll nächste Woche seine Seminare übernehmen, wenn er bis dahin nicht wieder da ist? Yasmin glaubt, sie behalten ihn nicht lange da.«

Sammar starrte auf den Teppich, eine Vertiefung, die ein Stuhlbein hinterlassen hatte. Er hatte am Telefon gehustet, hatte gehustet und gesagt, er habe leichtes Fieber, und sie hatte nicht vermutet, dass er ernsthaft krank sein könnte. Hätte Diane nicht gesagt: »Ein schöner Start in sein neues Jahr«, hätte sie nicht den Geruch von Käse und Zwiebeln verbreitet, täte es Sammar vielleicht nicht so weh oder es wäre nicht Wut mit dem Schmerz vermischt. Sie hätte Diane gerne gesagt: »Du hast keine Manieren, du bist taktlos. Wenn jemand krank ist, wenn es schlechte Nachrichten gibt, dann sagt man bestimmte Dinge, ein Wort der Anteilnahme, wünscht gute Besserung. Und wenn diese Person älter ist als du, dein Professor, jemand, der dich unterstützt, dann solltest du erst recht respektvoll sein. Nicht so gefühllos. Du bist doch kein Kind mehr, um so gefühllos zu sein.« Sammar biss die Zähne zusammen. »Sag kein Wort«, befahl sie sich, »du hast nicht das Recht, so zu reden.« Sie spürte, wie ihr Blut in die Nase stieg, als könne sie jeden Augenblick Nasenbluten bekommen. Sie wünschte es herbei, das leise Tropfen, wenn das klebrige Blut sich aus ihrer Nase löste.

»Ich gehe jetzt«, sagte sie und schlüpfte in ihren Mantel, nahm ihre Tasche. »Bis bald.«

»Bis demnächst.«

Als sie die Tür hinter sich schloss, tropfte Flüssigkeit aus ihrer Nase, doch sie war klar wie Tränen. Die Treppe hinunter, auf die Straße, in den Bus, sie redete sich ein, dass sie überreagierte, ihre Reaktion völlig unnötig war. In wenigen Wochen wäre er wieder auf den Beinen. Bronchitis war keine Katastrophe. Sie bibberte in den beleuchteten Straßen, im Bus, der zu langsam fuhr. Er hielt an Ampeln zu lange, ließ Fahrgäste geduldig ein- und aussteigen. Alltagsleben, ein ganz normaler Tag. Die Fahrgäste schienen ihr übermenschlich, gingen umher unbelastet von Schmerz. Sie wollte nicht, dass ihr im Bus vor ihnen allen die Tränen kamen.

Sie steckte den Schlüssel ins Schloss. Laute Musik, Heavy Metal. Ein paar Mieter waren also wieder da, die Weihnachtsferien waren vorbei. Ein Brief von ihrer Tante, farbenfrohe afrikanische Briefmarken, feucht von Europas Regen. Die Post, schleppend während der Feiertage, kam nun wieder regelmäßig. Sammar steckte den Brief ungeöffnet in ihre Handtasche, stieg die Treppen hinauf. Ihr Zimmer war kein Krankenzimmer mehr, es hatte neue Vorhänge, eine neue Tagesdecke. Sie durfte nicht weinen. Was gab es zu weinen? Selbstgespräch: »Sei nicht albern.« Die Musik drang durch die Zimmerdecke. Krachend, voller Zorn. Warum waren sie wütend? Sammar begriff nicht, warum. Sie musste dieser Musik entfliehen. Sie wusste, wohin sie gehen würde. Selbstgespräch: »Hör auf zu heulen, was gibt's denn da zu heulen? Du kriegst nur rote Augen. Er wird dich sehen und deine hässlichen roten Augen.«

9

Foresterhill war ein großer Krankenhauskomplex, mit Straßen, Autos, Bussen, Parkplätzen, Bushaltestellen, Gärten, einem Kinderspielplatz. Hier war auch die medizinische Hochschule, an der Tarig studiert und seine Prüfungen bestanden, die Frauenklinik, in der Sammar Amir zur Welt gebracht hatte. Hier war die Notaufnahme, in der Tarig eines sonnigen Tages gestorben war, hier hatte Sammar gesessen und auf jemanden aus der Moschee gewartet, während Amir durch die Korridore tobte, alles anfasste, mit dem Feuerlöscher spielte, bis sie ihn hochhob, rüttelte und ihn anfuhr: »Ich wünschte, du wärst an seiner Stelle gestorben, du bist so leicht zu ersetzen.« Doch er hatte sich freigestrampelt, zu jung, um zu verstehen, zu gutmütig, um ihr ihren Zorn übel zu nehmen. Nur sie blieb mit ihren Schuldgefühlen zurück, schmutzig wie rostiges Eisen.

Sammar kämpfte sich bis zum Krankenhaus durch. So kam es ihr zumindest vor, obwohl sie im warmen Bus saß und weder zu Fuß gehen, rennen oder sich anstrengen musste. Sie konnte an die Zeit denken, als sie das letzte Mal hierher gekommen war. Alles anders damals, es war Tag, die Sonne schien, und sie war in Sandalen gekommen, schob Amir in seinem Kinderwagen vor sich her. Heute kam sie mit dem Bus, alleine, und draußen herrschte Winterdunkelheit, eisige Kälte. Warum besuchte sie Rae? Wenn er schlief, würde sie sich einfach auf einen Stuhl setzen, hören, wie er schnarchte. Falls er schwer krank war, würde ihre Anwesenheit ihn nicht irritieren, die Tatsache, dass sie ihn so sah, in seine Privatsphäre eindrang. Was wenn er überrascht wäre, sein Blick sie fragen würde: »Was machst du denn hier?«

Sie sollte umkehren. Sie sollte an der nächsten Haltestelle aussteigen, über die Straße gehen und einen Bus in die andere Richtung nehmen. Mit Tricks versuchte sie, sich Mut zu machen, wollte sie sich überlisten. »Du kannst ihn ein andermal besuchen«, redete sie sich ein, »wenn es ihm besser geht. Yasmin könnte dich begleiten, oder sogar Diane (wohl eher unwahrscheinlich), oder die anderen Studenten, die Frau aus Algerien, es würde einen besseren Eindruck machen, Leute aus dem Büro, die ihn besuchen. Das wäre völlig normal.« Sie sagte sich: »Es ist doch nichts dabei, dir einzugestehen, dass du überstürzt hergekommen bist. Sei klug, gib deinen Fehler zu und zieh dich zurück, statt starrköpfig weiter vorzupreschen. An der nächsten Haltestelle steigst du aus, steh schon mal auf, dann kannst du aussteigen, sobald die Tür aufgeht.« Doch Haltestelle um Haltestelle zog vorbei, und Sammar blieb sitzen, kämpfte sich durch bis nach Foresterhill.

Der Bus hielt vor dem Krankenhaus, schwungvoll öffnete sich die automatische Tür. Sammar stand langsam auf und stieg erst aus, als sie sich schon wieder schloss. So trafen die Türflügel sie an der Schulter, öffneten sich erneut, und der Busfahrer warf Sammar im Rückspiegel einen finsteren Blick zu, murmelte eine Bemerkung in sich hinein.

Eine Glastür aufdrücken, um ins Gebäude zu gelangen. Die schwerste Glastür der Welt. Sammar spürte Schmerzen in der Schulter. Im Foyer eine Geschenk-Boutique: Stofftiere, Blumen, eine Ecke mit Zeitungen und Süßigkeiten. Aufzüge zu den Stationen. Plötzlich fiel ihr ein, dass sie ja gar nicht wusste, auf welcher Station Rae lag. Sie verspürte Erleichterung. Wenn sie ihn nicht fände, wäre das ein Zeichen dafür, dass sie nicht hätte herkommen sollen, und sie würde wieder gehen. Falls sie seine Station fand, würde sie fragen, ob er Besuch empfangen konnte, wenn nicht, würde sie weggehen, ohne ihren Namen zu hinterlassen. Wenn er schlief, würde sie gehen, bevor er aufwachte. Nun war ihr wohler. Nun war alles geklärt.

»Ich möchte jemanden besuchen, aber ich weiß nicht, auf welcher Station die Person liegt«, erklärte sie der Schwester am Empfang. Die stellte ihr Fragen, Mann oder Frau, was fehlte ihm, wann wurde er eingeliefert, sein Name. Sie blätterte durch Computerausdrucke und nannte Sammar die Nummer einer Station.

»Kann er Besuch empfangen?« Große Augen.

»Das müssen Sie auf der Station direkt fragen. Dort wird man es Ihnen sagen.« Ein ungeduldiges Lächeln.

Viele Leute warteten auf die Aufzüge. Nicht weit entfernt ein Weihnachtsbaum und ein Café voller Leute, die aßen und tranken. Andere saßen auf Kanapees, unterhielten sich oder lasen Zeitung. Die Betriebsamkeit erinnerte Sammar an Flughäfen. Kaum zu glauben, dass Menschen hinter diesen Mauern litten.

Sammar nannte der Stationsschwester seinen Namen. Diese hatte ein junges hübsches Gesicht, klare blaue Augen, war so dünn, dass ihr Bauch, vom breiten roten Gürtel ihrer Uniform gehalten, ganz eingefallen aussah.

»Dort drüben, fünftes Bett rechts.« Die Schwester deutete den Gang entlang, doch Sammar sah nicht in die Richtung, in die sie zeigte.

»Kann er Besuch empfangen?«

»O ja, es geht ihm gut.« Überraschung in den Augen der Schwester.

Die Schwester sah Sammar eine Weile an, Sammar musste sich ihrem überraschten Blick entziehen. Kopf nach unten, Augen gesenkt, graues Linoleum, die Betten anhand ihrer Beine zählen. Eins, zwei, drei. Sie schaute auf und erfasste die gesamte Station mit einem Blick. Direkt vor ihr ein Weihnachtsbaum am großen Fenster. Zu beiden Seiten des langen Gangs je eine Reihe mit Betten. Manche, mit grünen Vorhängen umspannt, verbargen die Patienten. Der Rest ein Meer kranker Männer auf Betten mit weißen Laken, ihre Gesichter zu einem einzigen verschwommen, nicht voneinander zu unterscheiden. Sie sah ihn, bevor er sie sah. Er saß aufrecht im Bett, nicht an Maschinen oder Infusionen gekettet. Er sah so erschreckend vertraut aus, dass Sammar der Atem stockte. Da war er, jemand, den sie von anderswoher kannte. Sie kannte ihn besser als jeder sonst hier, kannte ihn unabhängig von diesem Ort. Da war er, jemand, der mit ihr verbunden war, sodass die ersten Worte, die sie zu ihm sagte, nicht aus der Welt der Vernunft kamen. »Rae, warum haben sie dich hierher gebracht?« Er sagte ihren Namen, dann wurde seine Stimme lauter. »Du hier, wie schön, dich zu sehen.« Er wiederholte sich unablässig und sprach dabei so laut, dass es ihr peinlich war, sich vorzustellen, die gesamte Station könnte ihre Augen auf sie richten. Am liebsten hätte Sammar sich über ihn gebeugt, die Arme um ihn gelegt und ihm gesagt, sprich leiser, du redest zu laut. Stattdessen vergrub sie die Hände in ihren Manteltaschen und setzte sich auf den Stuhl an seinem Bett.

Er sah älter aus, als sie ihn in Erinnerung hatte. Vielleicht fiel ihr aber auch erst jetzt auf, dass er ein paar graue Haare hatte. Fettig war sein Haar heute, länger als sonst, Stirn und Nase glänzten. Er trug einen grauen Pyjama, knautschig, und ein Knopf fehlte an der Jacke, schwarzes T-Shirt darunter. Er lachte sie an, seine Lippen beinahe blau, seine Wangen schienen dunkel, so wie seine Fingerspitzen. Er schien froh, sie zu sehen.

Sie sagte: »Du redest sehr laut«, und schaute beunruhigt hinüber zu seinem Nachbarn. Der ältere Herr lag auf der Seite, das Gesicht ihnen zugewandt, und schlief. Er schien ein Gebiss zu tragen, wenn er nicht schlief. Auf der anderen Seite von Raes Bett stand ein Bett hinter einem grünen Vorhang verborgen, gegenüber, jenseits des Gangs, las ein junger Mann Zeitung.

Rae antwortete ihr nicht, lächelte nur und sah sie unentwegt an. Sie wich seinem Blick aus. Ihre Begrüßung hatte ihn erschöpft. Er hustete, ein leichter Husten, der dennoch schrecklich klang, schlimmer als jeder Husten, den sie je an ihm gehört hatte.

»Was ist passiert, sag.«

Er rang nach Atem, schüttelte den Kopf und meinte: »Gleich . . . , erzähl du erst.«

Sie wusste nicht, was sie erzählen, wo sie beginnen sollte. Wenn er sie nicht unentwegt ansehen würde, wäre es einfach, zu sprechen.

»Möchtest du wissen, wie ich herausgefunden habe, dass du im Krankenhaus liegst?«

»Ja.«

Während sie es ihm erzählte, zwirbelte sie den Riemen ihrer Handtasche auf ihrem Schoß zwischen den Fingern, als sei sie auf dem Sprung. Ihr fiel der Brief ihrer Tante ein, der in ihrer Tasche steckte, ungeöffnet.

»Du siehst gut aus«, sagte er.

Das kam unerwartet und machte sie verlegen.

»Das macht mein neuer Mantel«, sagte sie. »Ich hab ihn im Schlussverkauf zum halben Preis erstanden.«

Er lachte, und wieder verwandelte sich sein Lachen in Husten. Er presste seinen Daumen gegen die Brust, verzerrte das Gesicht und sagte: »Das tut weh.«

Sie dachte: »Ich darf ihn nicht zum Lachen bringen. Wenn er lacht, muss er husten.« Sie schwiegen, keiner sprach ein Wort. Die Zeit verging. Sie hatte das Gefühl, meilenweit gereist zu sein, um hierher zu kommen, hatte sich durchgekämpft, sich einen Weg durch Nebel und Treibsand gebahnt. Nun, da sie angelangt war, fühlte sie sich aufgehoben, Herz und Kopf hatten Ruhe, keine wilden Gedankenwirbel mehr. Alles war hier, erfüllte die stille Zeit. Minute um Minute und der Geruch von Desinfektionsmittel. Krankenhausgeräusche: Schritte, Rollwagen, Stimmen, in der Ferne klingelte ein Telefon. Ein Telefon, das nichts mit ihnen zu tun hatte. Sie hörte auf, den Riemen ihrer Handtasche zu zwirbeln. Sie lächelte ihm zu und wandte den Blick ab. Es war kein Traum, ihre Augen, ihre Ohren waren ruhig, entbehrten nichts.

»Was hast du da an deiner Hand?«, fragte sie. Er hatte ein Pflaster auf dem linken Handrücken.

»Sie haben mir Amoxyllin gegeben, intravenös, doch ab morgen geben sie's mir in Form von Tabletten, zum Einnehmen.« Das Sprechen schien ihm jetzt leichter zu fallen, und er erzählte ihr, wie der Zustand seiner Lunge sich in den letzten Tagen verschlimmert hatte, dass die Fahrt von Stirling nach Aberdeen ein Albtraum gewesen war, der mit dem schlimmsten Asthmaanfall geendet hatte, den er je erlitten hatte.

»Ich bin direkt zum Arzt gefahren, und der hat mich hierher überwiesen. Ich war noch nicht mal zu Hause. Ich hab noch alle meine Sachen hier.«

»Du hättest in Stirling zum Arzt gehen sollen; du hättest gar nicht zurückfahren dürfen, wenn es dir so schlecht ging.«

Statt ihr zu antworten, sagte er: »Eben fällt mir ein, dass ich dir etwas mitgebracht habe, hier, ich hab es bei mir.«

Er stand langsam auf. Sammar sah, dass er Socken trug, verschiedene Farben, die eine blau, die andere schwarz. Er bückte sich und zog einen Koffer unter dem Bett hervor. Er klappte ihn auf und kramte Kleidungsstücke hervor, seine Wäsche, ein Durcheinander aus Büchern und Tonbandkassetten.

»Normalerweise bin ich ordentlicher«, meinte er.

Sammar musste sich beherrschen, um ihm nicht anzubieten, seine Wäsche mit nach Hause zu nehmen, seine Kleider zu waschen. Sie wollte sie zusammenlegen, glatt streichen, die Ärmel säuberlich falten, ordentlich stapeln.

»Darf ich deine Kassetten sehen? Hörst du die im Auto?«

Er nickte und kramte weiter in seinem Koffer. Sammar erkannte einige Kassetten wieder: Bob Marleys *Survival, Babylon By Bus, Uprising*. Rae fuhr also quer durch Schottland und hörte Reggae; Aufruf an Afrika, ... *ambush in the night ... we'll be forever loving Jah*. Ihr fielen Texte und Melodien wieder ein ... *Emancipate yourselves from mental slavery, none but ourselves can free our minds* ... Wo hatte sie die Stücke gehört? Zu Hause, in den Warteschlangen an den Tankstellen im Souk 2; im Radio eines Toyota-Transporters; Autos, Stoßstange an Stoßstange; die Warteschlange eine Gliederpython, die in der Sonne briet. Der Duft aus der Bäckerei gemischt mit Ölgestank, Benzindampf-Schnüffler an Tanksäulen gekauert, Bettler, die sich an Autos lehnten und ihre Finger durch die Wagenfenster streckten. Dort waren die Songs, und hier hatte Tarig die Kassetten in einem Laden in der Union Street wieder besorgt, denn die von zu Hause waren längst in der Sonne geschmolzen. Nach draußen in den dunklen Regen sehen und hoffen, dass Tarig seine Prüfung bestehen und Amir das Singen beibringen würde: *Sun is shining, weather is sweet* ...

Sie nahm eine Kassette in die Hand, öffnete und schloss die Hülle. Afrikanische Flaggen auf dem Titelbild, grün, so viele von ihnen grün. Rot, Blau, Halbmonde und Sterne, eine erhobene Fackel. In ihrem eigenen Krankenzimmer hatte sie, an guten Tagen, die gleiche Kassette gehört, jemand, der die Wahrheit sagte, *by the power of the Most High we keep on surfacing*.

»Das hab ich dir aus Edinburgh mitgebracht«, sagte Rae.

In hellblauem Papier verpackt, viereckig, eine kleine Schachtel. Rae tat seine Sachen zurück, stopfte sie langsam und nachlässig in seinen Koffer.

Sammar packte das Geschenk aus, vorsichtig, um das Papier nicht zu zerreißen. Eine Flasche Parfüm, oval geformt, mit Stöpsel statt Zerstäuber, eine bernsteinfarbene Flüssigkeit. Und sie hatte angenommen, er krame nach der Arbeit von Azhar, um sie ihr zur Übersetzung zu geben. »Danke dir«, sagte sie und öffnete den Flakon. Der Duft nicht frisch oder herb, sondern schwer und süß. »Das riecht gut«, sagte sie, obwohl sie wusste, dass man Parfüm nicht so beurteilte, dass man es erst aufs Handgelenk auftrug, um es wirken zu lassen. Doch das konnte sie jetzt nicht tun, und als sie aufschaute, sah sie, dass er genauso verlegen war wie sie.

Während er noch am Boden kniete, um seine Sachen zu verstauen, erklärte er: »Der Verkäufer war Franzose. Er sagte, das Parfüm ist ganz neu auf dem Markt, das Beste, es kommt direkt aus dem Himmel, mit Zwischenstopp in Paris.«

Sie sagte lachend: »Wie lustig, vom Himmel, mit Zwischenstopp in Paris.«

Er sah müde aus, als er sich aufrichtete und sich wieder aufs Bett setzte. »Ich sollte jetzt gehen«, sagte sie. »Du siehst müde aus.«

Er schüttelte den Kopf. »Nein, bitte bleib. Mir ist nur schwindelig geworden, als ich aus der Hocke hochkam. Bleib, ich will mit dir reden.«

Sie faltete das Geschenkpapier zusammen und verstaute es zusammen mit dem Parfüm in ihrer Handtasche. Sie zog den Brief ihrer Tante hervor. »Schau, welche Adresse meine Tante angegeben hat. ›Aberdeen, England‹, und jemand bei der Post hat England rot durchgestrichen.«

»Du hast mich soeben für dich gewonnen, Sammar, ganz gleich, warum du Streit mit deiner Tante hattest, ›Aberdeen, England‹ ist wirklich unverzeihlich.«

»Das Gleiche haben die bei der Post wohl auch gedacht. Es spricht für sie, dass sie den Brief überhaupt zugestellt haben.«

»Als ich in Kairo war«, sagte er, »wurde ich oft gefragt, bist du Engländer, *Ingelizi?* Und ich habe geantwortet, nein. *Amrikani?* Nein. Dann wurden sie meist misstrauisch. Und wenn ich Schotte sagte, sagten sie: »Oh, ist das da, wo Krieg ist?«

»Scotland«, sagte sie. »Du müsstest sagen *Ana Scotlandi mish Irelandi.*«

»Ach ja, bevor ich's vergesse«, sagte er, »was heißt *Shirk al-asbah?* Ich weiß, dass *Shirk* Polytheismus bedeutet.«

»*Asbah* sind Ursachen, Mittler, also heißt *Shirk al-asbah* Polytheismus der Mittler. Zum Beispiel der Glaube an die Natur, die Natur zu erhöhen, zu einem ebenbürtigen Partner Gottes zu machen, obwohl sie lediglich ein Mittler ist ... Wo bist du auf den Begriff gestoßen?«

»Fareed.«

»Der, den du in Stirling getroffen hast?«

»Ja. Er kommt gegen Ende des Monats nach Aberdeen, um einen Teil meines Seminars zu übernehmen. Dann stelle ich ihn dir vor. Ich hab ihm schon von dir erzählt.«

Sie fragte sich, warum er über sie gesprochen, wie er sie wohl in Worte gefasst hatte.

»Woher kommt er, ursprünglich?«

»Er ist aus dem Libanon hierher gekommen. Ursprünglich ist er aber ein Palästinenser aus Gaza. Er war Journalist und saß unter den Israelis einige Zeit im Gefängnis. Sie haben ihm übel mitgespielt, sehr übel.«

»Warst du schon in Gaza oder im Libanon?«

»Nein.«

»Meine Tante fuhr oft nach Beirut, das ist lange her, vor all den Schwierigkeiten. Sie kaufte mir immer so viele Sachen.« Ein T-Shirt mit einem großen, gelben, lachenden Gesicht hatte ihre Tante ihr mitgebracht, eine Puppe, die laufen konnte. »Ich habe völlig vergessen, ihren Brief zu öffnen.«

Sie wollte den Brief jetzt lesen, damit Raes Anwesenheit den unvermeidlichen Schmerz lindern könnte.

Der Brief war kurz, beigefügt war eine Liste mit Dingen, die sie ihrer Tante mitbringen sollte. Sachen aus der Apotheke: Paracetamol, ein mildes Abführmittel, Kekse für Diabetiker. Außerdem hatte Hanan gerade entbunden und schien die gesamte Palette an Produkten zur Babypflege zu brauchen. Schließlich Sachen für Amir: Kleidung, Rollerblades. Rollerblades? Woher kannten sie die? Sammar schob die Auftragsliste zurück in den Umschlag, sie war zu erdrückend. Ihre Tante glaubte wohl, sie verdiene Millionen, wie jene Exil-Sudanesen, die Jobs in Saudi Arabien finden oder am Golf. Der Brief war in seichtem Tonfall verfasst: »Ich bin so stolz, dass du diesen Auftrag bekommen hast, der dich nach Ägypten führt, wie wunderbar, dass sie dir den Flug bezahlen! Genau das Richtige, meine Rede, dich auf deine Karriere und auf deinen Sohn zu konzentrieren. Es wird ihm gut tun, bei dir in England zu sein, wird seiner Erziehung gut tun. So viele hier beneiden dich.« Daran schloss sich ein Sturm von Klagen über das Leben in Khartoum und darüber, wie schrecklich Sammar es nach so langer Abwesenheit finden würde. Dann die letzten Zeilen: »Es freut mich so, dass du dir offenbar diese lächerliche Idee aus dem Kopf geschlagen hast, wieder zu heiraten – wenn du Amir siehst, wie liebenswert er ist, wirst du nicht so hartherzig und selbstsüchtig sein, ihm einen Stiefvater vor die Nase zu setzen, einen Fremden, der ihn schlecht behandelt. Dort, wo du bist, spielt es sicher keine Rolle, dort sieht dich niemand, aber wenn du hierher kommst, zieh dich nicht zu farbenfroh an, du weißt ja, auf welche Gedanken die Leute hier kommen. Du brauchst nicht alles zu kaufen, was Hanan in Auftrag gegeben hat, sie will zu viel, wie immer, aber meine Sachen aus der Apotheke bring auf jeden Fall mit.«

Sammar brachte ein schwaches Lächeln zustande. Sie wollte sprechen, doch kein Wort kam ihr über die Lippen.

»Also, was gibt's Neues?«, fragte Rae.

»Meine Tante glaubt, dass Amir gerne Rollerblades hätte.«

Er sagte: »Mhairi hat Rollerblades«, und sprach weiter über Kinderspielzeug. Sie hörte zwar seine Stimme, nicht aber seine Worte.

»Meine Tante glaubt, dass ich nach so langer Zeit hier völlig ungern nach Khartoum zurückgehe. Sie glaubt, mir wird alles nur hässlich und rückständig vorkommen.«

»Ich habe nicht den Eindruck, dass du alles hässlich und rückständig finden wirst. Was meinst du?«

»Ich weiß nicht.«

»Deine Tante kennt dich nicht«, sagte er.

»Ich habe doch die meiste Zeit meines Lebens mit ihr verbracht!« Sammar tat, als sei sie mit ihm nicht einer Meinung, während sie insgeheim hingerissen war von dem, was er eben gesagt hatte. Sie hatte gehofft, er würde den Schmerz des Briefes lindern, und er hatte weit mehr getan, mühelos, wie durch magische Kraft.

»Was wolltest du mir vorhin sagen?«, fragte sie.

»Wann?«

»Als du mich gebeten hast, zu bleiben.«

»Ach ja, ich wollte dir von Fareed erzählen. Ich habe angefangen, dann nicht weitergesprochen. Ich kenne ihn seit Jahren, wir haben einige Aufsätze zusammen verfasst. Hin und wieder hat er diese Ausbrüche. Warum habe ich den Islam nicht akzeptiert, wie kann ich ihn studieren, ihn kennen und noch immer nicht erkennen, dass er die Wahrheit ist, und ob ich nicht Angst hätte, wenn der Tag kommt, an dem ich sterben muss und gefragt werde, ob ich denn keine Angst hätte, keine Entschuldigung zu haben, und dass ich mich nicht auf meine Unwissenheit berufen könne? Na ja, diese Litanei betet er immer mal wieder mit mir runter.«

Sammar durchzuckte es, als sie ihre eigenen Gedanken durch jemand anderen grob in Worte gefasst hörte. Sie sah Rae an, fragend, argwöhnisch, warum erzählte er ihr das alles?

»Hm, ich frage mich«, er schaute zur Seite, »ich frage mich, warum du mich so was nicht fragst?«

Sie suchte nach einer Antwort. Sie könnte so vieles sagen. Dinge, die der Wahrheit entsprachen oder auch nicht wahr wären. Sie meinte: »Yasmin hat mir einmal erzählt, dass es dich ärgert, wenn Muslime von dir erwarten, dass du konvertierst, nur weil du so viel über den Islam weißt.«

»Und du hast Angst, mich zu ärgern?«

»Ja.«

»Mich ärgert die Arroganz«, dann schwieg er wie jemand, der mehr zu sagen hatte, es jedoch vorzog, zu schweigen.

»Ist Fareed denn sehr arrogant?«

»Nein. Nein, als arrogant würde ich ihn nicht bezeichnen. Er redet so, weil ich den Koran als einen heiligen Text betrachte, als das Wort Gottes. In meiner Arbeit, für die Themen, die ich anspreche, kann ich nicht anders, als den Koran so zu sehen, wie ihn die Muslime selbst sehen, zu akzeptieren, was sie darüber sagen. Für Fareed ist das gleichbedeutend damit, den Islam zu akzeptieren, und deshalb versteht er nicht, dass ich sage, ich bin kein Muslim.«

Auch Sammar verstand es nicht. Zögernd sagte sie: »Ich glaube, ich bin mit deinem Freund einer Meinung.«

»Warum?«

Es lag ihr auf der Zunge zu sagen, weil wir nicht heiraten können, wenn du nicht Muslim wirst, weil wir nicht zusammen sein können und ich elend sein werde und einsam. Stattdessen sagte sie: »Es täte dir gut, es wird dich stärken.«

Er schwieg und sie dachte: »Nun hab ich ihn verletzt. Ich habe genau das Falsche gesagt.«

Der ältere Herr im Nachbarbett bekam Besuch, seine Frau. Sie nickte Rae zu, zog die Decke glatt, mit der ihr schlafender Mann zugedeckt war, setzte sich, nahm ihre Brille aus ihrer Handtasche und begann, ein Buch zu lesen. Jemand hatte den Fernseher eingeschaltet, der am Ende des Saals unter der Zimmerdecke hing. Pferderennen, das Geräusch galoppierender Hufe, die Stimme des Kommentators.

»Einige der Pferde haben arabische Namen«, sagte Rae.

Sie sprachen über Pferdenamen, Sammar beobachtete sein Gesicht dabei, wollte sich vergewissern, dass ihre Worte ihn nicht verletzt hatten. Man hatte ihr die Gelegenheit gegeben, etwas Intelligentes über den Islam zu sagen, und sie hatte ihre Chance verpasst. Sie hätte über die Wahrheit sprechen können oder über ewige Relevanz oder über den Unterschied zwischen dem Glauben und kulturellen Traditionen. Stattdessen hatte sie so etwas Persönliches gesagt wie »es wird dich stärken«, Worte der Kritik. Sie verachtete sich selbst.

»Ich muss jetzt gehen. Es sieht aus, als bekämst du gleich Abendessen.« Die junge Schwester schob einen Rollwagen durch den Gang und verteilte Tabletts. Die Station roch nach gekochtem Gemüse. Sammar stand auf. »Entschuldige, dass ich dich angestrengt habe. Ich bin zu lange geblieben.«

»Nein«, sagte er, »du bist die Einzige, die mich nie müde machen könnte.«

Sie lächelte zwar, war aber noch immer verunsichert. »Ich kann die falschen Sachen sagen.«

»Keine Sorge, mach dir darüber keine Gedanken.«

Schnell sagte sie: »Ich mache mir Vorwürfe, weil mir am Telefon nicht aufgefallen ist, wie krank du warst. Ich dachte, es sei nur eine Erkältung. Ich hätte es wissen sollen.«

»Aber ich wusste es ja selbst nicht. Ich dachte, es sei bloß eine Bronchitis. Die bekomme ich oft. Zugegeben, diesmal hatte ich wirklich Angst. Du atmest ein und kriegst die Luft einfach nicht in deine Lunge. Ich dachte, das war's, jetzt bin ich dran.«

»Du hast dich getäuscht.« Sie vergaß, dass sie sich eben noch über sich selbst geärgert hatte.

Unten, im Foyer, hingen Spiegel an einer langen Wand. Sammars Augen waren leicht gerötet, doch ihre Augenlider sahen aus wie mit Kohlestift nachgezogen, und auf ihren Lippen und Wangen lag ein Hauch von Farbe, wie zartes Make-up. In ihrer Handtasche trug sie einen Flakon, verkauft von einem Herrn in Edinburgh, der seinen Kunden erklärte, das Parfüm komme direkt aus dem Himmel, mit Zwischenstopp in Paris.

10

»Was höre ich da, du hast Rae im Krankenhaus besucht?« Yasmin saß im einzigen Sessel des Zimmers und sah Sammar beim Bügeln zu.

»Woher weißt du das?«

»Wer weiß das nicht? Er hat es ja allen erzählt.«

Er arbeitete inzwischen wieder, kam allerdings nur, um die Vorlesungen zu halten. »Danach gehe ich nach Hause und falle ins Bett«, hatte er Sammar gesagt.

Sie fragte Yasmin: »Hat er's dir selbst gesagt? Wie hat er sich ausgedrückt?«

»Er hat gesagt, du bist sehr mutig.«

»Ich, mutig!« Sie lächelte und sprühte Wasser auf den Rock, den sie bügelte. Mutig.

Gestern, während sie bei ihm war, hatten die Sekretärinnen des Fachbereichs sie umringt, überschwänglich, »Wie *reizend* von dir, Sammar, ihn im Krankenhaus zu besuchen«, und sie, überwältigt, war einen Schritt rückwärts gegangen, näher an ihn heran, weg von dem Geruch nach Talkum und Gold Blend. Rae schien zufrieden. Als die Damen sich schließlich abgewendet hatten, hatte er Sammar zugeflüstert: *»Coup d'État.«*

»Nun sag schon, was ist los?«, forderte Yasmin.

»Masha' Allah, tüchtig, tüchtig, Yasmin, du siehst nicht aus, als seist du erst im fünften Monat, bist du sicher, dass du dich nicht verzählt hast?«

Yasmin ignorierte sie und ließ nicht locker. »Du bist die Letzte, von der ich das erwartet hätte. Was denkst du dir dabei?«

»Nichts.«

»Willst du jemanden heiraten, der nicht Muslim ist?«

»Natürlich nicht, das verstieße ja gegen die *Sharia.*«

»Und wozu rennst du dann los und besuchst ihn im Krankenhaus?«

Sammar gelang ein Lächeln über das Losrennen und ihn besuchen: »Ich bin eben optimistisch.«

»Hat er dir gesagt, er wird konvertieren?«

»Nein«, sagte sie unbeschwert. Er hatte ihr ja nicht einmal gesagt, dass er sie heiraten wollte. »Ich traue es ihm zu. Warum eigentlich nicht?«

»Warum nicht? Weil jemand wie er wahrscheinlich Agnostiker ist, wenn nicht gar Atheist. Der ganze Fachbereich besteht aus Atheisten. Die Leute sind so links orientiert, nach dem Motto, Religion ist das Opium für das Volk.«

Sammar wusste nicht, was agnostisch bedeutete. Sie konzentrierte sich auf die Rockfalten, manövrierte das Bügeleisen. Sie wünschte, Yasmin würde das Thema wechseln. Außerdem traf ihn hier die Schuld. Es war ihr völlig unbegreiflich, warum er aller Welt erzählte, dass sie ihn im Krankenhaus besucht hatte. Einmal schien er reserviert und verschwiegen, dann wieder so offen wie jetzt.

Zu gern hätte Sammar Yasmin über seine Ex-Frau befragt, welche Farbe hatten ihre Augen? Yasmin aber schien versessen darauf, ihr Vorträge zu halten.

»Ich kenne die Art von Schotten, die muslimische Mädchen heiraten«, fuhr sie fort. »Typisches Szenario: Er arbeitet für eine Ölfirma und wird nach Malaysia oder nach Singapur versetzt; sie, die süße Kleine im Minirock, die jeden Abend mit ihm unterwegs ist. Wenn's schließlich ans Heiraten geht, heißt es, ach ja, übrigens, ich bin Muslim, und meine Eltern stimmen der Hochzeit nur zu, wenn du zum Islam übertrittst. Und wie konvertiert man, Schatz, ich liebe dich, ich kann ohne dich nicht sein. Ach, du musst bloß ein paar Worte sagen. Sprich einfach die *Shahadah,* nur ein paar Worte: *Ich bezeuge, es gibt keinen Gott außer Gott und Mohammed ist der Gesandte Gottes*. Punkt. Sie heiraten, und sie betet und fastet im Laufe der Jahre, oder auch nicht, aber mit ihm hat das nichts zu tun. Für ihn bleibt alles beim Alten.«

Sammar zuckte mit den Achseln: »Das ist nicht dieselbe Situation.«

»Wird er die *Shahada* runterleiern, ohne davon überzeugt zu sein, bloß um dich zu heiraten?«

»Ich weiß es nicht.«

Yasmin erwiderte nichts. Sie rückte den Sessel ans Bett und legte die Füße hoch. Ihre Strümpfe hatten eine Farbe, die Sammar nicht tragen würde. Wenn sie Rae angeboten hätte, seine Wäsche zu waschen, ging Sammar durch den Kopf, dann würden seine Socken jetzt auf der Heizung trocknen. Was würde Yasmin wohl dazu sagen?

»In ein paar Wochen fährst du weg«, sagte Yasmin. »Ich an deiner Stelle würde ihn bis dahin meiden wie die Pest. Geh nach Hause, vielleicht lernst du ja jemanden kennen, der normal ist, jemanden aus dem Sudan, wie du. Gemischte Paare sehen einfach nicht richtig aus, alle Welt ärgert sich über sie.«

»Er ist aber sehr nett. Findest du ihn nicht sympathisch?«

»Sein Gehuste und Gerotze geht mir auf den Geist.«

Sammar lachte: »Du bist fürchterlich.«

»Ich mache mir Sorgen, weiter nichts«, sagte Yasmin. »Hast du mit ihm besprochen, ob er konvertieren würde?«

»Eigentlich nicht, nein. Doch er sagt nur Gutes über den Islam, sagt Sachen, die nicht mal ich wusste. Er versteht ...«

»Das ist schließlich seine Arbeit, das Gebiet, auf dem er hohes Ansehen genießt. Doch soweit ich weiß, ist sein Interesse rein akademisch.«

»Es könnte doch mehr daraus werden ...«

»Weißt du überhaupt, ob er an Gott glaubt?«

»Natürlich glaubt er an Gott. Er ist schließlich keine leere Hülle.«

»Atheisten können die nettesten Leute der Welt sein. Gut oder freundlich sein hat damit überhaupt nichts zu tun.«

»Er hat mir auch erklärt, dass er den Koran als einen heiligen Text betrachtet ...«

»So forscht man heutzutage. Das ist heute modern. Hat was damit zu tun, dass man nicht eurozentristisch sein will. Sie nehmen das, was jede Kultur über sich selbst sagt. Auf die Art können sie jede Menge heilige Texte studieren, ohne sich selbst zu binden. Können ihre eigenen religiösen Ansichten haben oder Atheisten sein ...«

»Glaubst du, Rae ist Atheist?«

»Es würde mich nicht wundern. Es würde mich nicht im Geringsten wundern.«

Sammar stellte das Bügeleisen ab. Nie zuvor in ihrem Leben war jemand, der ihr etwas bedeutete, ein Ungläubiger gewesen. Vielleicht nicht religiös, nicht betend, vielleicht eher unbekümmert, wenn es um richtig oder falsch ging, doch immer war der Glaube da, immer war Allah da. Er wurde nie verleugnet. Die Vorstellung, dass Rae so unbewusst sein sollte, war Sammar unerträglich.

Sie ließ das Bügeln sein, schlüpfte rasch in ihren Mantel, deckte einen Schal über ihr Haar und kramte Kleingeld aus der Handtasche.

»Wo willst du hin?«

Seine Telefonnummer, wo hatte sie nur seine Nummer? Schublade auf, Papierkram durchwühlen. Sie hatte ihn noch nie privat angerufen.

»Stimmt was nicht, wohin gehst du?«

Sammar fand die Nummer, ignorierte Yasmin. Sie lief die Stufen hinab, erreichte den Treppenabsatz. Ein Mieter holte eben sein Fahrrad unter der Treppe hervor. Lederjacke, langes Haar, mit einem Gummiband zum Pferdeschwanz gebunden, die Quelle der lauten Musik, die durch Sammars Zimmerdecke drang. Dieser Mann machte ihr Angst, und normalerweise horchte Sammar ins Treppenhaus, bevor sie aus der Wohnung ging, um ihm nicht zu begegnen. Als sie ihn jetzt sah, fiel ihr eine Münze aus der Hand, und sie musste sich bücken, um sie aufzuheben. Während sie sich hochrappelte, grinste er sie höhnisch an, zerrte dann sein Fahrrad unter der Treppe hervor und klapperte von dannen. Kettenbehängte Hosen, schwerer Stiefelschritt. Als er die Haustür aufriss, wehte ihr eine kalte Bö entgegen. Kälteschauer. Das Telefon. Wählen, ihre Finger klamm, unbeholfen. Klingeln. Es klingelte und klingelte. Sie ließ es klingen. Es klingelte und klingelte. Sie bibberte und das Telefon klingelte, jedes unbeantwortete Läuten zerschnitt eine Leere, einen zugigen Raum. Dann endlich, eine schläfrige Stimme, Erkennen.

»Rae, glaubst du an Gott?«

Während er schwieg, stieß sie ihren Kopf gegen die Wand, sanft, rhythmisch. Die Wand war kühl an ihrer Stirn, angenehm fest. Der Hörer rutschte ihr unentwegt aus der Hand. Ich liebe seine Stimme, ging ihr durch den Kopf, er muss fest geschlafen haben, er ist noch immer nicht gesund. Seine Stimme, und wie schwer er innen ist, schwer genug, mich hineinfallen zu lassen. Soll mir all das verboten sein? Wo soll ich … Sie schloss die Augen, stieß den Kopf gegen die Wand. Mitte Januar und das Nachmittagslicht sickerte ins Treppenhaus, die Tage wurden langsam länger, kaum merklich die Veränderung im Licht der Sonne. Als er sprach, schien sie erwartet zu haben, dass die Stille ewig dauern würde, seine klare Stimme verwirrte sie: »Ja«, sagte er, »das tue ich.«

»Du bist also kein … kein … Atheist?« Sie kämpfte mit dem Wort, so selten gebraucht. Sie sprach es falsch aus.

»Nein, bin ich nicht.« Sie hörte das Lächeln in seiner Stimme.

Sie setzte sich auf die Stufen.

»Ich dachte, du wüsstest das«, sagte er.

»Ich war nicht sicher.«

»Ich hätte mich klarer ausdrücken sollen.«

Der Treppenabsatz, die Fahrräder unter der Treppe, Yasmin oben in der Wohnung waren vergessen. »Ich hab dich geweckt«, sagte sie. »Du hast fest geschlafen.«

»Ich habe von dir geträumt.«

»Erzähl mir davon.«

»Ich war in einem großen Haus mit vielen Zimmern. Fast wie eine Villa. Ich suchte Unterschlupf, denn draußen war man hinter mir her, ich wurde seit Tagen gehetzt. In der Hand hielt ich ein Schwert, voller Blut, das Blut meines Feindes, doch ich selbst, meine Kleider und meine Hände waren sauber, und darauf war ich stolz.«

Er hielt kurz inne und fuhr dann fort: »Ich kam in ein Zimmer voller Rauch, ganz viel Rauch, fand aber kein Feuer. Als ich das Zimmer verließ, zerbrach mein Schwert. Ich hielt es in der Hand, zerbrochen, und wusste, es würde nie wieder ganz werden, ich würde mich nie mehr darauf verlassen können. Ein schwerer Schlag, warum, weiß ich nicht, ich hatte jedenfalls das Gefühl, einen schweren Verlust erlitten zu haben, und musste ohne Schwert weiterziehen. Ich irrte durch die anderen Zimmer, viele Zimmer, Säle, Korridore. Schließlich kam ich an eine Treppe, stieg hinauf. Am Ende der Treppe lag ein Zimmer, und in dem Zimmer warst du.«

»Womit war ich beschäftigt?«

»Du hast gekocht.«

Sie lächelte. »Was denn?«

»Gemüse, glaube ich.«

Sammar sah grüne Paprika und Auberginen. Sie sprach jedes Wort langsam: »Und war ich froh, dich zu sehen?«

»Ja, sehr, und dann hast du mir ein Glas Milch zu trinken gegeben.«

»Milch! Wie kindisch von mir, das tut mir Leid.«

Er lachte: »Ich hab sie getrunken. Bis auf den letzten Tropfen. Sie hat mir geschmeckt.«

11

Sie kochte ihm Suppe. Sie schnitt Zucchini, Sellerie und Zwiebeln klein. Diese Suppe enthielt ihre Gefühle. Der Schaum, der an die Oberfläche kam, wenn sie Huhn kochte, die weichen, formlosen Tomaten. Nudeln in Gestalt winzig kleiner Sterne. Gewürz, nach dem sie suchen musste, die englische Bezeichnung unbekannt, in keinem ihrer Arabisch-Englisch-Wörterbücher zu finden, *Habbahan, Habbahan*. Sie musste durch den Supermarkt irren, etwas suchen, nach dem sie niemanden fragen konnte, sie als Übersetzerin müsste den Begriff eigentlich kennen. *Habbahan*. Ohne dieses Gewürz würde die Suppe nicht schmecken, wäre sie nicht perfekt. Und endlich fand sie *Habbahan*. Das Gewürz existierte, es hatte einen Namen: ganzer grüner Kardamom.

Kardamomkapseln. Sie mussten gespalten, die Samen zerrieben werden. Es schien ihr ungerecht, dass er alleine war, krank alleine, dass er sich jeden Tag zur Vorlesung schleppte und wieder nach Hause ging, in ein ungemachtes Bett, zu ungespültem Geschirr, zu Mahlzeiten, die er sich selbst kochen musste. Im Fachbereich sagten sie, er entwickele sich zu einem Arbeitstier. Sie sagte ihm, im Krankenhaus haben sie dir geraten, weniger zu arbeiten, warum hörst du nicht auf sie? Er sagte, es sei zu viel zu tun.

Sie goss die Suppe in zwei Plastikbehälter und brachte sie ins Büro. Sie erwartete ihn, als er aus dem Hörsaal kam, hustend, die Finger voll Kreidestaub. Sie bemerkte die Veränderung in ihm, wie er allen anderen den Rücken kehrte, seinen Studenten, die aus dem Hörsaal kamen, der Gruppe, die zur nächsten Vorlesung hinein wollte. Während er mit ihr sprach, schien niemand sonst zu existieren, keine physische Welt, seine Stimme anders, das war ihr aufgefallen, als wenn er mit anderen Leuten sprach, freundlich, weniger eindringlich. Er brauchte ein paar Minuten, um zu begreifen, worauf sie hinaus wollte, was sie bei sich trug, was sie ihm geben wollte. Dann sagte er: »Oh, Sammar«, mit unterdrückter Stimme, zu viel Ergriffenheit. Und danach waren sie beide unfähig, nur noch alltägliche Dinge zu sagen, belanglose Floskeln auszutauschen wie »vielen Dank«, »ich hoffe, sie schmeckt dir«, »ganz bestimmt«, »du kannst sie einfrieren«. Sammar drehte sich um und ging durch neonbeleuchtete Korridore, vorbei an Studenten, die sie überragten, in weiten Jeans, mit Rucksäcken, weichem Haar, das über junge Augen fiel.

Zwei Wochen. In zwei Wochen wäre sie weit weg, auf einem anderen Kontinent. Sonne, man brauchte im Haus kein Licht machen. In zwei Wochen würde sie diese Stadt verlassen. Da sie von London aus fliegen wollte, musste sie noch eine Zugfahrt von Aberdeen nach London buchen. Die Sachen, die ihre Tante angefordert hatte, waren gekauft, nun hieß es packen. Sie dachte an die Heimreise, daran, dass sie ihr Zuhause wieder sehen würde, seine Farben, und trotz all dieser Jahre der Sehnsucht empfand sie jetzt nur Abneigung und auch ein wenig Angst.

12

Die Vergangenheit drängte sich auf, jetzt, da Sammar allein die Gegenwart wollte. Diese zwei Wochen vor ihrer Abreise. Die Vergangenheit kam und baute sich vor ihr auf, forderte ihre Aufmerksamkeit. Die Zeit, bevor sie für Rae arbeitete, ihre Zeit im Fachbereich Sprachen, in der sie gelegentlich auch Texte für den Gemeinderat übersetzt hatte: vom Englischen ins Arabische, Informationsblätter über das Gesundheitswesen, Englischkurse. Eine Begebenheit aus dieser Zeit: Eine Libyerin lag im Krankenhaus und Sammar wurde gebeten, nach Foresterhill zu fahren und für sie zu dolmetschen. Doch Sammar weigerte sich, konnte nach Tarig das Krankenhaus nicht ertragen. Ihre Schuldgefühle der Libyerin gegenüber ertränkte sie in Ozeanen von Schlaf. Vergaß in ihren Träumen, dass Tarig tot war.

Ihre Vorgesetzte im Fachbereich Sprachen war eine Frau namens Jennifer, die Sammar eines Tages plötzlich zu sich rief, sie bat, Platz zu nehmen, und ihr erklärte, dass sie zwar nicht religiös sei, religiöse Menschen aber akzeptiere. Das während des Golfkriegs, als plötzlich aller Welt bewusst wurde, dass Sammar Muslimin war. Auf der King Street hatte ihr einmal ein Mann hinterhergerufen: *Saddam Hussein, Saddam Hussein.*

Jennifer sagte: »Mein Lebensgefährte ist Nigerianer«, und machte eine Pause, als wollte sie Sammar Gelegenheit geben, die tiefere Bedeutung dieser Feststellung zu begreifen. Sammar saß da und nickte höflich. Sie kam sich vor wie ein Kind, das abends zu lange wach geblieben war und entdeckt hatte, dass es in der Welt der Erwachsenen Dinge gab, die man nicht verstehen konnte. Jennifer redete, frei von der Leber weg, versicherte ihr, wie aufgeschlossen und tolerant sie sei, im Gegensatz zu vielen anderen. »Ich habe zum Beispiel«, beteuerte Jennifer, »auch überhaupt kein Problem damit, wie du dich kleidest.« Schließlich brachte Sammar ein Wort heraus: »Danke.« Dann ging sie nach Hause und schlief. Sie schlief tief und ohne Unterbrechung bis zum nächsten Tag.

Ihr Vertrag sah vor, dass sie auch in anderen Fachbereichen eingesetzt würde, wenn Bedarf bestand. So hatte Sammar Rae kennen gelernt, der ihr Artikel aus arabischen Tageszeitungen schickte, nach dem Golfkrieg. Als sie ihn zum ersten Mal traf, verblüffte er sie, weil er es nicht eilig hatte, nicht durch andere Dinge abgelenkt war. Sammar hatte sich an viel beschäftigte Menschen gewöhnt, an Zeitdruck. Er jedoch, nachdem die Zeitungsartikel durchgesprochen waren, erzählte ihr aus der Zeit, die er in Nordafrika verbracht hatte, und fragte sie nach der Bedeutung ihres Namens, ein ungewöhnlicher Name. Von seiner Art eingenommen antwortete sie: »Es gibt ein libanesisches Frauenmagazin mit diesem Namen«, und dachte unwillkürlich, wie dumm, das zu sagen, wie unpassend. Doch er schien weder überrascht noch amüsiert. Er sagte und klang dabei durchaus ernst: »Diese Zeitschrift kenne ich noch gar nicht.«

Die Leute redeten über ihn: seine Studenten, seine Sekretärin Yasmin. Durch ihn lernte Sammar Yasmin kennen, Yasmin, die so fließend und klug über den Golfkrieg sprach, über Immigranten, »diese Leute«. Sie sagte Sammar, dass Rae während des Krieges mehrfach im Fernsehen und im Radio gewesen war. Und wenn sie am Tag nach solchen Sendungen ins Büro kam, war der Anrufbeantworter immer zum Bersten voll mit Nachrichten, wütenden Stimmen: ... *Sie sind eine Schande für unsere Universitäten, für so was zahlen wir Steuern ... Sie wissen doch nicht, wovon Sie reden, Kampfjets sind gar nicht genug in diesem Krieg. Wir müssen eine Atombombe abwerfen, damit ein für allemal Schluss ist* ... Und nach einer

Radiosendung zum Thema »Ist dieser Krieg ein heiliger Krieg?«: *Sie Kanackenbastard, darf ich Sie daran erinnern, dass England ein christliches Land ist und dass es von Vorteil wäre, wenn Sie und der ganze Rest dieser elenden Kanackenbande in Allahs Land zurückgingen. Seit die Bastarde in England sind, ist dieses Land zum Arschloch des Westens geworden …*

Sammar erinnerte sich, wie Yasmin ihr all das erzählt hatte im Auto, an einem Samstag, auf dem Weg zu einem Do-it-yourself-Shop, und dabei den Londoner Akzent des Mannes nachgeäfft hatte.

»Hat Rae sich geärgert?«, fragte Sammar.

»Nein, er hat gelacht.«

Und Sammar stellte sich die Szene im Sekretariat vor, Yasmin, die das Band am frühen Morgen zuerst abhörte, Rae, der ruhig dastand, noch im Jackett, eben erst eingetroffen. Einige Rollläden im Raum noch nicht hochgezogen, der Fachbereich noch wenig betriebsam, die Schritte der Studenten noch nicht zu hören, vereinzelt kämen Dozenten vorbei, um nach Post zu schauen, würden Grüße murmeln, kurz innehalten, um dem Band zu lauschen. Rae würde sich die undeutliche Stimme vom Band anhören, die Nachricht, die man für ihn hinterlassen hatte, würde als Einziger lachen – niemand sonst würde lachen – und sich schließlich mit den Händen übers Gesicht fahren.

Noch dreizehn Tage.

Der Termin ihrer Abreise stand fest, felsenfest, imposant wie ein Gebirge. Die Tage waren gezählt. Sie schwanden dahin und konnten ihrer Natur gemäß nicht zahlreicher werden. Aber es waren keine normalen Tage, sie dehnten sich aus wie von Zauberhand berührt, streckten sich aus wie Bäume ihre Äste recken, und die Stunden vergingen wie Stunden im Bewusstsein eines Kindes, sie flackerten weder, noch schmolzen sie tückisch dahin. Was die Leute sagen, stimmt nicht, dachte Sammar, dass die Zeit schnell vergeht, wenn man glücklich, und langsam, wenn man traurig ist. Denn in ihrer dunkelsten Zeit, als Tarig gestorben war, hatte Trauer die Zeit weggebrannt, hatte die Stunden mühelos verschlungen, die Tage, Bissen für Bissen. Heute dauerte jeder Tag lang, und wenn Rae ein paar Worte zu ihr sagte, wenn sie einander nur für wenige Minuten sahen, dann dehnten sich diese Minuten, und die Worte vermehrten sich und erfüllten die Zeit mit dem, was sie mitnehmen, was sie nicht zurücklassen wollte.

Meine letzten zwölf Tage. Meine letzten zehn Tage.

Er sagte, es sei ihre Suppe, ihre Suppe habe seine Genesung in Gang gesetzt. Er arbeitete wieder ganztags, er hustete nicht mehr.

Sie sagte: »Allah ist es, der heilt.« Sie wollte, dass er hinter allen Ursachen den Ersten, den Wahren sah.

»Als ich klein war«, sagte er ihr, »hatte ich Bücher, die mich nicht besonders beeindruckt haben. Bilderbücher mit blauäugigen Engeln, die Flügel hatten, naive Tiere, die paarweise ein Schiff bestiegen, zu viele Schäfchenwolken.«

Als Sammar klein war, hatte sie die Worte des Koran, keine Engelbilder. Worte, die man auswendig lernte und in unsicheren Straßen aufsagte, wenn tollwütige Hunde bellend zu nahe kamen. *»Sprich: Ich suche Zuflucht im Herrn über den Tagesanbruch ...«, »Sprich: Ich suche Zuflucht im Herrn über die Menschen ...«* Und auch nachts, in ihren schrecklichen Kindheitsträumen, hatte sie diese Verse aufgesagt, um zu verscheuchen, was sich grausam an sie klammerte.

Er sagte: »Das ist echt, nicht trivialisiert, zu Märchen reduziert.« Und er sah enttäuscht aus, als er es sagte, zerstreut von Gedanken, die er nur für sie in so knappe Worte fasste. »Geschichte, zu Märchen reduziert«, sagte er. Von Illusionen zugedeckt, gerastert, geregelt.

Sie sagte, sie hatte angenommen, hier in diesem Teil der Welt herrsche Freiheit, keine Regeln, keine Restriktionen. Doch sie bemühte sich, zu verstehen, dieses neue Bild in sich aufzunehmen, das er zeichnete. Ein Abriss über Kirche und Staat in Schottland. Calvinismus, die harte, tyrannische Variante des Christentums. Eine Erziehung, die so anders war als ihre eigene. Gebote, die man ihm eintrichterte. Er darf nicht trübsinnig sein, er darf nicht vorlaut sein, er darf keine Widerworte geben. Er darf nicht über Langeweile klagen, nur Langweiler langweilen sich. Der Wert des Anscheins, vorzutäuschen, es sei alles in Ordnung. Die Kunst der Verstellung, eine Form von Mut. Nicht zu viel grübeln. Entspann dich, du bist zu ernst.

Sie fragte: »Seit wann ist Ernsthaftigkeit schlecht?«

»Du kannst dich glücklich schätzen«, lächelte er und schien zu sagen, er liebe sie. Ermunterung zum Sprechen. Wieder die streunenden Hunde, die drohende Tollwut, Cholera, Bilharziose. Leprakranke wie in Filmen, und ein Tag im Mai, an dem die ganze Schule gegen Meningitis geimpft wurde, Injektionen aus einer Pistole, Mädchen, die in der Sonne ohnmächtig wurden. Eine Zeit, in der sie an einen bestimmten Ort gehörte, bevor sie das Gefühl kannte, das hat nichts mit mir zu tun, diese Läden, diese Leute haben nichts mit mir zu tun, dieser Himmel ist nicht für mich. Zeiten, in denen sie schweigsam war, nie jedoch gleichgültig: wenn sie ihrer Tante zusah, die sich mit Luxus-Nivea die Beine eincremte, die weiße Creme, die in ihre Haut einzog, in das Netz aus bläulichen Venen, ihre Knöchel, ihren Nagellack. Der Gesichtsausdruck ihrer Tante dabei stets ernst: eine wichtige Angelegenheit, notwendig, kein Spiel. »Darf ich mich auch eincremen?« Doch sie musste ihre Beine erst waschen, damit sich die Creme nicht mit dem Staub vermischte. Tarig, der im Garten Wasser aus dem Schlauch trank, und wenn Sammar an der Reihe war, trank auch sie daraus. Das Wasser warm, nicht kalt, wie das aus dem Kühlschrank, roch nicht nach Essen. Sie konnte trinken und trinken, nie genug davon bekommen. Ihre Füße waschen, die Beine bis zu den Knien. Das Wasser spritzte in die Blumenbeete, bahnte sich einen Weg in den Garten. Tarig kletterte auf die halbhohe Mauer, balancierte. »Ich hab dein Fahrrad repariert«, sagte er. Wasserplätschern, ein Auto in der Ferne, Vögel. Da war die Stimme des Kochs, der im Schatten eines Guavenbaumes saß und im Koran las, dazu die Schultern im Takt mit den Worten wiegte.

»Einsamkeit ist Europas Malaria«, sagte Rae. »Niemand ist wirklich immun dagegen. Ganz so hygienisch ist es hier nicht, lass dich nur nicht täuschen von den Idolen, die Europa sich schafft. Wir könnten dir am Ende gar Leid tun, ein bisschen, nicht allzu sehr, denn dieser Verfall hat nichts Ungerechtes. Ich fürchte«, sagte er, »wenn du nach Hause zurückgehst, wird dir klar, dass ich viel rauer bin als du, dass ich nicht so bin, wie du glaubst.«

Mein letzter Freitag.

Er zeigte ihr die Karte, die seine Tochter ihm ins Krankenhaus geschickt hatte. »Gute Besserung, Papa«, stand da zu lesen, auf dem Bild prangte ein bandagierter Bär. Sammar fand die Formulierung seltsam, ohne »Ich wünsche dir« oder »Ich bete für dich«, die Zeile ein Befehl, und sie fragte sich, ob man dem Kind beibrachte, dass die Gesundheit seines Vaters in dessen eigenen Händen lag, seinem Befehl unterstand. Doch sie sprach nicht aus, was sie dachte, und bewunderte stattdessen das Schulfoto, das Mhairi zusammen mit der Karte geschickt hatte. Ihre Uniform bestand aus einem Kilt mit passender Jacke und Krawatte. Sie war herausgehoben aus der Gruppe ihrer Klassenkameraden, weil sie Raes Tochter war und ihm ein wenig ähnlich sah.

»Wem sieht sie ähnlicher, dir oder ihrer Mutter?«, fragte Sammar. Doch er mochte nicht weiter über dieses Thema sprechen.

Sie konnte nur vermuten, warum seine Ehe gescheitert war. Wenn sie ihn direkt fragen würde, wusste sie, dass sie mit seiner knappen, wohl überlegten Antwort nicht zufrieden wäre. Also schaute sie auf eigene Faust in ihn hinein, hob die Schleier, die ihr die Sicht versperrten. Ein Schleier: Er konnte niemanden unglücklich machen. Ein weiterer Schleier: Um jemanden wie ihn zu verlassen, musste die Frau einen ziemlich niedrigen IQ haben. In der Tiefe stieß Sammar schließlich auf die Wahrheit: sein Starrsinn und eine Frau, die Karriere machte und als Bürokratin bei der UNO mehr Geld verdiente als er, der Professor an einer Uni in der Provinz. Eine Frau, die es leid war, von Genf nach Edinburgh zu reisen, um erst ihre Tochter im Internat, dann ihn in Aberdeen zu besuchen. Er wollte nicht mit ihr nach Genf ziehen. Genf, so sagte er, sei ihm zu fein, und für ihn gab es überhaupt nur drei Orte auf dieser Welt: Schottland, Nordafrika und den Nahen Osten. Ihr gegenüber eine schnippische Bemerkung zu viel: *Die UNO ist ein Bluff, und alle Welt weiß es,* ein Streit zu viel. *Ich habe fünf elende Jahre mit dir in diesem stinkigen Kairo zugebracht.* Eines Tages setzte sich diese Frau mit einer Tasse Kaffee und einer Zigarette hin und fragte sich: »Wozu brauche ich ihn eigentlich?«

Mein letzter Samstag. Mein letzter Sonntag ...

Er rief sie an, doch viel Zeit am Telefon war ihnen nicht vergönnt. Ein ständiges Kommen und Gehen auf dem Treppenabsatz, Türenschlagen. Ein Mädchen mit langem, fettigem Haar stand hinter Sammar und wollte das Münztelefon auch benutzen. Sammar wünschte, sie würde nicht hier wohnen, säße lieber mit einem Telefon in ihrer eigenen

Küche. Dann könnte sie beim Telefonieren Krümel vom Tisch wischen, den Herd ausschalten.

»Ich muss aufhören«, flüsterte sie, doch er ließ sie nicht gehen, redete weiter, und sie wollte nicht eines seiner Worte missen. »Ich muss jetzt gehen.« Das Mädchen in ihrem Rücken schnaubte ungeduldig und fuhr sie an. »Wie lange soll das denn das noch gehen? Brauchst du vielleicht den ganzen Tag?« Das Mädchen kannte keine Gnade.

Wie anders noch vor einem Monat, als sie und Rae während der Weihnachtsfeiertage miteinander telefonierten und Sammar das ganze Haus für sich alleine hatte. Jetzt konnten sie nicht einmal nachts mehr reden. Nachts wurde das Treppenhaus zur gefährlichen Straße, hin und wieder dumpfe Schläge, schweres Atmen, Schreie, Songfetzen. Jemand übergab sich am Fuß der Treppe, Curry und Bier, genau da, wo Sammar auf ihrem Kissen Platz genommen hatte, mit Rae ins Gespräch vertieft.

Mein letzter Montag.

Was sie von allen hörte, nur nicht von ihm: *Du Glückliche, du kannst dem schrecklichen Wetter entfliehen. Du freust dich sicher sehr, deinen Sohn endlich wieder zu sehen. Wann warst du zum letzten Mal zu Hause? Vor vier Jahren? Das ist ja lange her.*

Mein letzter Dienstag.

So früh am Morgen war es ruhig im Gemeinschaftsraum für Dozenten. Außer Sammar und Rae waren noch zwei Männer da und eine Frau mit blonden Locken, die ihre Kaffeebecher auf der Metallschiene zur Kasse schoben und sich unter dem Nichtraucher-Schild niederließen. Sammar gefielen die hohen Fenster, die den Blick auf die anderen Universitätsgebäude freigaben, auf den Rasen, der sich zur Straße hochschlängelte, die weiße Kuppel des Gebäudes für Ingenieurwesen, die aussah wie eine Moschee. Würde sie sich später an all das erinnern? An die Art, wie Rae ein Tütchen Zucker aufriss? Würde sie sich daran erinnern an einem Ort, an dem es keine Zuckertütchen gab? Oder sein Jackett. Würde sie sich an dessen Farbe erinnern an einem Ort, an dem Menschen ohne Wolle oder Jacketts auskamen? Die Zukunft winselte um Sammars Aufmerksamkeit. Sich die Interviews in Ägypten ausmalen, junge kettenrauchende Männer. Sich Sonne und staubige Straßen vorstellen, schlecht bestückte Läden, schrottreife Autos, schäbige Kleidung, karge Räume. Sich all das ausmalen, denn bald werden sie ...

»Du bist schon weit weg von mir«, sagte er, als könne er die Zukunft jammern hören, sehen, wie sie an ihrem Ärmel zerrte. Er beobachtete sie, sah sie häufiger an, als sie ihn ansah. Ihre Aufmerksamkeit galt Teetassen, glatten, makellosen Plastiklöffeln.

»Nein, nein, ich bin noch hier.«

Sie verbrachten diese ungemütliche Zeit des Tages gemeinsam, um jede verbleibende Minute zu nutzen. In einer Stunde würden sie in Arbeit versinken, in Stimmengewirr, wären Teil einer betriebsamen Maschinerie, Projekte, die sie vor ihrer Abreise noch rasch abschließen wollte, Vorlesungen für ihn und der Besuch von Dr. Fareed Khalifa aus Stirling. Sie schrieben gemeinsam einen Aufsatz und hatten noch stundenlange Diskussionen vor sich.

Sie sagte: »Gestern, als ich mit Fareed Arabisch sprach, hatte ich das Gefühl, zu Hause ist ganz nah.« Gestern hatte sie ihn in Raes Büro kennen gelernt. Untersetzt, sah energisch aus, trug einen Bart und hatte die Angewohnheit, seinen Gesprächspartnern Löcher in den Bauch zu fragen. Doch es hatte ihr nichts ausgemacht, seine Fragen zu beantworten, ihren Lebenslauf vor ihm auszubreiten. Er seinerseits hatte ihr von seiner Frau erzählt, die studierte, von seinen drei Kindern, die zur Schule gingen. Es hatte ihr

Spaß gemacht, Arabisch zu sprechen, Worte wie *Insha' Allah* zu sagen, die sich harmonisch in alles einfügten, Teil der Sätze waren, Teil der Vision. Wie oft hatte sie in den letzten Tagen auf Englisch gesagt: »Ich fahre am Freitag«, und der Satz klang völlig normal und natürlich für die, die ihn hörten, in ihren Ohren aber unvollständig, falsch ohne *Insha' Allah*.

»Du hast seine Fragen geduldig über dich ergehen lassen«, sagte Rae. »Die meisten Leute haben nicht so viel Geduld.«

»Du nicht?«

»Nein.«

»Weil du Geheimnisse hast.«

Lachend fragte er: »Wie kommst du denn darauf?«

»Durch eine Bemerkung von dir. Du und Yasmin, ihr habt euch darüber unterhalten, dass Mädchen, die in Frankreich zur Schule gehen, keinen *Hijab* tragen dürfen. Erinnerst du dich? Yasmin war wütend ...«

»Ja, ich erinnere mich.«

Sie dachte zurück an jenen Novembernachmittag und daran, wie froh sie war, dass Yasmin, die sie nach Hause fahren würde, sich weiter mit Rae unterhielt, keine Eile hatte, sich zu verabschieden, nicht schnell zu Hause sein musste, weil Nazim auf der Bohrinsel war, und damals war Sammar aufgefallen, dass keiner von ihnen dreien jemanden hatte, der sie zu Hause erwartete, nur Stimmen aus Radios oder Fernsehgeräten.

Sie erzählte von jenem Tag, davon, dass sie eine neue Vergangenheit entdeckt hatte, die nicht in Schlaf gehüllt war. Eine junge Vergangenheit, die man hervorholen konnte, Seide aus einer Schublade, um sie zu bewundern, zu berühren. »Du sagtest, dir gefällt der *Hijab,* und ich fragte dich, warum. Es war das Einzige, was mir in der ganzen Zeit über die Lippen kam ...«

»Bei Yasmin kommst du nicht oft zu Wort, hm?«

Sammar runzelte die Stirn: »Doch, sei nicht ungerecht ... Jedenfalls wollte ich von dir wissen, warum er dir gefällt, und du hast geantwortet, weil er geheimnisvoll ist. Das waren deine Worte.«

»Und deshalb glaubst du, ich hätte etwas zu verbergen?«

»Ja ...«

»Die Bemerkung war als Kompliment für dich gedacht. War dir das nicht aufgefallen?«

Sie schüttelte den Kopf und schaute aus dem Fenster, sah die Wintersonne auf der Kuppel des Gebäudes für Ingenieurwesen. Der Lärm im Raum, Besteck, das bewegt, gedeckt wurde, der Ventilator in der Küche. Wenn alles anders wäre, hätte sie gelächelt und gefragt: »Mir ein Kompliment gemacht, für was denn?«, und hätte sich an seiner Antwort gefreut. Doch sie fürchtete sich vor Geständnissen, vor gefühlvollen Worten. Ihr war unbehaglich. Ihn treffen, mit ihm reden war ihr ein Bedürfnis geworden, das ihr unangenehm war. Gestern hatte sie überlegt, ob Fareed wohl etwas gespürt, geahnt hatte, durch die Art, wie Rae sie ansah, wie sie sprach. Sammar beneidete Fareed, weil er verheiratet war und sie nicht und die Ehe doch die Hälfte des Glaubens war.

Sammar wandte sich vom Fenster ab und beobachtete eine der Bediensteten, die von Tisch zu Tisch ging, Politur versprühte und mit einem Tuch hinterherwischte. Es waren noch andere Leute im Raum, Menschen, die Sammar von irgendwoher zu kennen glaubte, sie lasen Zeitung, frühstückten vor der Arbeit.

Leichter Gesprächsstoff. Der Tee ist heiß. Yasmin ist erkältet und kann keine Medikamente nehmen, weil sie schwanger ist. Dianes Mutter ist aus Leeds zu Besuch hier hoch gekommen. Über die Arbeit sprechen. Ihn nach seinen Studenten fragen, nach seinem besten Studenten, dem Mann aus Sierra Leone. Er hat seine Doktorarbeit bald abgeschlossen. Hat er schon einen Termin für die mündliche Prüfung?

Sie sprach über den Text von Azhar, an dem sie arbeitete. Sie hatte ihm versprochen, die Einführung vor ihrer Abreise fertig zu übersetzen. Sie sagte: »Ein großer Teil der zitierten *Hadith* ist bereits übersetzt worden, deshalb komme ich schneller voran, als ich dachte. Ich lerne viel, vieles, was ich vorher nicht wusste.« Hier in Schottland lernte sie mehr über ihre eigene Religion, so hing in der Welt wohl doch alles mit allem zusammen.

»Was war dir denn neu?«

»Ein *Hadith,* der sagt, dass der beste *Jihad* der ist, in dem ein Mensch vor einem tyrannischen Herrscher die Wahrheit spricht. Er wird nicht oft zitiert, und in der Schule haben wir ihn nie besprochen. Ich hätte ihn bestimmt nicht vergessen.«

»Bei den Diktaturen, die in den meisten islamischen Ländern herrschen«, sagte er, »ist es höchst unwahrscheinlich, dass ein solcher *Hadith* seinen Weg in den Lehrplan findet.«

»So was sollten wir aber wissen ...«

»Das Gute daran, das Gleichgewicht«, sagte er, »besteht darin, dass du es wissen könntest, dass die Information vorhanden ist. Regierungen kommen und gehen, können aggressive Säkularisierung betreiben, wie in der Türkei, wo sie den Islam aus allen Lehrplänen verbannt haben, oder sie können ihn marginalisieren, wie in den meisten anderen Ländern, wo er von allen anderen Fächern und sogar vom Fach Geschichte getrennt behandelt wird. Doch der Koran selbst und die authentischen *Hadith* sind nie verändert worden. Sie sind seit Jahrhunderten unverfälscht. Das fiel mir zuerst auf, als ich anfing, den Islam zu studieren, hier liegt ein Grund für meine Bewunderung.«

»Warum hast du dich überhaupt mit dem Islam beschäftigt?«

»Ich wollte den Nahen Osten verstehen. Kein Autor in den fünfziger und sechziger Jahren hat damals vorhergesagt, dass der Islam in der Politik dieser Region eine so bedeutende Rolle spielen würde. Nicht einmal Fanon, den ich immer sehr bewundert habe, hatte Einblick in die religiösen Gefühle der Nordafrikaner, über die er schrieb. Er hat Islam und Antikolonialismus nie miteinander in Verbindung gebracht. Als die iranische Revolution ausbrach, fühlte sich alle Welt überrumpelt. Wer waren diese Leute? Was trieb sie an? Und dann eine Welle von Veröffentlichungen, die meisten falsch informiert. Die Angst davor, dass die gesamte Region von dem Sog erfasst werden könnte, sehr stark übertrieben. Aber in gewisser Hinsicht ist das verständlich, denn die Beziehungen des Westens zum Nahen Osten sind seit Jahrhunderten angespannt. Seit dem siebten Jahrhundert, als die Kirche den Islam als Ketzerei brandmarkte.«

Die Zeit war nicht großzügig. Sie schauten beide auf ihre Armbanduhren. Nur noch wenige Minuten bis neun. Die anderen Leute verließen schon den Raum, durchs Fenster konnte Sammar Studenten auf dem Weg in die Hörsäle sehen. Sie fragte: »Aus welchen Gründen bewunderst du den Islam noch?«

»Fürs Erste müssen wir's bei einem Grund bewenden lassen, weil nicht viel Zeit bleibt. Es gibt eine Reihe von Theorien«, begann er, und Sammar dachte, jetzt hält er mir eine Vorlesung, wie seinen Studenten. Manchmal wünschte sie, sie wäre eine von ihnen und könnte ihm stundenlang zuhören.

»... diese Theorien erklären, warum sich der Kapitalismus letztlich in Europa und nicht in anderen früheren Zivilisationen ausgeprägt hat, die weiter entwickelt waren. Zivilisationen wie das muslimische Spanien oder das Osmanische Reich zum Beispiel. Eine Theorie besagt, dass die Ausbreitung des Kapitalismus Reichtum voraussetzt, der aus Dynastien oder Familien über Generationen hinweg durch

Erbschaften akkumuliert worden sein muss. Doch durch die Erbschafts- und Wohlfahrtsgesetze der *Sharia* wurde der Reichtum so fragmentiert, dass die notwendige Kapitalakkumulation nie stattfand. Es gab sozusagen ein Blockadesystem, es war sozusagen ein Thermostat, eine Art Schalter eingebaut, der dieses Übermaß verhinderte. Für mich besteht hier das Bild einer Waage, eines Mechanismus, der die Dinge im vernünftigen Rahmen, im Gleichgewicht hielt. Und jetzt muss ich mich sputen, ich habe nämlich ein Seminar.«

Nachdem Rae gegangen war, blieb Sammar noch ein paar Minuten am Tisch sitzen, spielte mit dem Plastiklöffel in ihrer leeren Tasse. Warum nur war sie nicht völlig überzeugt, obwohl er so positiv über den Islam sprach? Vor Monaten hatte Yasmin sie gefragt: »Hoffst du etwa insgeheim, dass er konvertiert und du ihn heiraten kannst?« Hoffen, er würde, fürchten, er würde nicht, und was dann? Die Zuckerkrümel auf dem Tisch lösten sich in dem übergeschwappten Tee auf, Partikel, die in die Anonymität des Teppichbodens purzelten oder auch auf dem Tisch liegen blieben, um rau und süß an ihren Fingern und Kleidern zu kleben.

Ihr letzter Mittwoch.

13

Ihre letzten zwei Tage.

Rote und blaue Fenster flogen ihr entgegen. Sie wurden größer und deutlicher, je näher sie der Bildschirmoberfläche des Computers kamen, um gleich darauf abzutauchen. Sammar hatte aufgehört, Arabisch ins Englische zu übertragen, sie tippte nicht weiter; die Worte hatten zu flimmern begonnen und wurden plötzlich von der schwarzen Dunkelheit geschluckt, aus der jetzt die »Flying Windows« des Bildschirmschoners kamen. Aus der Unendlichkeit, Pünktchen zuerst, dann vibrierende Karos und Grün.

Übermorgen, *Insha' Allah,* sitze ich im Zug, dachte sie, Wagen D, Sitz Nummer 16F, und nachmittags um diese Zeit wird der Zug Schottland lange hinter sich gelassen haben.

Sammar war allein im Zimmer, denn Diane saß in ihrem wöchentlichen Seminar über Forschungsmethoden. Es schien, als hatte Sammar nur arbeiten können, solange Diane ihr Gesellschaft leistete, denn jetzt konnte sie sich nicht konzentrieren. Sie stand auf, ging auf und ab. Das Zimmer war klein, bot gerade Platz für zwei Schreibtische, zwei Drehstühle, Dianes »Guardian« am Fußboden. Sammar schaute durchs Fenster auf die geparkten Autos, sah drei Studenten über die Straße gehen, den dunklen eisigen Himmel. In wenigen Tagen, auf einem anderen Kontinent, Sonne ohne Pause.

Der Abschied, der ihr morgen bevorstand, lastete so schwer auf ihr, dass sie sich wieder an den Schreibtisch setzte und überlegte, wie sie ihn vermeiden, die ungelenken Worte, kurzen Pausen dazwischen umgehen könnte. Wenn sie sich früher ausgemalt hatte, wie sie die Stadt verlassen würde, sah sie sich unbemerkt davonschleichen, ganz einfach, unauffällig, spurlos. Jetzt aber war alles so unklar, und manchmal vergaß sie sogar, warum sie überhaupt wegging.

Dann fiel ihr sofort Amir ein, und sie bekam ein schlechtes Gewissen, weil sie so selten an ihn dachte, nie von ihm träumte. Sie war weit weg von dem, was ihre Tante sich wünschte, das Kind war nicht der Mittelpunkt ihres Lebens, nicht im Zentrum, in dem einst sein Vater stand.

Das Klopfen an der Tür kam völlig unerwartet, doch Sammar erkannte sofort die Traurigkeit, die mit ihm ins Zimmer trat. Sie schien wie Rauch, farbig. Elfenbein- und fliederfarben, leicht verwittert. Rae setzte sich auf Dianes Stuhl. Er sagte: »Ich verreise morgen«, und verwirrte Sammar, denn sie war es doch, die verreiste, ihre Koffer waren gepackt, ihre Tickets frisch gedruckt, und sie verstand nicht recht, denn es war doch mitten im Semester, Rae musste Seminare geben, Fareed war für mehrere Wochen zu Besuch.

»Ich hatte dir von meinem Onkel in Stirling erzählt, erinnerst du dich?«

Sammar nickte. Sie erinnerte sich an ihn, im Pflegeheim, der ältere Bruder von David, der nach Ägypten ging und nie wieder kam.

»Er ist gestorben ...«

»Oh, das tut mir Leid.«

Rae schaute auf die Geisterfenster, die über den Computerbildschirm flimmerten. In diesem Tod lag nichts Tragisches, und doch war die Kraft des Todes mit ihnen im Zimmer, rein, unumkehrbar. Heute hatte der Feind der Regelmäßigkeit ihr Leben zerschnitten. Doch in dieser Niederlage lag auch Trost, lag Sanftheit ...

Rae saß da, hatte die Ellenbogen auf die Knie gestützt und erzählte, wie er davon erfahren hatte, die Einzelheiten der letzten Stunden seines Onkels, die bevorstehende Beerdigung. Und da der Tod Anlass bot, zurückzuschauen, zu rekapitulieren, hörte sie ein vollständiges Leben, eine Karriere, Erinnerungen an Sommerferien.

Er sagte: »Ich wollte die Zeit vor deiner Abreise morgen mit dir verbringen.«

»Das ist nicht so schlimm.« Der beißende Rauch im Raum brannte ihr in den Augen. Das war also der Abschied, das war also die Verabschiedung, die sie hatte vermeiden wollen. Sie kam einen Tag zu früh.

»Das ist sehr schlimm. Es tut mir so Leid.«

»Fährst du hin?« Eine tränenerstickte Stimme war nicht attraktiv. Sie sollte mit einer so hässlichen Stimme nicht sprechen.

»Ja, ich fahre.«

»Wird das auch nicht zu anstrengend für dich?«

»Ich passe schon auf, ich verspreche es. Ich würde mich hassen, wenn ich hier bliebe.«

Nichts wünschte sie sich jetzt sehnlicher, als ihn nach Stirling zu begleiten. Überrascht stellte sie fest, wie unvernünftig und kindisch sie sein konnte. Wie sie etwas wollen konnte, das unmöglich, grundfalsch war. Aber sie konnte diesen Wunsch nicht wegschieben. Mehr als alles in der Welt wollte sie jetzt der Universität, dem Gefängnis der vertrauten Gebäude, der Alltagsroutine entfliehen. Wollte raus aus Aberdeen, weg von dem Ort, an dem sie so lange krank und müde gewesen war. Sie würden nach Süden fahren, in eine Stadt, die sie noch nicht kannte. Unterwegs würden sie tanken, und er würde ihr im Shop an der Tankstelle Mineralwasser und Süßigkeiten kaufen.

Sie sprach mit gespielter Ungezwungenheit, wollte ihm zeigen, dass sie wusste, es war unmöglich, leichtfertig, gegen jeden gesunden Menschenverstand, mit Humor zu zerstreuen. »Ich würde dich so gern begleiten.«

»Das wäre schön. Dann wäre alles viel leichter.«

Weil er sich nicht über sie lustig machte, weil er nicht überrascht war, war sie schutzlos, leistete keinen Widerstand. Die plötzliche Dunkelheit, als sie ihr Gesicht in den Händen begrub, seine Stimme, die Umarmung. Genau das hatte sie immer befürchtet, alles, was sich unter der Oberfläche zusammengebraut hatte, brach jetzt hervor. Es lag viel näher, als sie geglaubt hatte, prickelnd und plötzlich, lautes Schluchzen, unschön, weil ihr die Nase lief. Er sagte, er liebe sie, sagte Sachen, über die sie nur mehr weinte statt weniger. Das sagte sie ihm und hob den Kopf von seiner Schulter, holte Luft. Er sagte: »Tut mir Leid«, und nahm ihre Hände, sagte, sie habe schöne Hände. Seine Hände waren zu warm, ein wenig feucht, unnatürlich warm, als sei er krank. So kannte sie ihn nicht. Das war ihr neu an ihm, und er tat ihr Leid, sie fühlte sich ihm näher. Die Nähe war beruhigend, Sammar konnte aufhören zu weinen. Sie betrachtete ihre Finger, ineinander verschränkt, sah den Unterschied zwischen ihren und seinen, wie glatt und kühl ihre Haut war.

Die Schritte kamen wie im Traum. Sammar hörte sie zuerst und löste sich von ihm, schob ihren Stuhl zurück. Sie sah, wie der Raum sich verwandelte, wieder zu dem wurde, was er war: hartes Neonlicht, stapelweise Papier, erfüllt vom leisen Summen des Computers. Dianes vertraute Stimme, als sie die Tür aufschob: »Hab Kaugummi mitgebracht …«, und innehielt beim unerwarteten Anblick ihres Doktorvaters, der auf ihrem Stuhl saß. Die Verblüffung raubte ihr das übliche Selbstvertrauen, sie stand vor ihnen, mit Ordnern und Büchern auf dem Arm, sah jung und wild aus, ihr Gesicht noch rot von der Kälte draußen.

»Grüß dich«, sagte Sammar, bemüht, die Verlegenheit in ihrer Stimme zu verbergen. Sie suchte in Dianes Gesicht nach Spuren, fürchtete Verdacht zu finden. Rae runzelte die Stirn, sein Blick fragte: »Was machst du denn hier?« Er hatte vergessen, dass auch Diane zu diesem Zimmer gehörte.

»Ist es sehr kalt draußen?«, fragte Sammar, nur um die Stille zu füllen. Diane murmelte etwas von Schnee. Da ein dritter Stuhl fehlte, blieb sie an der Tür stehen, unschlüssig.

Inzwischen waren Raes Stirnfalten einer Gewissheit gewichen. Er begrüßte Diane gefasst und fragte sie: »Wie kommst du mit der Literaturliste voran? Ich habe lange nichts mehr von dir zu sehen bekommen.«

Diane murmelte, sie käme voran. Ihre Dissertation schleppte sich dahin, und sie hatte ihn seit Semesterbeginn gemieden. Um ihretwillen und um die gespannte Atmosphäre zu vertreiben, wünschte Sammar, er würde gehen.

Er ging, ohne seine Anwesenheit erklärt zu haben, und Sammar war mit Diane allein, die verärgert wissen wollte: »Was wollte *der* denn hier?«

Während Sammar sich eine Antwort über dringende Arbeiten zurechtlegte, die sie für ihn noch vor ihrer Abreise erledigen sollte, ließ Diane ihre Bücher auf den Schreibtisch fallen und begann, ihre Taschen auszuleeren. Sie nahm ihren Stuhl wieder in Besitz, war wieder ganz die Alte, als sie Raes Stimme nachäffte: »Ich habe lange nichts mehr von dir zu sehen bekommen.« Die Ankündigung, dass er nach Stirling fahren wollte, weckte ihr Interesse. »Schon das zweite Mal in diesem Semester, dass er jemanden kommen lässt, der seine Seminare übernimmt!«, stellte sie fest und reichte Sammar einen Streifen Kaugummi.

Es war kalt, als sie nach Hause ging, Kälte, die roch, ihr in der Nase wehtat und leicht betäubend wirkte. Lichter waren in ihrem Kopf, die alles sehr schneidend machten, zu scharf für ihre Augen. Der Anblick ihrer Koffer. Sie standen in einer Ecke des Zimmers, säuberlich und kompakt. Sammar ging auf Reisen, sie gehörte schon nicht mehr zu diesem Zimmer, in dem nur noch wenige Dinge an ihrem Platz waren. Und sie war jemand anders, nach dem, was er ihr heute gesagt hatte. Von Anfang an schon war es die Art, wie er sie ansprach, ihr Inneres, nicht um sie herum, nicht über ihren Kopf hinweg, über ihre Schultern. So redeten andere zu ihr, ihre Worte prallten gegen ihre Haut und Ohren, Wortschwälle, und sie völlig reglos, ungerührt, immer allein. Wenn er doch immer zu ihr spräche, Tag für Tag, könnte doch das ganze Leben so sein. Das Licht in ihrem

Kopf war grell, so grell, dass sie nicht sah, was in ihrem Zimmer war. Sie konnte die Koffer nicht mehr erkennen, das Bett, an das sie sich lehnte, während sie am Boden saß, der Parfümflakon, den er ihr geschenkt hatte. Sie konnte nichts erkennen.

Wenn der Schmerz nicht wäre, würde sie die Blindheit gar nicht stören. Es lag am Licht, das Licht brannte ihr in den Augen, verkrampfte ihr sogar den Magen. Wenn sie nur den Schmerz vergessen könnte, wäre sie ruhig, würde an schöne Dinge denken und sich in die Blindheit fallen lassen, würde träumen, während es draußen kälter wurde. Diane war Schuld. In dem Moment, in dem sie ins Zimmer gekommen war, hatte der Schmerz begonnen, die plötzliche Veränderung, sich abrupt von ihm lösen müssen. Wenn Diane gesehen hätte, wie er ihre Hand hielt, wenn sie gehört hätte … Nicht auszudenken, sich am besten gar nicht ausmalen, wie komisch es Diane vorgekommen wäre, nach der ersten Überraschung, wie amüsiert sie es hätte weitergeben können, Büroklatsch vom Feinsten. Wenn sie nur aufhören könnte, daran zu denken. Sie könnten sich das Maul zerreißen, weil sie ein so ungleiches Paar waren, weil sie so war, wie sie war, sich anders kleidete. Am besten nicht weiter drüber nachdenken. Die Sache war noch glimpflich abgegangen, nun waren sie in Sicherheit. Noch immer war das Licht in ihrem Kopf; noch immer wanden sich die Schlangen, »Was wäre wenn«, ewig unruhig.

Nichts, was Allah seinen Dienern versagt, ist gut. Es würde sie nur erniedrigen, auf ewig oder sofort, in diesem oder im nächsten Leben. Heute hatte sie versagt. Sich selbst gegenüber, und das Ansehen, das er bei anderen genoss, hätte Schaden nehmen können. Das Sprichwort hieß: »Hochmut kommt vor dem Fall.« All die Jahre war Sammar vorsichtig gewesen, wachsam, auf der Hut, und doch kam die Gegenwart, so geschmeidig und unvermeidlich, als habe sie ihr aufgelauert, ganz in der Nähe, gar nicht weit, nur ein Lächeln entfernt.

Gott um Vergebung bitten. Der Wunsch, die Dinge zu richten, sie richtig zu machen. Es gab nur einen Weg, die Dinge zu richten, sie rein zu waschen, klar zu machen. Vor Monaten hatte Yasmin sie gefragt: »Hoffst du etwa insgeheim, dass er konvertiert und du ihn heiraten kannst?« Oft hatte Yasmin sie gefragt: »Bist du sicher, dass er Muslim wird?«, und Sammar hatte die Sorge ihrer Freundin abgetan, hatte sich treiben lassen. Was zwischen Rae und ihr war, machte sie zu sprachlos, Fragen zu stellen. Doch so konnte sie nicht weitermachen. Sie musste es wissen, musste Klarheit haben. Sie wusste nicht einmal, wie stark er an seinem eigenen Glauben hing. Sie hätte ihn so vieles fragen können und hatte es versäumt. Und nun reiste sie ab, die Zukunft zwischen ihnen, ungewiss, ungeklärt, ihr Gewissen gequält.

Licht in ihrem Kopf, verschwommene, schmierige Sicht. Migräne wie die, als sie Rae mit Yasmin zusammen zu Hause besucht hatte. Es schien lange her, lag aber erst vier Monate zurück, Herbst damals, und sie hatte die Teebecher in der Küche gespült und aus dem Fenster geschaut, die Lichter in den anderen Häusern gesehen, den Garten hinterm Haus. An jenem Tag fühlte sie sich gern gesehen, zu Hause, und das war ihr damals zu viel gewesen, und weil sie damals nicht stark genug war, war der Schmerz aufgetaucht.

Der erste Teil der Nacht ging vorüber, ein wenig Schlaf, traumlos, leicht wie Säure. Als sie wieder sehen konnte, sah sie Schnee durchs Fenster. Der Himmel voller Schnee, Schnee, der gar nicht aufhören wollte. Er bedeckte die Straße unter ihrem Fenster, die leeren geparkten Autos, die Hausdächer ringsum. Als sie klein war, in Khartoum, wurde sie wach, wenn es nachts Gewitter gab, Blitz und Donner so dramatisch, dass sie jedes Mal dachte, der Tag des Jüngsten Gerichts sei gekommen. Blitze brachen den Himmel auf wie Eierschalen, und was vorher in Dunkelheit getaucht war, öffnete sich plötzlich im Licht.

Regen hieß, der Tag würde anders verlaufen, keine Schule, überflutete Straßen, Schatten überall. Wenn es bis Morgen weiter in so dicken Flocken schneite, wären die Straßen blockiert. Das war früher im Winter schon vorgekommen, es könnte wieder passieren. Rae würde nicht nach Stirling fahren, und sie könnte ihn wieder sehen, ihn fragen und sich Gewissheit verschaffen.

Vielleicht wären die Straßen ja sogar tagelang blockiert, Züge würden nicht fahren, und dann würde auch sie tags darauf nicht abreisen können. Hochstimmung bei dem Gedanken, bei dem Schnee. Das war's, was sie wirklich wollte. Sie wollte nicht nach Ägypten, um Interviews für das Antiterror-Programm zu dolmetschen. Sie wollte nicht nach Khartoum, um Amir herzuholen, noch nicht, nicht jetzt. Wie konnte Amir herkommen, wenn sie noch so schlecht darauf eingestellt war.

Wenn es weiter schneite, wenn die Straßen blockiert wären. Sie wusste, was sie tun würde, sie hatte den Mut dazu. Alles würde sich fügen und einfach sein. Schon gehörte sie nicht mehr in dieses Zimmer. Sie hatte ihre Zeit in diesem Raum abgesessen: Krankheit, Rekonvaleszenz, Genesung. Nun war der Raum kahl und trocken, vom fallenden Schnee erleuchtet.

Tagesanbruch, und sie begann, die wenige Habe zu packen, die noch nicht verstaut war. Ihr Gebetsteppich, ein paar Sachen, die noch auf der Heizung trockneten, wenige Ordner und Arbeitsunterlagen. Bettdecke, Vorhänge und Küchengerät kamen in die Kiste, die in den Keller sollte. Das Parfüm, das er ihr geschenkt hatte. Sammar öffnete den Flakon, und der Duft war schwer genug, ins Zimmer zu dringen, die Kanten der Kälte zu glätten. Sie legte sich im Geist zurecht, was sie ihm sagen, all die Dinge, die sie für ihn übersetzen würde. Er wusste eine Menge. Er war gefordert wie andere hier, diese Welt verlangte seine Aufmerksamkeit, all sein intellektuelles Potenzial. Doch über den *Strom von Kawthar,* den Fluss im Paradies, wusste er nichts, nichts vom Überfluss, nichts vom Tag der Verheißung, nicht, was ein Herz davor bewahrte, zu verkümmern. Und die Balance, die er so bewunderte. Verstehen würde er sie erst, wenn er sie am eigenen Leib erfuhr.

Einst war sie unfähig gewesen. Gebückt unter einer schweren Last. Gehemmt, hatte sich mit dem Beten schwer getan, war wankelmütig, nicht fest im Glauben. Und doch hatte Allah sie auch für ihre unvollkommenen Gebete belohnt. Hatte sie vor allen Maßlosigkeiten beschützt. Tabletten, Zusammenbrüche, Selbstmordversuche. Eine Barriere war zwischen ihr und diesen Dingen errichtet worden, jene Balance, die Rae so bewunderte. Um dieser Bewunderung willen würde sie ihren Mut zusammennehmen und mit ihm sprechen. Sie würde ihn glücklich machen, sie konnte so viel für ihn tun.

Sie wollte für ihn kochen, so vieles, dann in der Küche stehen und sich sagen, ich sollte mich umziehen, mich waschen, denn ihr Haar und ihre Kleider würden nach Essen riechen. Mhairi könnte kommen und bei ihnen leben, sie würde nicht mehr ins Internat gehen müssen, und ihm würde es gefallen, seine Tochter jeden Tag zu sehen, nicht mehr nach Edinburgh fahren zu müssen. Und Mhairi würde Amir mögen, Mädchen in ihrem Alter mochten kleine Kinder. Sie würde freundlich sein zu Mhairi, alles für sie tun, ihr Zimmer sauber machen, sich um ihre Schuluniform kümmern. Sie würde sie behandeln wie eine Prinzessin. Sie würden gemeinsam einkaufen gehen, Sammar würde ihr schöne Dinge kaufen, Seife, die nach Himbeeren duftete, und unterschiedlich breite Schleifen für ihr Haar.

14

Die Straßen waren verstopft mit Autos, die kaum von der Stelle kamen. Kreisverkehr und Ampeln der Stadt nutzlos im Schnee. So hoher Schnee, im Radio hieß es, dass es seit Jahren nicht mehr so heftig geschneit hatte. Chaos kam selten zu Besuch in diese ordentliche Stadt. Sie war jetzt durcheinander, angespannt und beharrte stur darauf, ihren täglichen Rhythmus einzuhalten. Geschäfte müssen öffnen, Menschen müssen zur Arbeit gehen. Das war heilig. Wenn Sammar bisher vergeblich nach etwas gesucht hatte, das dieser Stadt als heilig galt, hier war es. In den Gesichtern der Menschen, die den Schnee von ihren Autos fegten und kratzten, im Gesichtsausdruck der gebeugten alten Dame die, erstaunlich sicher auf den Beinen, dem Schnee mit ihrem Gehstock trotzte; sie musste unbedingt zur Post.

Über diesem Chaos schien die Sonne heller als je zuvor, bezaubernd auf dem Weiß, das alles bedeckte. Sonne wie in Afrika, und die Stadt wurde langsamer, wurde so ineffizient, als gehörte sie zur Dritten Welt. Hieraus zog Sammar ihre Stärke. Sie kannte das. War vertraut damit, natürlich, Seelenbalsam. Sie ging zu Fuß, ihre Finger eisig, trotz der Wollhandschuhe, ihre Füße taub in ihren Schuhen. Die Straßen einzige lange Autoschlangen, schlitternde Busse und Kleintransporter. Die Bürgersteige Trampelpfade aus Schnee mit Flecken aus Glatteis. Es war sinnlos, heute mit dem Bus zu fahren. Busse waren heute schwerfällig wie Elefanten.

Als sie die Uni erreicht hatte, war der Campus ruhig, ohne den sonst üblichen Studentenbetrieb. Auf dem Parkplatz nicht viele Autos, und die wenigen, die dort abgestellt waren, standen in seltsamen Winkeln und Abständen zueinander, weil die Parkplatzmarkierungen unter dem Schnee verschwunden waren. Ein paar Studenten spielten im Schnee,

Schneeballschlacht. Sie trugen Mützen und bunte Schals. Sie lachten, waren nicht ernst und leer wie sonst. Heute schienen keine oder nur wenige Seminare stattzufinden. Die Universität, anders als die Geschäftswelt, hatte sich dem Ausnahmezustand ergeben.

Sammar traf Yasmin auf der Treppe zum Gebäude des Fachbereichs. Yasmins Schwangerschaft war nicht mehr zu übersehen, selbst unter ihrem weiten Mantel. Sie wollte nicht ins Haus, sondern war auf dem Heimweg.

»Heute ist kaum jemand da, es lohnt sich nicht, dass ich bleibe«, sie putzte sich die Nase. »Mir geht's nicht besonders gut. Ich werde diese Erkältung nicht los.«

»Ist Rae da?«

Yasmin nickte: »Er telefoniert mit einem Journalisten aus London ... wegen der Flugzeugentführung.«

Sammar wusste zwar vom Schnee, nicht aber von einer Flugzeugentführung. Doch nichts schien unmöglich. Der ganze Tag war anders als sonst, in jeder Hinsicht aus dem Alltag herausgehoben.

»Eine Maschine der Libyan Airlines auf dem Weg nach Amman«, sagte Yasmin. »Hast du nicht davon gehört? Es war heute Morgen in den Nachrichten.«

Gehört hatte Sammar, dass es in einigen Teilen von Aberdeen Stromausfälle gegeben hatte, dass Schulen geschlossen blieben, tückische Straßenverhältnisse.

Yasmin erklärte, das Flugzeug sei jetzt in Zypern. Die Entführer forderten, die Maschine aufzutanken, aber zur Stunde wisse niemand, wohin sie wollten.

»Fareed war vor kurzem bei Rae. Sie haben in Tripolis angerufen. Es scheint um die Befreiung politischer Gefangener in Libyen zu gehen. Anschließend ging Fareed zum Unterricht. Ich glaube, es ist nicht mal die Hälfte der Studenten aufgetaucht, das Seminar fand trotzdem statt.«

Yasmin schnäuzte sich wieder. Hier draußen auf der Treppe war es kalt.

»Geh lieber nach Hause«, riet Sammar.

»Ja, von den anderen hat sich niemand hier blicken lassen.« Gemeint waren die anderen Sekretärinnen.

»Man kommt wirklich schlecht durch.«

»Ein Glück, dass Nazim jetzt nicht auf seiner Bohrinsel ist«, sagte Yasmin. »Du hast es gut, du fährst bald weg. Morgen, oder?«

»Wenn die Züge fahren. Heute fuhr kein einziger.« Sammar trat fest auf den Boden, um den Schnee von ihren Schuhen zu schütteln.

»Der Flughafen ist offen. Die Startbahn ist frei. Du kannst ja nach London fliegen, wenn kein Zug fährt.«

»Tja, das wäre eine Möglichkeit.« Sie wollte Yasmin nicht erklären, dass sie keine Lust hatte, abzureisen, dass sie nicht abreisen, dass heute alles anders würde. Doch sie konnte *Insha' Allah* sagen, ohne das Gefühl zu haben, zu lügen. Sie sagte: »Morgen, *Insha' Allah*. Ich hab schon alles fix und fertig gepackt.«

Sie nahmen Abschied voneinander. Sagten, dass sie sich nun lange nicht sehen würden.

Rae war noch immer am Telefon, als Sammar in sein Büro kam. Es genügte ihr, dazusitzen und seine Stimme zu hören, zu wissen, dass er da war, ihm gelegentlich zuzulächeln. Sie saß auf einem der braunen Sessel in der Sitzecke hinter seinem Schreibtisch. Am Telefon sprach Rae so, wie er mit allen sprach außer ihr: kühler, schneller. Hin und wieder machte er sich Notizen, lächelte ihr zu. Er sah nicht traurig aus wie gestern, als er ihr von seinem Onkel erzählt hatte. Sie war froh darüber und stolz, dass Leute aus London ihn nach seiner Meinung fragten, wo man doch gewiss eigene Nahost-Experten hatte.

Libyens Politik und viel Sonne im Zimmer, die auf Bücherregale fiel, auf den Aktenschrank. Am Schrank Hinweisschilder: Recherche, Verwaltung, Lehre. Ihre Arbeit für ihn fiel unter Recherche. Texte, die sie für ihn übersetzte, gehörten zur Sekundärliteratur, die er in seinen Zeitschriftenartikeln oder für Vorträge nutzte.

»Du bist also nicht nach Stirling gefahren?«, fragte sie, als er das Telefongespräch beendet hatte.

»Ich fahre heute Nachmittag, falls die Straße frei ist.«

Sie wollte ihn gerade fragen, ob er die Beerdigung versäumen würde, als das Telefon wieder klingelte. Diesmal war ein Kollege am Apparat, jemand, den er kannte, denn er lachte ungezwungen, als er über die Entführung sprach, erklärte, dass er die halbe Nacht wach geblieben war, um die Nachrichten zu verfolgen, und doch, ja, fast so gut wie in den Siebzigern, doch der Fall würde Entebbe nicht in den Schatten stellen.

Wenn er zuhörte, entstanden Pausen, und Sammar konnte das Gespräch nicht verfolgen. Sie hörte die Studenten draußen bei ihrer Schneeballschlacht. Ihr Lachen, das durch das geschlossene Fenster drang.

Wenige Worte von Rae, Gesprächsfetzen: »Unsere Geldmittel werden wieder gekürzt.« ... »Das wusste ich nicht.« ... »Paris! Du Glückspilz.«

Während er auflegte, sagte er: »Tut mir Leid«, und sie dachte daran, ihn heute Nachmittag nach Stirling zu begleiten. Sie würden nach Süden fahren, vorbei an Schneebergen am Straßenrand. Unterwegs würden sie tanken, und er würde ihr im Shop an der Tankstelle Mineralwasser und Süßigkeiten kaufen. Er kam hinter seinem Schreibtisch hervor und setzte sich zu ihr, beugte sich zu ihr, um sie zu küssen, doch Sammar wandte sich ab. Sein Kinn streifte ihren Schal. Sie lachten leise, verlegen, nervöses Lachen, wie Atmen. Doch in der Stille, die folgte, wurde Sammar entschlossener. Sie sagte: »Ich möchte dich etwas fragen.«

»Frag mich.« Er sprach leiser als am Telefon.

»Ich möchte dich bitten, Muslim zu werden, damit wir ...«

Ihr Mut verließ sie. Sie konnte ihm nicht in die Augen sehen. Betrachtete stattdessen ihre Handschuhe auf ihrem Schoß. Wenn das wahr würde, könnte sie mit ihm nach Stirling fahren, mit ihm allein sein, sich einrichten. Die Worte purzelten aus ihr heraus: »Ich hatte schon lange vor, mit dir darüber zu sprechen, aber es fällt mir so schwer. Bei der Arbeit reden wir über den Islam, doch ich möchte anders mit dir darüber sprechen.« Sie nestelte an ihren Handschuhen.

Als er schwieg, blickte sie auf. Hätte sein Blick Argwohn oder Verblüffung verraten, so hätte Sammar die Barrieren gespürt, hätte sich zurückgezogen. Doch was sie fand, war Qual, so viel, dass sie sich schier wand vor Mitleid. Warum, wenn sie ihm Sicherheit geben, für ihn sorgen wollte?

»Willst du mit mir über die *Shahadah* sprechen?« Seine Stimme normal, seine Art, mit ihr zu sprechen.

»Ja.« Sie streifte ihre Handschuhe wieder über.

»Frierst du?«

»Nein.« Es war so viel Sonne im Zimmer, doch die Kälte steckte ihr in den Knochen. Sie hatte sie von draußen mit hierher gebracht.

»Im Schrank im Flur ist ein Heizstrahler; ich kann ihn holen.«

Sie schüttelte den Kopf. »Nein, mir ist nicht kalt.«

Jetzt fiel es ihr leichter zu reden, zu sagen, was sie sagen wollte, wie sie es sagen wollte. Es fiel ihr leicht, sie gewann ihr Selbstvertrauen zurück.

Sie sagte: »Ich wollte mit dir über die *Shahadah* sprechen, über das, was sie bedeutet.« Sie schöpfte Atem und fuhr fort: »Es sind zwei Dinge in einem, beide beginnen sie mit den Worten ›Ich bezeuge‹. Ich lege Zeugnis ab, ich sage aus über etwas, das ich nicht berühren kann, nicht sehen kann, um das ich aber in meinem Herzen weiß. Es gibt keinen

Gott außer Gott, nichts anderes ist es wert, angebetet zu werden. Erstens ... Und zweitens bezeuge ich, dass Mohammed sein Gesandter ist, ein Prophet nicht nur für die Araber, die ihn gesehen und gehört haben, sondern für alle, zu aller Zeit.«

Ich muss alles richtig erklären, dachte sie, ich muss mich klar ausdrücken. »Auch vor ihm gab es Gesandte, Moses und Jesus und andere. Jeder Gesandte kommt mit Beweisen von sich selbst, bringt ein Wunder, das seiner Zeit gemäß ist. Etwas, das sein Volk beeindruckt, etwas, das die Menschen bewegt, ihm zuzuhören. Und doch glauben trotz dieser Wunder noch immer nicht alle Menschen.«

»Der Koran war das Wunder, mit dem Mohammed, Friede sei mit ihm, entsandt wurde«, fuhr sie fort. »Und es unterscheidet sich von den Wundern der anderen Propheten, weil es noch heute bei uns, noch heute zugänglich ist. Den Arabern, die ihn zum ersten Mal hörten, schien er neu und seltsam, weder Poesie noch Prosa, etwas, das sie nie zuvor gehört hatten. Als die ersten Koranverse zitiert wurden, waren viele Menschen zu Tränen gerührt von den Worten und ihrem Klang ... «

»Übersetzungen geben ihn nicht angemessen wieder. Vieles geht verloren«, warf Rae ein.

»Ja, die Bedeutungen können übersetzt, aber nicht reproduziert werden. Und natürlich kann das Wunder selbst nicht reproduziert werden ... Doch selbst, als sie es aus dem Munde des Propheten, Friede sei mit ihm, hörten, glaubten noch nicht alle Menschen. Nicht alle akzeptierten, dass die Quelle dieser Worte und die Worte selbst Gottes Wort waren. Die ersten Gläubigen waren meist Frauen und Sklaven. Warum, weiß ich nicht, vielleicht waren sie weichherziger, ich weiß es nicht ... «

»Vielleicht, weil sie bei einem Glaubenswechsel nicht viel zu verlieren hatten«, sagte er. »Die Herrscher von Mekka waren es, die ihre Traditionen und Riten nicht für etwas Neues aufgeben wollten.«

Sie sagte: »In Mekka behandelte man die ersten Muslime sehr schlecht. Mohammed war als Al-Amin bekannt, so nannte ihn jeder. Es bedeutet der Ehrliche, der Vertrauenswürdige, doch als er sagte: ›Ich bin ein Gesandter Gottes‹, nannten sie ihn einen Lügner, einen Verrückten, einen Poeten. So zweifeln die Leute ... Gott sagt es uns im Koran, erinnert uns wieder und wieder daran, diese Verse sind nicht die Worte eines Dichters, sie sind göttliche Offenbarung, Gewissheit.«

Nach einer Pause fuhr sie fort: »Alles in meiner Religion ergibt sich daraus. Aus den Worten des Koran, die, wie du mir erklärt hast, der Papst im siebten Jahrhundert als Ketzerei gebrandmarkt hat ... Und nun sag mir, glaubst du oder nicht.«

Sammar ging ans Fenster, Schneeflocken fielen vom Dach, Talkum, Puderzucker. Sie sah auf dem Parkplatz die Studenten, deren Stimmen sie gehört hatte. Zwei Jungen rollten einen riesigen Schneeball, grau vom Straßenschmutz. Lachend stützten sie ihn an einer Autotür ab. Sammar sah sie und fühlte sich alt; sie waren jung und hatten nur wenige Verpflichtungen. Wenn Rae nein sagte, in welches Exil würde er sich selbst verbannen? Wenn er nein sagte, würde sie aus dem Zimmer gehen, in den Schnee, in ein Exil, das sie begleiten würde, auf Schritt und Tritt.

Als sie sich umwandte, sagte er: »Ich bin mir nicht sicher.«

Sie hatte ein Ja oder ein Nein erwartet. Sie hätte eine Antwort gewusst, wenn er ja gesagt hätte. Sie hätte gewusst, was tun, wenn er nein gesagt hätte.

Sie setzte sich wieder, und weil sie schwieg, wiederholte er: »Ich bin mir nicht sicher.«

Sie fragte: »Weißt du, was das für uns bedeutet?«

»Ja, ich weiß es. Ich habe es immer gewusst.«

»Ich hatte mir ausgemalt, wir könnten heute heiraten.« Ihre Stimme verwirrte und verletzte sie, wie Sandpapier, wie Meersalz. »Jetzt, und ich könnte mit dir nach Stirling fahren. Ich will nicht nach Ägypten.«

»Wie sollten wir jetzt heiraten können?« Wieder diese Qual in seiner Stimme.

»Ich dachte, Fareed könnte uns trauen, und zwei Zeugen zu finden ist nicht schwer.« Sie hatte an Studenten gedacht. Selbst bei diesem Schnee hätten sie zwei muslimische Studenten finden können. So hatten zwar sie und Tarig nicht geheiratet, doch früher war es so üblich, wenn zwei Menschen alleine nach dem Islam lebten. Zwei Zeugen und ein Geschenk, sei es noch so klein und bescheiden. Zu Lebzeiten des Propheten galten zwei Kapitel des Koran als annehmbares Geschenk eines Mannes, der seiner Frau nichts geben konnte außer auswendig gelernten Versen. Heutzutage zählten Gold und Dollarscheine, endlose Diskussionen darüber, wer den Videorecorder kauft und wer die Gefriertruhe.

Es war still im Zimmer. Warum sagt er nichts, dachte sie, warum spricht er nicht mit mir? Sie dachte, warum bin ich taub, gefühllos, warum weine ich noch nicht?»

»Ich dachte, du hast Heimweh«, sagte er endlich, »und mit diesem Antiterror-Programm hättest du Gelegenheit, nach Khartoum zu fliegen, deinen Sohn zu sehen. Vielleicht war es falsch von mir, dir das vorzuschlagen ...«

»Es war nicht falsch. Ich war krank vor Sehnsucht nach dem Ort, danach, wie alles aussieht. Aber ich weiß nicht, welche Krankheit ich bekomme, wenn ich von dir getrennt bin.«

Er sagte: »Ich weiß, welche Krankheit ich bekäme ...«

»Dann sag nicht nein, nicht sicher ist besser als nein, sag nie nein.«

»Ich bin nicht der religiöse Typ«, erwiderte er. »Ich habe den Islam der Nahostpolitik wegen studiert, nicht aus persönlichen Gründen. Ich war nicht auf der Suche nach Spiritualität. Manchen Leuten geht das ja so. Ein Freund von mir ist nach Indien gegangen und Buddhist geworden. Aber ich war nicht so. Ich dachte, das Beste, was ich tun konnte, was ich einem Ort und Menschen schuldig war, die mir viel bedeuteten, war, objektiv zu sein, unparteiisch. Inmitten all der Vorurteile und der Heuchelei wollte ich einer der wenigen sein, die das Vernünftige, das Richtige sagten.«

»Das reicht nicht.« Sammar presste ihre Handflächen aneinander. »Es reicht nicht. Mir reicht das nicht.«

Er beugte sich vor, stützte die Ellenbogen auf die Knie, vergrub sein Gesicht in den Händen.

Sie sagte: »Ist dir nicht klar, wie weh du mir tust, wenn du ›objektiv‹ sagst, ›unparteiisch‹, wie jemand, der über allem steht, über mir, und auf mich herabsieht ...«

»Nein, das heißt es nicht ...« Sein Gesicht war dunkler geworden, als habe er seine Hände zu fest dagegen gepresst.

»Doch, das heißt es. Es ist überheblich, zu sagen, es hat nichts mit dir zu tun, ist nichts für dich. Obwohl du genau weißt, dass es für alle ist. Du weißt, dass es nicht nur für Araber bestimmt ist. Du kennst sogar die *Zahlen,* weißt besser als ich, wie viele Chinesen, Russen ...«

»Ich habe nicht gesagt, es hat nichts mit mir zu tun, das hab ich nicht gesagt.«

»Du gibst mir keine Gewissheit, du sagst nichts, was mir meine Unsicherheit nehmen könnte.« Sie zitterte. Wenn sie nicht wollte, dass ihre Zähne klapperten, musste sie sie zusammenbeißen.

»Du frierst«, sagte er. »Dieses Zimmer kühlt so schnell aus.«

Sie nickte. So viel Sonne im Raum, das unbeschwerte Lachen, das durchs Fenster drang, und dennoch keine Wärme.

»Ich hole den Heizstrahler aus dem Schrank«, sagte er.

Seine Abwesenheit war hart, abrupt. Ohne ihn war der Raum kahl, übervoll mit zu vielen Dingen: Bücher, Aufsätze, ein Telefon, das nur für ihn klingelte. Sammar saß in dem Sessel, in dem sonst seine Studenten saßen, voller Prüfungsangst, in Panik wegen finanzieller Schwierigkeiten, kurz davor, ihr Studium aufzugeben. Sammar stellte sich vor, dass er sie freundlich behandelte, ernsthaft Anteil nahm. Jetzt wurde ihr erst bewusst, dass sie in sein Büro gekommen war, um ihn zu bitten, sie zu heiraten, und er hatte nicht ja gesagt. Er hatte nicht ja gesagt, und trotzdem saß sie noch hier, klammerte sich fest. Sie hatte keinen Stolz. Wenn sie einen Funken Stolz im Leib hätte, würde sie jetzt gehen. Doch sie blieb sitzen.

Er kam zurück und zog einen großen Heizstrahler auf Rädern hinter sich her. Es dauerte geraume Zeit, bis er das Kabel entwirrt und den Stecker in die Steckdose gesteckt hatte. Seine Bewegungen waren langsam, etwas linkisch, jemand, der nicht viel mit den Händen arbeitete.

Die Heizstäbe glühten pink und orange. Als er sich wieder setzte, sagte er: »Hab Geduld mit mir. Ich weiß nicht, was ich tun soll . . . Ich tappe umher, dabei hatte ich noch nie im Leben so viel Empathie für jemanden.«

Sie verstand das Wort »Empathie« nicht. Manchmal benutzte er Begriffe, die sie nicht kannte, Worte, die zu erklären sie ihn bat. »Sechziger-Szene«, »Keltisch«, »gerammelt voll«. Doch jetzt hütete sie sich, ihn nach der Bedeutung von »Empathie« zu fragen. Heute konnte sie nicht fragen. Es klang wie »Sympathie« und, so dachte sie, er hat Mitleid mit mir. In seinen Augen war ich wohl immer hilflos und verloren.

Irgendwie fand sie Worte, machte den letzten Versuch: »Wenn du die *Shahadah* sagen würdest, wäre es genug. Wir könnten heiraten. Wenn du nur die Worte sagen würdest . . . «

»Ich muss mir sicher sein. Ich würde mich verachten, wenn ich es nicht aus Überzeugung täte.«

»Aber Leute heiraten so. Hier in Aberdeen gibt es Leute, die so geheiratet haben ...«

»Wir sind aber nicht wie sie. Du und ich, wir sind anders. Für die ist es eine leere Geste.«

Sie dachte, jetzt ist es klar, kristallklar, er liebt mich nicht genug, ich bin nicht schön genug. Ich bin nicht feminin genug, spaziere einfach in sein Büro und bitte ihn, mich zu heiraten, statt darauf zu warten, dass er mir einen Antrag macht.

»Warum hast du mich dann angesprochen? Von Anfang an, warum hast du das alles angefangen? Du hättest mich in Ruhe lassen sollen. Du hattest kein Recht dazu. Wenn du mit deiner Religion zufrieden wärst ...«

»Ich bin nicht zufrieden, es gibt zu viele Dinge, die ich vor mir selbst nicht rechtfertigen kann. Natürlich bin ich nicht zufrieden. Merkst du das nicht?«

»Nichts merke ich. Nichts ist mir klar.« Nichts außer der Tatsache, dass sie ihren Stolz unablässig über Stacheldraht rieb, wieder und wieder.

»Ich wünschte, ich hätte dir nie vertraut«, sagte sie und sah seinen verletzten Blick. »Was hast du dir dabei *gedacht*?«

»Ich dachte, wir würden mehr Zeit haben, bevor ...«

»Von Anfang an hättest du mich ansehen und dir sagen müssen, sie ist nichts für mich.«

»Nein, das konnte ich nicht.« Er vergrub sein Gesicht in seinen Händen, presste sie gegen Augen und Stirn.

Sie sagte: »Doch, das wäre vernünftig gewesen. Objektiv und unparteiisch, sagst du. Was brauchst du von mir?« Sie hatte sarkastisch klingen wollen, kühl und sarkastisch, doch ihre Stimme überschlug sich und klang kindisch.

Er sah sie nicht an, saß weiter da, das Gesicht in den Händen vergraben. Wenn er sie angesehen hätte, hätte sie vielleicht aufgehört zu reden. Doch nun gab es kein Halten mehr.

»Ich lasse mich von dir nicht täuschen. Bloß, weil du freundlich zu mir warst und aufmerksam. Das ist alles. Und du wärst immer nur zweite Wahl gewesen... Ich will nicht den Rest meines Lebens hier verbringen, in diesem blöden Wetter, dem blöden Schnee. Weißt du, was ich dir wünsche? Weißt du, um was ich für dich beten, wie ich dich verfluchen werde? Ich werde beten, dass es auch keine andere sein wird, wenn ich es nicht bin, und du kannst den Rest deines Lebens allein und elend verbringen. Irgendwas kann ja mit dir nicht stimmen, wenn du schon zwei Scheidungen hinter dir hast, nicht nur eine, zwei sogar...«

Ein Geräusch unterbrach ihren Redefluss, eine Bewegung seiner Schultern. Sammar erschrak. Da Rae die Hände noch immer vor dem Gesicht hielt, dachte sie an Tränen, dachte, sie hatte ihm weh genug getan, ihn zum Weinen zu bringen. Eine Sekunde lang das Gefühl eines Triumphs, das verrückte Glücksgefühl bei dem Gedanken, er liebt mich doch, er ist nicht immun gegen mich.

Sie ging auf ihn zu, um ihm die Hand auf die Schulter zu legen, ihm zu sagen, hör auf zu weinen. Sie blieb nicht stehen, als er sagte: »Geh weg.« Sie hörte ihn nicht deutlich, als er sagte: »Raus hier.« Erst als er sie ansah. Nicht weinend, sie hatte sich getäuscht, doch mit einem Blick, den sie nie zuvor an ihm gesehen hatte. Seine Stimme anders als sonst. Diesmal hörte sie ihn klar und deutlich sagen: »Lass mich in Ruhe.«

Sie gehorchte ihm. Sie drehte sich um, hob ihre Handtasche vom Boden auf. Sie fand den Türknauf, öffnete die Tür, ging aus dem Zimmer, ohne zurückzuschauen. Die Treppe hinunter, nach draußen, in die Sonne und den Schnee. Klarheit und Kälte. Ihr Atem Rauch, der Schnee Diamantsplitter unter ihren Füßen.

15

Sie gehorchte ihm. Sie fuhr nach Hause und rief sich ein Taxi zum Flughafen. Sie trug ihre Koffer die Treppe hinunter, klopfte an Lesleys Tür, um sich den Schlüssel zum Lagerraum im Keller geben zu lassen und die Kisten zu verstauen, die sie hier lassen wollte.

Die Fahrt zum Flughafen ging langsam, doch immerhin floss der Verkehr, es gab keine Staus, anders als heute Morgen. Am Flughafen setzte man ihren Namen auf eine Warteliste. Da die frühen Flüge nach London Verspätung hatten, warteten viele Fluggäste. Doch ein Platz nach London, Heathrow oder Gatwick; die Chancen ständen nicht schlecht, hieß es, dass sie noch vor heute Abend fliegen könnte.

Es war ein nobler Flughafen, ein sauberer. Heute drängten sich hier Ölarbeiter auf dem Weg zu den Shetland-Inseln, Mütter mit kleinen Kindern, Männer in Anzügen. Sammars Augen entging nichts. Sie konnte alles sehen, alles aufnehmen. Sie dachte nicht nach, hielt sich nicht auf, blieb an nichts hängen. Nur hinschauen, es gab so viel zu sehen, alles so blitzblank.

Airport-Shops. Süßigkeiten für Amir. Für Hanan ein schottisches Souvenir.

Hunger, Heißhunger. Eine lange Schlange an der Cafeteria. Gemüselasagne, köstlich, jede Menge geschmolzener Käse, helle Soße. Schokoladenkuchen. Cappuccino.

Auf die Toilette gehen. Ihr Gesicht im Spiegel sehen, kein schöner Anblick, kein Wunder. Hände waschen. Diese Seife riecht nicht gut. Warmer Luftstrom auf Knopfdruck. Moderne Technik.

Sie saß auf einem grünen Sitzplatz und studierte die Anzeigetafel. Ankunft, Abflug, las sie wieder und wieder. Sie spürte durchs Fenster die Sonne draußen untergehen. Zeit zu beten und die traurige Feststellung, dass man hier am Flughafen nirgendwo beten konnte. Wenn sie aufstand, um in der Ecke zu beten, würden die Leute ausrasten. Wie in der Geschichte, die Yasmin ihr erzählt hatte: Türken in London beim Gebet in Terminal 1. Jemand hatte die Polizei gerufen.

Sammar betete da, wo sie war, im Sitzen, starr.

In wenigen Stunden würde sie fliegen. Fliehen. Abhauen. Raus hier.

Die Uhr an der Wand. Vor 24 Stunden hatte sie noch nicht gewusst, dass Raes Onkel gestorben war. Vor 24 Stunden. Genug, um durchzudrehen. Nicht nachdenken. Nur schauen, mach die Augen weit auf.

Zeit, an Bord zu gehen. Die frühe Dunkelheit im Winter. Außerhalb der Doppelverglasung der Abflughalle, eisige Windböen ... über eiserne Stufen hinauf ins Flugzeug. Lächelnde Stewardessen, zu viel Make-up, die ihr die Abendzeitung reichen. Marineblaue Sitze, der typische Flugzeuggeruch, die Fummelei mit den oberen Handgepäckfächern.

Bitte anschnallen. Nicht rauchen auf British-Airways-Inlandflügen.

Auf der Titelseite der Zeitung das Foto des entführten Flugzeugs auf einer Landebahn in Zypern. Das heutige Datum auf der Zeitung. Donnerstag heute. Morgen hätte sie abreisen sollen. Erst morgen. Diesen Flug zu nehmen war alles andere als ein Drama. Niemand würde bemerken, dass sie nicht mehr da war. Sie hatte zwar ihr Geld für ein Flugticket vergeudet, das Zugticket für morgen verfallen lassen. Aber er hatte ja gesagt, geh weg, raus hier.

Take-off, der typische Lärm beim Start, Anlauf nehmen, springen, Höhe gewinnen. Die Maschine erhob sich über die Stadt. In der Abenddämmerung war die Welt unter ihr schneebedeckt. Sammar schaute aus dem Fenster und sah winzige Häuser, Autos und Bäume; Schaumkronen auf dem blassen Meer. Kleine, kompakte Stadt, und ihre Hoffnung schwand.

Teil II

... der Nebel lichtete sich, und ich schlug die
Augen auf, am zweiten Tag nach meiner Ankunft,
in meinem vertrauten Bett, in jenem Zimmer,
dessen Wände Zeugen der banalen Ereignisse
meiner Kindheit und meiner frühen Jugend
geworden waren ...
Ich hörte die Turteltaube gurren, und ich sah
durchs Fenster die Palme in unserem Hof ...
Ich betrachtete ihren Stamm, aufrecht und
stark, ihre Wurzeln, die sie in den Boden
geschlagen hat, die grünen Blätter,
die sich sanft in ihrem Wipfel wiegen, und ich
empfand Gewissheit. Ich fühlte mich nicht
wie eine Feder im Sturm, sondern wie
diese Palme, ein Wesen mit einer Geschichte,
mit Wurzeln ...

Tayeh Salih (1969)

16

Sie trug jetzt eine Sonnenbrille. Die Gläser verdunkelten das Blau des Himmels, das Gebäude, das auf dem einst leeren Platz vor dem Haus ihrer Tante aufgeschossen war. Eine Kooperative, die die Straße vor dem Haus während der Öffnungszeiten mit Lärm und parkenden Autos füllte. Ihre Brille färbte den Garten blau, die trockenen gelben Flecken, die Disneyfiguren auf dem Planschbecken. Sie hatte seine Ränder aufgerichtet und das Becken in den Schatten gerückt, Wasser eingefüllt, das heiß aus dem Schlauch gesprudelt war. Zwei Stunden vor Sonnenuntergang war die Sonne ein Punkt blauer Hitze, noch immer zu stechend für Augen, die Nebel und Schnee gesehen hatten. Sammar saß auf der Veranda neben alten Kakteen in Tontöpfen, Bougainvilleen in gekräuselter Erde. Kinderstimmen und Lachen. Ihnen zusehen. Sie hatten sich bis auf die Unterwäsche ausgezogen: Amirs Hose hing nass und schwer an ihm, Dalias Schlüpfer, weiß, klebte durchsichtig an ihr, und die Zwillinge, Hassan und Hossein, rot und grün gestreift. Sie hatten den Rasen um das Becken durchnässt und in schlüpfrigen Schlammboden verwandelt, plattgetreten im Schatten des Eukalyptusbaumes.

Das Haus in Sammars Rücken schlief, eingelullt vom Brummen der Ventilatoren und der Klimaanlage. Siesta vor Sonnenuntergang und Zeit für das Gebet und Tee, Zeit zum Ausgehen oder um Gäste zu empfangen, die ihre Autos draußen auf dem Gehsteig parkten. Das Haus ihrer Tante war ein betriebsames Haus, hier herrschte ständiges Kommen und Gehen, Kronkorken von Miranda-Flaschen knipsen, Teewasser kochen, für Gäste besondere Tabletts, die edle Zuckerdose. Hanan bewohnte mit Mann und vier Kindern den ersten Stock. Sammar kannte Dalia, die im gleichen Alter war wie Amir, doch die zweijährigen Zwillinge hatte sie bisher nur auf Fotos gesehen. Und das Baby war natürlich neu, schlief jetzt, unten bei Mahasen. Sammar saß auf der Veranda, es ging keine Brise, keine Feuchtigkeit in der Luft, alles war Hitze, Trockenheit, Wüstenstaub. Gut für ihre Knochen, wieder geschmeidig, jung. Sie hatten vergessen, wie steif sie einst waren. Auch ihre Haut war dunkler geworden, von der Sonne gebräunt, vorbei und vergessen Wolle und Handschuhe. Nun musste nur alles andere an ihr noch vergessen: ihr Inneres und ihre Augen. Ihre Augen hatten sie enttäuscht, sie waren nicht mehr so stark wie früher, nicht so stark wie die Augen derer, die nie den Norden bereist hatten. Sie musste sie mit blauen Gläsern schützen und warten, bis auch sie vergessen hätten, so wie ihre Knochen vergessen hatten und ihre Haut. Sie wollte ihr Leben hier wieder aufnehmen. Hier empfängt man mich mit einem Lächeln, wenn ich einen Raum betrete, und dieser Baum ist für mich, dieser dürre Garten, diese Sonne. Hier sind meine Kinder, das Kind, das ich in mir trug, genauso wie die, die ich nicht getragen habe.

Hier wird mir niemand sagen, hau ab, raus hier, lass mich in Ruhe.

»Sammar, Sammar.« Die Nachbarstochter rief von jenseits der Mauer. Sammar überquerte die Veranda, stieg die Stufen hinab und ging zum Autostellplatz. Hier, beim Wasserhahn, konnte sie auf das Zementmäuerchen um das ebenerdige Waschbecken steigen und sich mit Nahla unterhalten, die auf den Armlehnen eines Stuhles stand. Vor zwei Tagen hatte Nahla in dieser Position ihr Gleichgewicht verloren und war gestürzt. Das hielt sie jedoch nicht davon ab, Sammar jetzt die Hand zu schütteln und ihr über die Mauer hinweg Begrüßungsküsse zu geben.

»Wenn du wieder stürzt, brichst du dir alle Knochen und wirst bandagiert zur Hochzeit gehen.« Nahla heiratete nächsten Monat. Sie war schön, hatte Grübchen und trug dunkle Schleier, die ihr nie vom Kopf rutschten, rechteckige Tüllschleier, die ihr Gesicht umrahmten und ganz ohne Nadel oder Brosche hielten.

»Ich falle schon nicht. Letztes Mal hatte ich diese blöden Sandalen an, deshalb bin ich abgerutscht.«

»Was für Schuhe hast du jetzt an?«

»Im Moment keine. Komm doch mit den Kindern rüber.«

»Geht nicht. Sie baden.«

»Wo?«

»Ich hab ihnen ein Planschbecken mitgebracht. Tante Mahasen wollte zwar, dass ich Amir Rollerblades kaufe, aber ich habe lieber das Becken mitgebracht. Nun bin ich schon seit einem Monat hier und erst jetzt dazu gekommen, Wasser einzulassen. Komm, schau sie dir an. Ein schöner Anblick.«

Wenige Minuten später bewunderte Nahla das Planschbecken. Sie streifte ihre Sandalen von den Füßen, hob ihren Rock ein Stück und stieg zur großen Freude der Kinder zu ihnen ins Wasser. Amir stützte sich auf den Beckenrand, das Wasser quoll über.

»Hör auf, Amir. So läuft doch das ganze Wasser raus.« Nahla packte ihn am Arm, doch er riss sich los, seine Rippen sichtbar, und die Knie übersät mit vernarbten Schrammen und Mückenstichen.

Sammar brachte den Schlauch, um Wasser nachzufüllen, und spritzte auch Amir und Dalia nass, die quiekend aus dem Becken krabbelten, um in den Garten zu flüchten. Dalias Haarschleife hing nass über ihren Schultern. Hassan bekam Wasser ins Gesicht und schnappte prustend nach Luft, sein Haar fiel ihm in nassen Löckchen in die Stirn.

»Entschuldige, mein Schatz.« Sammar legte den Schlauch aus der Hand und wischte ihm das Wasser aus dem überraschten Gesicht. Er weinte nicht, spielte unbeirrt weiter, füllte eine Tasse mit Wasser und kippte sie über dem Beckenrand aus.

»Komm doch auch rein, Sammar, das Wasser ist wunderbar. Mir ist schon nicht mehr so heiß.«

»Nein, ich bin zu alt für so was.« Sammar lächelte und wandte sich ab, um Staub von den Jasminbüschen zu waschen, die den Garten säumten.

»Du bist doch noch nicht alt«, sagte Nahla. »Was soll denn Hanan da sagen.« Nahla blies ihre Backen auf und watschelte einmal quer durchs Planschbecken.

Sammar lachte, vergewisserte sich, dass Dalia nicht bemerkt hatte, wie sie über ihre Mutter sprachen. Nahla hatte Recht. Hanan sah tatsächlich aus wie eine Matrone, lief herum, als sei sie noch immer schwanger. »Das kommt nur von dem Baby«, sagte Sammar und legte den Schlauch in die Blumenbeete, um sie zu wässern. »Sie wird bald wieder schlank, sie hat ja auch wieder angefangen zu arbeiten.« Hanan war Zahnärztin.

»Sie war auch vor dem Baby schon so, du hast sie nur nicht gesehen. Nein, du siehst Jahre jünger aus als sie.«

Sammar nahm ihre Brille ab. Das Sonnenlicht war blendend weiß, gnadenlos. Sie wischte mit einem Zipfel ihrer Bluse Wasser von den Brillengläsern. Komplimente über ihr Aussehen machten sie hart. Was nützten sie?

»Wie geht's deiner Mutter heute?«, fragte sie. Nahlas Mutter hatte Malaria. Sammar und Mahasen hatten sie gestern besucht.

»*Alhamdulillah,* heute ist sie aufgestanden. Es geht ihr viel besser, Gott sei Dank. Aber ich befürchte, dass die Hochzeitsvorbereitungen sie erschöpfen werden.« Nahla bewegte ihre Füße im Wasser, verursachte kleine Wellen. »Wir sind nicht gerade vom Glück verfolgt.«

»Wieso nicht?«

»Der syrische Klub ist an dem Tag, an dem wir feiern wollen, ausgebucht.«

»Dann feiert doch in einem anderen Klub.«

»Der syrische ist der beste. Deshalb verschieben wir vielleicht den Termin.« Nahla ging in die Knie und spielte mit den Tassen und Bechern der Zwillinge, zeigte ihnen, wie man Wasser von der einen in den anderen goss.

»Ich bin seit Ewigkeiten nicht mehr auf einer Hochzeit gewesen«, sagte Sammar. »Eure wird die erste sein.«

»Warst du in Schottland nicht auf Hochzeiten?«

»Nein.«

Nahla starrte sie aus großen schwarz umrahmten Augen an: »Wieso denn nicht?«

»Ich kannte dort nicht sehr viele Leute. Manchmal sah ich Hochzeitspaare vor Kirchen, die sich fotografieren ließen. Sie heiraten dort nicht so wie wir zu Hause. Sie heiraten in der Kirche oder…«

»Ja, in Filmen hab ich das gesehen.« Es schien Nahla nicht sonderlich zu interessieren, wie Leute in anderen Teilen der Welt heirateten. »Ich hoffe, deine Tante Mahasen kommt auch zu meiner Hochzeit.«

»Ich weiß nicht. Geht sie sonst zu Hochzeiten?«

»Nein, seit Tarigs Tod nicht mehr.« Nahla hielt inne: »Allah sei ihm gnädig.«

»Allah sei ihm gnädig«, wiederholte Sammar. »Auch wenn Tante Mahasen nicht zur Party im Klub kommt, *Agid,* die Verlobung bei euch zu Hause, wird sie bestimmt nicht versäumen.«

Nahla stieg aus dem Becken, sprenkelte Wasser auf ihre Sandalen. Schmale Fesseln, lackierte Fußnägel, ganz wie es einer Braut gebührte.

Einst war auch Sammar wie sie, vor vielen Jahren, lange Jahre vor Schottland, vor Tarigs Tod.

Hier in diesem Haus, in dieser Sprache, an diesem Ort, lagen alle Erinnerungen. All das war ihr genommen worden. Ein Foto von Tarig, als sie erstmals wieder das Haus betrat. Lächelnd, in einem Stuhl zurückgelehnt, mit allem zufrieden. So jung. So jung und selbstbewusst im Vergleich zu ihr. Er kannte sie nicht mehr. Der junge Mann auf dem Foto kannte die Sammar nicht mehr, die in Aberdeen alleine gelebt hatte. Beim Anblick des Fotos waren ihr die Tränen gekommen, Tränen der Erschöpfung von der Reise, Anspannung der vergangenen Wochen in Ägypten, die Freude, Amir wieder zu sehen, und er so kühl, hatte ihre Umarmung und ihre Küsse hingenommen wie die der vielen Gäste und Verwandten, denen er begegnete. Mit ihr weinten ihre Tante und Hanan. Sie stillte ihr Baby, schnäuzte sich in ein Taschentuch, Mahasen unbeweglich, aufrecht sitzend, ihre Tränen fielen, ohne dass sie eine Miene verzog, ohne die Würdelosigkeit des Schluchzens. Erst nachdem sie gemeinsam geweint hatten, hatte sich die unangenehme Spannung zwischen ihnen gelöst, die Jahre, die sie fort gewesen war. Erst dann schien festzustehen, wer sie war. Amirs Mutter, Tarigs Witwe, heimgekehrt.

Sie begleitete Nahla ans Tor, dann war es Zeit, die Kinder vom Planschbecken loszueisen, sie ins Haus zu bringen, zu duschen. Während die Kinder unter der Brause standen, stand Sammar schweißgebadet im schwülwarmen Badezimmer. Schaum und Geschrei. »Du hast mir Seife ins Auge gemacht!«, Schreie, Schuldgefühle, Hassans Blick aus blutunterlaufenem, vorwurfsvollem Auge, sein glitschiger Arm, der gegen ihren Rock schlägt: »Böse Sammar, gemeine Sammar.«

Talkumpuder und frische Kleider. »Das zieh ich nicht an.« Dalia verschränkte die Arme vor der Brust mit dem Nachdruck ihrer Mutter.

»Warum denn nicht, das ist doch hübsch. Der Hase ist doch süß.«

»Er ist hässlich.«

»Amir, findest du ihn hässlich?«

»Nein.«

»Siehst du, Amir findet ihn süß, und Mama wird ihn süß finden, wenn sie aufwacht, und Oma Mahasen ... «

»Ich will das Rote anziehen.«

»Das Rote ist in der Wäsche, es ist schmutzig.«

»Ich *will* aber das Rote.«

»Du kannst das rote Hemd nicht anziehen. Wenn du das mit dem Häschen anziehst, darfst du Amir und mich heute Abend begleiten.

»Wohin gehst du?«

Widerstandslos ließ Dalia sich das Hasen-T-Shirt über den Kopf ziehen, schlüpfte in die Ärmel und sah Sammar erwartungsvoll an.

»Wir besuchen Onkel Waleed.«

Dalia runzelte die Stirn. An Onkel Waleed erinnerte sie sich nicht.

»Meinen Bruder«, sagte Sammar. »Weißt du noch, sie haben einen Vogelkäfig auf dem Balkon.« Sammar strich Dalias Augenbrauen glatt, von Wasser und T-Shirt-Kragen zerzaust. »Komm raus aus der Hitze«, sagte sie und riss die Tür auf, um aus dem schwülen Badezimmer endlich in die kühle Diele zu entkommen.

Die Diele führte ins Wohnzimmer, zu Fernseher und großer Klimaanlage. An der Wand zwei Betten, drei alte Sessel mitten im Zimmer. Kinderstühle und ein runder niedriger Kaffeetisch aus hellem Holz, der zwar wacklig war, doch noch immer als Esstisch diente und an dem Amir und Dalia nachmittags ihre Hausaufgaben machten. Es gab ein weiteres Wohnzimmer, den *Sallown,* wie alle ihn nannten, für offizielle Gäste. Ein lebloser Raum, nicht für den Alltagsgebrauch bestimmt. Sammar hatte hier einige Freunde empfangen, die zu ihrer Begrüßung gekommen waren. Sie hatte hier mit ihnen gesessen, und mit ihnen das Hochzeitsfoto von sich und Tarig, sie als Braut, jung und unbekümmert. »Sollten wir das Foto nicht lieber aus dem *Sallown* nehmen?«, hatte Sammar ihre Tante gefragt und zur Antwort einen misstrauischen Blick geerntet, ein schnelles Nein. Und Mahasen schien Hanan ihr Leid geklagt zu haben, denn tags darauf bemerkte diese: »Meine Mutter ist noch nicht drüber weg. Sammar, ich bitte dich, in Gottes Namen, mach ihr keinen Kummer. Er war ihr einziger Sohn.«

Ihr einziger Sohn. So ging das von dem Tag an, an dem sie Tarig heimgebracht hatte, per Flugzeug, in einer Kiste. Ihr einziger Sohn. Die Worte auf aller Lippen, fassungslos ausgesprochen, Mahasens Sohn tot, Mahasens Sohn tot. Ihr einziger Sohn. Er hinterlässt einen Sohn. Armer Waisenjunge. Mir bricht das Herz wegen dieses Waisenjungen. Mir bricht das Herz wegen Mahasen, ihr einziger Sohn. So ging das seit dem Tag, an dem Sammar Tarig aus Aberdeen heimgebracht hatte, und sie diejenige, auf der dieses Versagen lastete, ihr Leben zerrissen, völlig verändert, ohne Ziel, ohne Mittelpunkt, während Mahasen und Hanan weiterlebten wie bisher und Amir den Vater nicht vermissen konnte, an den er sich nicht erinnerte.

Im Wohnzimmer war ihre Tante wach, doch das Baby lag noch auf dem Bett und schlief, zwischen Wand und Mahasens Rücken. Trotz der Trauer, die ihr Gesicht hatte altern lassen, umgab sie noch immer eine Kultiviertheit, lag noch immer Eleganz in der Art, wie sie saß, wie sie sprach. Sie schaute sich gemeinsam mit den Kindern ein Video an. Eine Katze, die auf dem Fernsehbildschirm einer Maus hinterherjagte, ewig erfolglos, ewig frustriert. Sammar grüßte ihre Tante und nahm auf einem der Stühle Platz, um Dalias Haar zu kämmen. Sie musste es kämmen und flechten, solange es nass war, um zu verhindern, dass es sich kräuselte und völlig unentwirrbar würde. Der grobzinkige

Kamm glitt ihr aus der Hand. »Au«, sagte Dalia, ohne die Augen vom Fernseher abzuwenden.

»Tut mir Leid, meine Hübsche. Es dauert nicht lange. Möchtest du einen Zopf oder zwei?«

»Zwei.«

Mahasen sagte: »Zwei stehen ihr besser. Du musst sie fester flechten. Letztes Mal hast du sie zu locker gemacht, und sie haben nicht lange gehalten.«

Sammar nickte, zog einen Mittelscheitel und begann, Dalia Zöpfe zu flechten. Sie spürte, dass ihre Tante sie beobachtete. Wenn Sammar jetzt den Kopf hob, würden sich ihre Blicke treffen, würde sie den Ausdruck in den Augen ihrer Tante sehen. Enttäuschung oder Ablehnung etwa, Verachtung fast. Wo einst, vor vielen Jahren, Liebe und Zustimmung waren, fand Sammar diesen Ausdruck heute häufig, wenn sich ihre Blicke trafen. »Ich liebe deine Mutter mehr als dich«, damit hatte sie Tarig aufgezogen, früher. In einer anderen Zeit, bevor die Niederlage Spuren in Mahasens Gesicht, ihre müden Augen gezeichnet hatte.

Sammar konzentrierte sich auf Dalias Haar und sah nicht zu ihrer Tante auf. Sie schwitzte, obwohl die Klimaanlage lief. Sie hob den Arm und wischte sich mit dem Ärmel ihrer Bluse den Schweiß von der Stirn.

»Warum bist du heute so zerzaust?« Die Stimme ihrer Tante hob sich ab vom Geplapper und der Musik des Zeichentrickfilms.

»Ich war mit den Kindern im Garten. Sie haben im Planschbecken gespielt. Nahla kam vorbei.« Die Höflichkeit gebot, dass sie den Kopf hob. Sofort senkte sie den Blick wieder.

»*Insha' Allah,* sie feiern ihre Hochzeit nicht zu Hause, Gott sei Dank. Laute Musik und Menschenmengen auf der Straße.«

»Nein, sie sagt, sie möchten den syrischen Klub mieten.« Sie wollte noch sagen, dass Nahla hoffte, auch Mahasen auf ihrem Fest zu sehen, doch entschied sie sich dagegen.

»Mir steht der Sinn nicht nach Hochzeitsfeiern oder Partys«, sagte ihre Tante, als könne sie Gedanken lesen, »seit dem Tag, an dem sie den Verstorbenen begraben haben, ist mir die Lust an solchen Dingen vergangen. Hanan wird gehen, ungern zwar, doch es ist ihre Pflicht. Man erwartet es von ihr.«

»Ja«, sagte Sammar, es gefiel ihr nicht, wie ihre Tante »der Verstorbene« sagte, ohne je Tarigs Namen zu nennen. Es klang, als sei er ein alter Mann, obwohl er so jung war, ewig jung. Auch glaubte sie nicht, dass Hanan »ungern« auf Partys ging. Doch sie schwieg, flocht Dalias Zöpfe fertig und widersprach ihrer Tante nicht, schaute nicht von ihrer Arbeit auf. Über dem Brummen der Klimaanlage, über der Musik des Trickfilms hörte sie in der Ferne den *Azan,* der zum Abendgebet rief. In Aberdeen hatte sie ihn vermisst, hatte seine Abwesenheit gespürt, manchmal geglaubt, sie höre ihn im Brodeln der Zentralheizung, in einem Geräusch aus der Nachbarwohnung. Sie war froh zu wissen, dass es etwas gab, größer als all das hier, etwas über allem. *Allah akbar ... Allah akbar ...*

Vor der rituellen Waschung *Wudu* musste sie erst das Bad aufräumen, die Kinder hatten überall Wasser verspritzt und nasse Handtücher und Kleider auf dem Boden verstreut. Im Schlafzimmer schaltete sie den Deckenventilator ein und nahm sich die Gebetsmatte, die zusammengerollt auf dem Bett ihrer Tante lag. Sammars Kleider und Habseligkeiten waren im Raum nebenan verstaut, zwischen verschlossenen Schränken, Miranda-Kästen, Säcken mit Zucker und Reis, und Sammar schlief hier in diesem Zimmer, gemeinsam mit ihrer Tante und Amir. Strom war zu teuer, um über Nacht mehr als eine Klimaanlage laufen zu lassen. Sie teilten sich das Zimmer und eine Klimaanlage. Manchmal fiel nachts der Strom aus, und Sammar wachte auf, weil sie plötzlich das Brummen der Anlage nicht mehr hörte. Sie schaltete den Hebel auf Aus, damit das Gerät nicht überlastet würde und der Motor kaputtging, wenn der Strom plötzlich zurückkam. Manchmal schlief sie in der Kühle wieder ein, die noch im Raum hing, nur um Minuten später vom nächsten Hitzeschwall wieder geweckt zu werden. Sie öffnete alle Fenster, doch oft wehte nicht der kleinste Windhauch ins stickige Zimmer. Amir wälzte sich, stieß die Bettdecke zurück, ihre Tante setzte sich im Bett auf, stöhnte Verwünschungen gegen die Regierung, die Stromversorger, das Leben im Allgemeinen. Sammar stand auf, ging nach draußen, auf der Veranda auf und ab, schlaftrunken unter klarem Himmel, überwältigt von der Pracht der Sterne. Früher schliefen die Leute draußen, auf den Dächern, weiter, offener Raum, frische Luft, auch in heißesten Nächten. Doch auf das Dach hatte Hanan jetzt ihre Wohnung gebaut. »Niemand, Sammar«, hatte sie gesagt, »schläft mehr auf Dächern.« Denn offene Abwasserkanäle brachten Moskitos, und wenn der Strom ausfiel, hingen Dieselabgase über hell erleuchteten Häusern, die sich Generatoren leisten konnten.

Nach dem Gebet ging Sammar in den Garten. Ohne die Kinder war er anders, und ihre Sonnenbrille brauchte sie jetzt auch nicht. Sie konnte alle Farben haben, die sie in Aberdeen vermisst hatte; Gelb und Braun, und alles andere war deutlich und klar. Flaches Land und eine friedvolle Leere, Raum, Weite, kein Grau, kein Wind, keine harten Konturen. Die Sonne hatte die Häuser am Ende der Straße gerahmt und Schichten von Pink und Orange hinterlassen. Im Osten das selbstbewusste Blau der Nacht, ein Fadenmond, ein, zwei, jetzt drei Sterne. Noch immer huschten Vögel durch die Bäume, schreiend, Blätterrascheln, lauter noch als die Kinder tagsüber. Auf der Straßenseite gegenüber servierte der Nachtwächter der Kooperative seinen Freunden Tee. Sie saßen auf dem Gehweg, auf einer großen Bastmatte; Rosenkranz und Lachen. Kohlen glühten, in einem Kessel kochte Wasser und blies Dampf ins Licht der Abenddämmerung. Sammars Heimweh war geheilt, ihre Augen gekühlt durch das, was sie sah, die Farben und den Himmel, der so viel weiter war als die Welt unter ihm, durchsichtig. Sie hörte ein Klingeln, als das einsame klägliche Licht einer Fahrradlampe die löcherige Straße entlanghopste. Eine Katze schrie wie ein Baby, und bei Windstille hatte alles einen Geruch: Sand, Jasminbüsche, abgerissene Eukalyptusblätter.

17

Ihr Bruder Waleed lebte mit seiner Frau in einem der neueren Wohnblocks. Sie hatten erst kürzlich geheiratet und arbeiteten gemeinsam in einem Architekturbüro. Sammar parkte Hanans Auto unter dem fahlgelben Licht einer Straßenlaterne. Nun hatten sich die Fahrstunden, die sie in Aberdeen genommen hatte, doch noch gelohnt, obwohl es ihr anfangs schwer gefallen war, sich auf das Rechtsfahrgebot umzustellen. Amir und Dalia öffneten die Beifahrertür und sprangen nach draußen. »Wenn wir in Schottland wären«, erklärte sie ihnen, während sie über die Straße gingen, »müsstet ihr hinten sitzen und euch anschnallen, mit einem Sicherheitsgurt.« Wovon redete Sammar? Jemanden mit Sicherheitsgurt hatten sie noch nie gesehen; einen Ort so weit weg wie Schottland konnten sie sich nicht vorstellen.

Die Straße, durch die sie gingen, war voller Schlaglöcher, übersät mit Bauschutt von den neuen Wohnblocks. Ziegel und Zementreste, wo man ging und stand. Spielzeug für die Kinder, die auf der Straße zu Hause waren. Neben dem Haus ein Kiosk, vor dem sich einige dieser Kinder drängelten. Zerschlissene, fleckige Kleider, die nackten Füße staubbedeckt bis an die Knöchel. Sie forderten Lutschbonbons und Kaugummi, lachend und schubsend, ihre Zähne blitzweiß in der schlecht beleuchteten Straße. Und obwohl Sammar aus Regenwetter und einer reichen Stadt der Ersten Welt zurückkam, war ihr die Bescheidenheit dieses Ortes noch vertraut. Ärmlichkeit, als habe die Sonne den Komfort des Lebens weggebrannt und keinen Raum gelassen für Luxus oder Lügen.

Kaum hatte Waleed ihnen die Tür geöffnet, fiel der Strom aus. Es entstand einiges Durcheinander in der plötzlichen Dunkelheit, in der Amir aufgeregt umhersprang und sich über Dalia lustig machte, weil sie Angst hatte. Suche nach Kerzen und einer Taschenlampe, Versuche, Dalia zu beruhigen, ein Scherz darüber, dass Sammar den Strom abgestellt, die Dunkelheit mitgebracht hatte.

Waleed führte sie durch die Wohnung nach draußen auf den Balkon. Zur Freude der Kinder, die schnurstracks auf die mit Maschendraht abgedeckte Kiste zusteuerten, um die schlafenden Tauben zu ärgern. Sie bohrten ihre Finger durch die Löcher im Drahtgewebe, wollten die Tiere berühren. Alle Häuser und Straßen im Umkreis waren dunkel, Beweis für einen größeren Stromausfall, kein Defekt im Haus selbst. Nur in der Ferne leuchteten die Lichter des Flughafens, gelb und rot. Unten im Kiosk zündete jemand eine Sturmlampe an, ein Schrei wurde mit Gelächter beantwortet. Sammar genügte das Licht von Mond und Sternen, um ihren Bruder deutlich zu sehen, die *Jellabia,* die er trug, die breite Lücke zwischen seinen Schneidezähnen, wenn er lachte. Er sagte, seine Frau sei gerade in ihrem Deutschkurs.

»Warum lernt sie Deutsch?«, fragte Sammar, in Gedanken bei den Sternen, unzählige, einige weiter weg als andere. Wie konnte das derselbe Himmel sein wie der, den man in Aberdeen sah?

»Das fragst du *mich*?«, antwortete er. »Sie will Deutsch lernen. Soll ich ihr vielleicht sagen, lern kein Deutsch?«

»Ich dachte, sie macht einen Computerkurs im Souk 2.« Jeder konnte hoch in den Himmel schauen, niemand verlangte Eintritt, kein Geld. In Schottland gab es für alles Geschäfte, Läden, die alles zum Kauf anboten, einen solchen Himmel aber gab es nirgends zu kaufen.

»Hat sie ja auch gemacht, aber es gab nicht genügend Computer für alle, und sie konnte nicht oft mit dem Rechner arbeiten. Also hat sie sich die Unterlagen besorgt und benutzt unseren Computer hier zu Hause ...«

»Den möchte ich heute übrigens auch benutzen«, sagte Sammar. »Ich muss einen Brief schreiben, zwei, um genau zu sein. Aber solange kein Strom da ist . . .« Sie drehte sich zu Amir und Dalia: »Hört auf, ihr beiden, lasst die Vögel in Ruhe.« Amir schlug mit der Handfläche gegen den Maschendraht. Eine der Tauben rührte sich, wachte aber nicht auf.

»*Insha' Allah,* der kommt bald wieder. Gestern um diese Zeit ist er auch ausgefallen, und nach fünfzehn Minuten war er wieder da.«

»Das wäre schön.« Sammar war erstaunt, dass der Stromausfall sie beinahe gleichgültig ließ, das Hindernis sie nicht aus der Ruhe brachte. Normalerweise wollte sie einen einmal gefassten Entschluss möglichst schnell in die Tat umsetzen. Vielleicht lag es am Himmel und am leisen Wind, erfrischend und klar. Oder an jenem allgemeinen Gefühl von Kapitulation. Die Sterne hatten den Lichtern der Erde getrotzt und hatten den Sieg davongetragen.

»Was hast du gerade gemacht, als wir kamen?«, fragte Sammar.

»Hab Video geguckt.« Er kratzte sich am Kopf und gähnte.

»Früher sind wir oft ins Kino gegangen, weißt du noch?«

»Heute geht niemand mehr ins Kino.« Mit »niemand« meinte er den Kreis seiner Familie und Freunde.

»Schade.«

»Die Dinge ändern sich. Glaubst du, du kannst weggehen, irgendwann wiederkommen und alles so vorfinden, wie es war?«

Sie zuckte im Dunkeln mit den Achseln. Immer schon schien in seiner Stimme Härte zu liegen. Doch Sammar wusste, dass seine Worte nicht hart gemeint waren. Sie war diejenige, die zu sensibel geworden war. Sie war zu lange weg gewesen.

»Ich will weg von hier«, sagte er plötzlich. »Ich hab die Nase voll. Ich hab wirklich die Nase voll.«

»Voll von was?« Ihre Stimme klang unbeschwert, wie um seinen Groll zu zerstreuen.

»Vom auf der Stelle treten. Davon, dass einfach nichts vorangeht.«

»Wohin willst du denn gehen?«

»An den Golf oder nach Saudi Arabien. Lieber die Golfstaaten.«

»Dann geh.«

Er lachte. »Was glaubst du denn. Alle Welt will dorthin und Geld verdienen; so einfach ist das nicht.« Er war sichtlich amüsiert, schüttelte den Kopf, sah sie an: »Du hast doch keine Ahnung, oder? Keinen Schimmer.«

Nun war sie amüsiert, schaute zu den Sternen, lachte: »Ich hab keinen Schimmer.«

Dalia kam, beugte sich zu ihr und flüsterte ihr ins Ohr: »Ich muss Pipi machen.« Die Luft im Bad war heiß und stickig. Im Spiegel über dem Waschbecken sah Sammar ihr Gesicht im Licht einer Kerze. Wie lange würde es dauern, bis sie aussah, wie es sich für sie gehörte, eine vertrocknete Witwe, eine verblasste Figur im Hintergrund?

»Fertig«, sagte Dalia. Die Toilettenspülung funktionierte schließlich beim dritten Versuch. Dalia lächelte erleichtert, und Sammar stellte fest, dass kein Wasser in den Spülkasten lief. »Wenn der Strom ausfällt, geht wohl die Pumpe nicht, die das Wasser hier hochpumpt. Mal sehen, ob die Wasserhähne funktionieren.«

Dalia drehte den Hahn auf. Ein paar Tropfen stotterten geräuschvoll hervor, dann kam nichts mehr.

»Hier gibt es sicher einen Eimer«, sagte Sammar. Ein Eimer Wasser und ein Metallkrug standen in der Badewanne. Sammar füllte den Krug, und Dalia wusch sich die

Hände über dem Waschbecken, das weiße Stück Seife groß und unförmig in ihrer Hand.

Im Dunkeln tasteten sie sich zurück, Sammar mit der Kerze in der Hand, auf den kühlen Balkon. Während ihrer Abwesenheit hatte Waleed ein Tablett gebracht, mehrere Flaschen Pepsi, Gläser mit Eis, Erdnüsse und Datteln auf Tellerchen.

Beruhigt durch die Getränke widmeten sich Amir und Dalia nun wortlos den Erdnüssen. Sammar schwenkte die Eiswürfel in ihrem Glas. Sie gehörten zu den Dingen, die sie in Aberdeen vermisst hatte, Getränke mit Eis, der Geschmack eines eisgekühlten Getränks bei heißem Wetter.

In Anspielung auf den Stromausfall fragte Waleed: »Na, was hältst du von unserem dunklen Land?«, und verschränkte die Hände hinter dem Kopf.

»Es ist wunderschön.«

Er lachte. Sein Lachen war laut und ansteckend.

»Jetzt bist du vollkommen übergeschnappt«, prustete er.

Sie lächelte und sagte mit Bedacht: »Ich schwöre bei Gott, dem Allmächtigen, in meinen Augen ist es hier schöner als irgendwo sonst auf der Welt.« Ihr Herz glühte, weil sie Allahs gedacht und die Wahrheit gesagt hatte.

»Ein paar Wochen geb ich dir noch, sagte er, »dann wirst du Amir unter den Arm nehmen und schleunigst nach Aberdeen zurückgehen.«

Sie zuckte mit den Achseln. »Ich habe dort keine Arbeit, zu der ich zurückgehen könnte. Ich bin heute hier, um meine Kündigung zu schreiben und abzuschicken.«

»Wieso das denn?« Er schrie beinahe. Er rutschte auf die Stuhlkante, plötzlich wieder sehr ernst, er hatte aufgehört zu lachen: »Mach das nie. Meinst du, Jobs liegen einfach so auf der Straße, damit die Leute sie aufheben? Denkst du etwa, du findest hier Arbeit?«

»Ich muss es eben versuchen, *Insha'Allah,* ich finde schon was.« Sie schnipste ein paar Erdnussschalen von ihrem Schoß und wünschte, sie hätte ihm nichts gesagt. Wenn seine Frau zu Hause wäre, wäre er etwas zurückhaltender, nicht so aufgedreht. Doch jetzt fand er kein Ende.

»Was für Arbeit, glaubst du, findest du hier?«

»Bei der Alphabetisierungskampagne vielleicht ...«

»Die zahlen nichts, jedenfalls nicht genug, um davon zu leben, du würdest es bald bereuen. Außerdem hast du keine Lehrerfahrung.«

»Sie brauchen dringend Leute, sie werden keine großen Umstände machen ...«

»Sicher werden sie keine Umstände machen, aber wozu, wenn du schon einen sehr guten Job in Aberdeen hast, *warum* willst du diese Gelegenheit einfach sausen lassen?«

»Ich hätte letzte Woche wieder bei der Arbeit sein müssen. Sie fragen sich vielleicht schon, ob mir was zugestoßen ist.«

»Das ist doch kein Grund, zu kündigen.«

Sammar schaute in ihr Glas, schmelzende Eiswürfel, dunkles goldenes Pepsi. »Das Leben dort war kein großer Erfolg.«

»Wieso das denn nicht? Wenn du wüsstest, wie viel Glück du hast. Einen guten Job, ein zivilisiertes Land. Kein Stromausfall, keine Streiks und so weiter ... Was ist los mit dir?«

»Ich weiß nicht.«

»Einfach so.«

»Einfach so.« Schuldbewusstsein lag in ihrer Stimme, eine Spur Starrsinn. Sie erkannte die Ironie der Lage. Sie hatte die Möglichkeit, im Ausland zu leben, und wollte hier bleiben, während er unbedingt weg wollte und nicht konnte.

Sie sagte, wie um zu erklären: »Im Exil zu sein ist nicht besonders angenehm.«

»Wenn du Amir mitnehmen würdest, wärst du nicht allein, und es wäre auch gut für ihn. Wenn du wüsstest, was aus den Schulen hier geworden ist.«

»Alleine würde ich das nicht schaffen.« Sie wünschte, sie könnte erklären, wie trostlos es wäre, sie und Amir alleine in Aberdeen. Die langen Winterabende, das kleine Zimmer, nur sie beide, zu zweit, sie würden einander auf der Pelle sitzen, bekämen Platzangst.

»Quatsch. Hier wirst du mit Amir *und* Hanans Kindern fertig. Hat Tante Mahasen nicht sofort das Kindermädchen gefeuert, als du wieder da warst?«

Sammar lachte erleichtert über die Wendung, die das Gespräch nahm. Waleed lächelte gequält. Sammar entgegnete: »Von Feuern kann hier nicht die Rede sein. Die Frau ist von sich aus gegangen, hat sich einfach in Luft aufgelöst, eine Woche nachdem ich zurück war. Und bisher hat Tante Mahasen kein neues Kindermädchen gefunden.«

»Ach ja«, sagte er sarkastisch. »Tante Mahasen und Hanan konnten trotz vereinter Kräfte niemanden finden.«

»Es macht mir nichts aus«, sagte sie. »Es stört mich wirklich nicht.« Die Hausarbeit und Hanans Kinder boten ihr Beschäftigung bis zur Erschöpfung, nicht einmal nachts blieb ihr Zeit zum Träumen.

»Wie verhält sie sich dir gegenüber?« Seine Stimme klang zurückhaltend, die Frage fast zaghaft gestellt. Wenn seine Frau zu Hause wäre, würde er sie nicht stellen.

»Gut.«

»Du weißt, dass sie 'Am Ahmed rausgeworfen hat?«

Sammar nickte, biss sich auf die Lippe. Daran war sie Schuld. Das hatte er nicht verdient. Sie fragte sich, wie viele Menschen die ganze Geschichte kannten, beinahe ein Skandal. Der ältere Herr, gläubig, der bereits zwei Frauen hatte, wirft ein Auge auf die junge Witwe eines Mannes, der noch kein ganzes Jahr tot ist. Und die dumme Göre hat ihm nicht einmal sofort die Tür gewiesen. Hat sogar gesagt, dass sie sich die Sache überlegen wird. Ein gebildetes Mädchen wie sie!

»Wie ist das passiert?« Ihre Stimme war leise, als wolle sie die Antwort nicht wirklich hören.

Waleed rutschte auf seinem Stuhl hin und her. »Er kam zu Besuch. Ich war auch dort. Es war an *Eid,* einige Zeit nach deiner Abreise. Wir saßen alle ganz ruhig da, und plötzlich brüllt Tante Mahasen ihn an, setze nie wieder einen Fuß in mein Haus; Tarigs Frau bekommst du nie ... Und so weiter und so fort.«

»Oh, mein Gott.«

»Ja, ziemlich unschön. Wir sind später zu ihm gegangen und haben uns bei ihm entschuldigt, Hanan und ich. Er wohnte bei seinem Bruder in Safia.«

»Hanan hat mir nie davon erzählt.«

»War nicht nötig. Die Sache ist vorbei. Ich glaube, er kommt jetzt nicht mehr oft nach Khartoum. Die Geschäfte gehen nicht mehr so gut. Ich habe ihn aus den Augen verloren. Als wir dort waren, um uns zu entschuldigen, war er noch recht herzlich, aber so wie früher kann es nicht mehr sein.«

»Er ist ein guter Mensch«, sagte Sammar. Ein Leben lang war er ein Freund der Familie gewesen. Als sie klein war, hatte er sie hochgehoben und auf seinen Lieferwagen gesetzt, hatte ihr Süßigkeiten gegeben. Sie hatte nie Angst vor ihm gehabt.

»Was er getan hat, war übertrieben«, sagte Waleed in abwehrendem Ton.

Sie schwieg und er fuhr fort: »Ich wollte nur wissen, wie Tante Mahasen sich dir gegenüber verhält. Ob du dich bei ihr im Haus wohlfühlst. Besonders, wenn du darauf bestehst, nicht wieder nach Aberdeen zu gehen.«

»Sie spricht nie über das, was passiert ist. Und was das Wohnen angeht, uns beiden, Amir und mir, gehört ein Teil des Hauses. Wir haben das Recht, dort zu wohnen.« Früher teilten sich Mahasen, Hanan und Tarig das Haus. Nach Tarigs Tod wuchs Mahasens Anteil, Hanans blieb unverändert, Sammar erbte einen Teil, und der größte Anteil ging auf Amir über. Der größte gemessen an den übrigen, doch im Grunde weniger als die Hälfte des Hauses. Keiner von ihnen hatte genug Geld, die anderen auszuzahlen. Wenn sie das Haus verkauften, um das Geld untereinander aufzuteilen, könnte sich keiner von ihnen anderswo eine angemessene Wohnung leisten.

»Es entspricht nicht ganz dem Brauch«, sagte Waleed, »dass eine Witwe bei der Familie ihres Mannes lebt. So zeigst du allen, dass du nicht wieder heiraten willst.«

»Das macht doch nichts … Mir ist es ziemlich gleichgültig, was die Leute denken.«

Plötzlich sah er traurig aus, und als er sprach, war seine Stimme weich, wie die eines Kindes, ihr kleiner Bruder aus vergangenen Zeiten. »Es tut mir Leid, Sammar. Es tut mir Leid, dass ich die einzige Verwandtschaft bin, die dir geblieben ist, und dass ich dich und Amir nicht bei mir aufnehmen kann …«

Der Gedanke, dass sie und Amir mit Waleed und seiner Frau in ihrer neuen Wohnung leben sollten, erschien Sammar so abwegig, dass sie am liebsten laut losgeprustet hätte. Doch sie nahm sich zusammen und bemerkte in der Stille, wie Waleeds Stimmung wechselte. Seine Worte »Ich bin die einzige Verwandtschaft, die dir geblieben ist« und die Erinnerung an ihre lange verstorbenen Eltern, Sehnsucht nach ihnen und danach, was sie ihnen hätten geben können.

»Und ich sitze hier«, sagte sie schließlich, um ihn aufzuheitern, »und denke, du willst mich nach Aberdeen schicken, damit du mich los bist. Stattdessen willst du, dass ich mit

Amir hier einziehe, damit deine Frau verrückt wird und zu ihrem Vater zurückgeht.«

Wieder zog er die Stirn in Falten und fiel zurück in seine übliche Gereiztheit: »Natürlich musst du zurück zu deiner Arbeit in Aberdeen ... «

Sie ging zu ihm, zauste sein Haar und legte die Arme um ihn. Ein Summen in der Neonröhre über ihren Köpfen, sie begann zu glühen und ging an. Einige Straßenlaternen blinkten. »Hey«, riefen die Kinder und liefen ins Wohnzimmer, das nun wieder hell war.

Der Computer stand auf dem Esstisch, eingehüllt in Plastikfolien. Der Drucker, gleichermaßen bedeckt, auf einem Beistelltisch. Sammar rückte sich den Esszimmerstuhl zurecht und ließ sich am Computer nieder. Mit dem Ende des Stromausfalls kam Lärm; der laute Fernseher, das Surren der Klimaanlage, und vom Bad her konnte Sammar hören, wie sich der Spülkasten wieder mit Wasser füllte.

»Also, wie krieg ich den Rechner in Gang?«, fragte sie Waleed, der den Kindern eben erklärte, dass er keine Zeichentrickvideos besaß.

»Ich dachte, wir hatten uns darauf geeinigt, dass du nicht kündigst.« Er trat zu ihr an den Tisch und runzelte die Stirn.

»Nein.«

»Du und dein Dickschädel. Du willst meinen Rat nicht annehmen, hm?«

Als sie den Kopf schüttelte, zuckte er mit den Achseln und begann, seinen wertvollen Computer zu entschleiern, indem er diverse Lagen Plastikfolie abnahm, die ihn gegen Staub schützten. Alles war kostbar in Khartoum, sogar Tinte und Papier, weil alles importiert wurde und schwer zu beschaffen war.

Es fiel ihr nicht schwer, den Brief zu schreiben, sie hatte ihn zu Hause bereits mit der Hand aufgesetzt und musste ihn nur abtippen und ausdrucken. Sie brauchte zwei Exemplare, gleicher Wortlaut, eines adressiert an die Personalabteilung, das andere an ihren Fachbereichsleiter. Der übliche Vorgang bei einer Kündigung. Sie gab »familiäre Gründe« dafür an, dass sie Khartoum nicht verlassen und nicht zurück nach Aberdeen kommen konnte.

Waleed blieb in ihrer Nähe, während sie schrieb. »Ich drucke ihn dir aus«, sagte er, als sie fertig war, und scheuchte sie aus dem Weg.

Die Briefe glitten aus dem Drucker, säuberlich, einer nach dem anderen. »Isles«, sagte Waleed, als er das zweite Exemplar in Händen hielt. »Professor R. Isles, ungewöhnlicher Name.«

»Ja, er ist der Fachbereichsleiter.« Seit Wochen und Monaten hatte sie seinen Namen nicht ausgesprochen, nicht ein einziges Mal. Nicht einmal gehört, nicht einmal gesagt, auch nicht insgeheim geflüstert. Zu Waleed sagte sie jetzt, mit zu hoher Stimme: »Rate, wofür das R. steht.«

»Richard?«

»Nein.«

»Ronald Reagan?«

»Red keinen Quatsch.«

»Ich gebe auf«, sagte er, zog ein Tuch aus einer Plastikhülle, mit dem er Staub vom Bildschirm wischte. »Ich bin nicht erpicht darauf, es zu erfahren.«

»Rae«, murmelte sie und sprach seinen Namen mit Absicht falsch aus. Sie wischte ihre Hand an ihrem Rock ab.

»Rye, *rai*?«, fragte Waleed und stülpte dem Computer die Plastikhaube wieder über.

Sie lächelte. *Rai'* hieß Meinung im Arabischen. »Ja«, sagte sie und sah zur Seite. »Meinungen hatte er massenweise.«

18

Sie schickte die Briefe ab und sagte sich, sie würde nicht warten, nicht mehr erwarten als eine Bestätigung ihrer Kündigung, eine förmliche Antwort auf ihr »Sehr geehrter Professor Isles . . .«, etwas, das eine der Sekretärinnen für ihn tippen und dann in Kopie in seinem Aktenschrank mit der Aufschrift »Verwaltung« ablegen würde.

In Khartoum ging kein Postbote durch die Straßen, niemand brachte Briefe bis an die Tür. Ihre Tante hatte ein Postfach gemietet, besaß einen Schlüssel dazu, der ein quietschendes Metalltürchen öffnete, wie ein Schließfach. Darin fand sich die Post für die Familie, auf eine Staubschicht gebettet. Sammar schloss das Postfach auf und fand nichts.

In Ägypten, nach Tagen endloser Interviews in Kairo, Alexandria und im Süden, hatte sie auf eine Nachricht von ihm gewartet, auf ein Wort. Er wusste, wo sie war, wusste, wie er sich mit ihr in Verbindung setzen konnte. Sie musste ihn sagen hören, ich hab das nicht so gemeint, als ich gesagt habe, lass mich in Ruhe, es war nicht so gemeint. Das wollte sie, in jenen gespannten Tagen. Immer neue Hotels, alle Kollegen fühlten sich wohl an diesem Ort, waren empfänglich für Ägypten, besuchten alle Sehenswürdigkeiten, und sie seelenkrank, voll Ungewissheit, wusste nur eines, sie musste arbeiten, hart arbeiten, keine Gefühle zeigen, nicht weinen. Drei Wochen, in denen sie sich täglich vertröstete, morgen wird er sich melden, er weiß, wo ich bin, morgen. Sie arbeitete, aß, wohnte in einem Hotel mit Menschen, die aus der gleichen Welt kamen wie er, auf dem gleichen Gebiet arbeiteten. Seine Konkurrenten, die für die gleichen Zeitschriften schrieben wie er, kamen zu den gleichen Konferenzen wie er, doch in ihren Augen waren sie anders als er, konturlos und heiter im Vergleich zu ihm. Er hätte hier sein können, einer von ihnen, Teil dieses Programms. »Sie haben jemand anderen genommen«, hatte er ihr in den Winter Gardens gesagt. »Sicher jemanden mit verdaulicheren Ansichten.« Damals hatte sie nicht verstanden, was er mit »verdaulicheren Ansichten« hatte sagen wollen.

Er wird sich melden, er wird mich nicht so hängen lassen, dachte sie in Alexandria und in der südlichen Provinz Souhaig, und sie täuschte sich. Sie hoffte und sie arbeitete hart, zwängte Arabisch ins Englische, Englisch ins Arabische, blieb wach bis spät in die Nacht, inmitten von Hotelgerüchen, um alle Interviews abzutippen. Sie sah so erschöpft aus wie die jungen Männer, denen sie täglich Fragen stellte, dünn und desillusioniert, Zigaretten umklammernd, Maulhelden und Träumer. Sie stellte ihnen Fragen, die andere sich ausgedacht hatten, wandelte ihre Antworten dann in englische Worte um ... »Ich war Frisörgehilfe, tat, was so jeden Tag anfiel, Haare auffegen, Handtücher waschen ...«; »Mein Bruder saß im Knast, und als er wieder frei war ...«; »Mein Vater arbeitete in Bagdad und verlor seinen Job, als der Krieg ausbrach ...«; »Wir leben zu zehnt in einem Zimmer ...« Sie sprachen Sammar direkt an. Nur einer von ihnen sah ihr unverwandt in die Augen, quälte sie, anders als die anderen. »Ich bin in Amerika gewesen«, sagte er, »Massachusetts. Ich war da, und ich weiß, wovon ich rede. Männer im Westen verherrlichen Geld und Frauen. Die einen sehen die Welt durch Dollarscheine, die anderen sehen die Welt durch die Schenkel einer Frau.« So redete er in einem fort, doch sie blieb gefühllos, taub, und später, als die anderen beim Mittagessen über nichts anderes reden konnten, schwieg sie. Sie lächelte stumpfsinnig, als jemand sie ansprach: »Tut mir Leid, dass du das durchmachen musstest. Äußerst unangenehm, wirklich.« Sie zeigte keine Gefühle, bis sie Khartoum erreicht hatte, das Haus ihrer Tante, und Tarigs Foto an der Wand sah.

Sammar schloss das Postfach auf und fand eine Antwort der Personalabteilung. Sie schuldete der Universität einen Monatslohn, weil sie die Kündigungsfrist nicht eingehalten hatte. Sie schloss das Postfach auf und fand nichts, nicht einmal die förmliche Antwort, die sie von ihm erwartet hatte. Sie schloss das Postfach auf und fand einen Brief von Yasmin. Yasmin hatte ein Mädchen zur Welt gebracht, war jetzt im Mutterschaftsurlaub, arbeitete nicht mehr. Rae erwähnte sie in ihrem Brief nicht. Nur die Freude über das Baby und: »Du hast dich richtig entschieden, Sammar, bei deiner Familie zu bleiben und nicht zurückzukommen ... wir würden auch gerne aus Großbritannien weggehen ...«

Sie schloss das Postfach auf und fand nichts. Sie schloss das Postfach auf und wusste, sie würde nichts finden. Sie gab Hanan den Schlüssel zurück und sagte: »Ich erwarte keine Post mehr.« Selbst wenn er schrieb, was sie sich von ihm wünschte: »Ich hab es nicht so gemeint, als ich sagte, lass mich in Ruhe«, was hätte sie davon? Es gab keine gemeinsame Zukunft für sie, es würde nicht genügen.

Sammars Zukunft war hier, wo sie hingehörte. Sie gehörte zu ihrem Sohn und zu Fremden, die sie mit einem Lächeln begrüßten, wenn sie einen Raum betrat. Sie dürfte sich nichts vormachen, und mit der Zeit würde sie vergessen. In Sonne und Staub würden ihre Gefühle für ihn verblassen. Sie musste das Parfüm verschenken, das er ihr geschenkt hatte. Sie musste sich seine Worte aus dem Kopf ziehen wie Seetang und sie wegwerfen.

Hier. Ihr Leben war hier.

Eine neue Arbeit annehmen, sich ans Unterrichten gewöhnen, Gesichter mit Namen verbinden. Amir und Dalia aus der Schule abholen. Hausarbeit, abends soziale Kontakte, alle zurück in ihren Häusern zur Ausgangssperre um 23.00 Uhr. Gäste empfangen, Beileidsbesuche machen, wenn der Tod kam, gratulieren, wenn ein Baby kam. Willkommen dem, der heimkehrt, Wiedersehen dem, der fortgeht. Und jene, die ans Bett gefesselt sind, die mit kraftloser Stimme sprechen, der Geruch kranker Räume.

Hier. Ihr Leben war hier.

Das Leben waren die Staubstürme, die rosig-braun aus dem Himmel kamen, die Eile, mit der Fenster und Türen zugeschlagen wurden, der Wind, der durch Büsche und Bäume pfiff. Kurze wütende Stürme und dann der Sand, dicke Sandschichten, überall, Wirbel weichen Sandes auf Kacheln, aufzuschippen und wegzukippen. Aus Vorhängen zu schütteln, aus Polstern, aus Kissen, Staubwischen auf allem, was still stand. Ewiger Sand in Fugen und in Hautfalten, zwischen den Seiten der Bücher der Kinder. Das Leben war auch der Regen, der früh morgens mit Blitzen kam, dicke Tropfen auf dem Staub, die Sonne für einen Tag besiegt. Nur einen Tag lang, weich gezeichnet, ein Bild aus der Vergangenheit, der leere Platz vor dem Haus in Silber, ausgeschlagen mit der Farbe des Mondes. Jemand, mit dem man reden konnte ...

Weißt du noch, Hanan, einmal gingen wir Milch kaufen und hatten unsere Schuluniformen noch an. Die Schule war ausgefallen, wegen des Regens. Wir waren morgens hingegangen, standen vor verschlossener Tür und gingen wieder heim. Aber unsere Uniformen behielten wir den ganzen Tag an.

Weißt du noch, Sammar, wie Tarig mit dem Fahrrad absichtlich durch die Pfützen gefahren ist, durch jede Pfütze von hier bis zur Airport Road.

Erinnerst du dich an den Tag, Hanan, an dem wir im Blue-Nile-Kino waren, es fing an zu regnen, wir wurden nass, doch Tarig blieb einfach sitzen und schaute sich weiter den Film an.

Sich erinnern an den Tag, an die Zeit. Sich an Tarig erinnern. Hassan sah ihm so ähnlich, dem Onkel, der ihn nie gesehen hatte. Nur Hassan, nicht Hossein, sie waren keine eineiigen Zwillinge. Nicht einmal Amir sah seinem Vater so ähnlich wie Hassan. Seltsam, nicht, sagte sie zu Hanan, während sie gemeinsam Wäsche zusammenlegten, so viel Wäsche, Berge frischer Wäsche, sortieren und säuberlich stapeln.

Woche für Woche. Hassans Haar streicheln, den Garten wässern, Kerne aus Wassermelonenscheiben klauben. Zusehen, wie Hanans Baby heranwuchs, der Tag, an dem er zum ersten Mal Bohnen aß, der Tag, an dem er zum ersten Mal Mango bekam und die Spuren später, in seiner Windel. Die Türglocke, nach draußen laufen, die Stufen der Veranda hinab, um das schwarze Eisentor aufzuziehen. Miranda für Gäste, Eiswürfel, ein Teller Naschereien für die Runde. »Wasser«, sagten manche. »Einfach ein Glas Wasser, Sammar, weiter nichts.« Sie verliebte sich neu in Amir. Sie trug ihn durchs Haus, so wie Hanan ihr Baby trug. Sie spielten ein Spiel, Amir war wieder ein Baby, und sie musste ihn tragen. Nur in diesem Spiel konnte er lieb und kuschelig sein. Sonst war er distanziert, unabhängig, unerschrocken. Er erinnerte sich weder an seinen Vater, noch vermisste er ihn. Sein Leben ohne seine Mutter war zufrieden stellend verlaufen. Ihr Sohn hatte auf den ersten Blick kein gewinnendes Wesen, er war stark, hatte sich innerlich zurückgezogen, war ihr fremd, und sie war ausgeschlossen durch Schuldgefühle und die Jahre ihrer Abwesenheit. Allein in diesem Mutter-und-Kind-Spiel waren sie einander nah. Sie trug ihn durchs Haus, so schwer wie er war. Weißt du, Baby, dass du in einem kalten Land zur Welt kamst und weiße Wollsachen anhattest? Möchtest du raus in den Garten gehen, Baby? Schau, das ist ein Baum, das ist der Rasen. Was ist das, mit seiner gespielten Babystimme, er zeigt in die Luft. Was ist das? Ein Flugzeug. Damit fliegt man weg, weit weg.

Die neue Arbeit. Andere Menschen, Unterricht an wechselnden Orten. Einige Kurse der Alphabetisierungskampagne fanden abends in der Universität statt. Palmen und ein verfallener Campus, baufällige Mauern, Studenten im Grundstudium, die nicht so gut gekleidet waren und auch nicht so gesund aussahen wie die, die Sammar aus Aberdeen kannte. Wie in allen Abendkursen war es auch in ihrem Kurs üblich, eine Pause für das Abendgebet zu machen. Dazu verließen sie den Klassenraum, in dem der Ventilator an der Decke Blätter von den Tischen wirbelte, und traten in die Hitze draußen. Sammar erfuhr nie, wer die Bastmatten auf dem Rasen verteilte. Sie lagen immer schon dort, wenn sie nach draußen kam. Beige und ein wenig rau an Stirn und Handflächen. Aufrecht stehend streiften ihre Schultern die der Frauen links und rechts von ihr, gerade Reihen, dann gemeinsames Verneigen, nicht ganz gleichzeitig, nicht perfekt harmonisch, sondern unregelmäßig, und raschelnde Kleider, bis die Stirn die Matte berührte. Unter freiem Himmel, auf dem Rasen, ein anderes Gefühl als beim Gebet im Haus, ein anderes Glühen. Sie dachte zurück, wie sie sich in Aberdeen hatte verstecken müssen, allein war. Erinnerte sich, wie sehr sie sich gewünscht hatte, er möge beten wie sie, wie sie gehofft hatte. In Erinnerung daran sagte sie: *Herr, verschone mich vor Trauer.*

Sie suchte sich Beschäftigung, damit sie tagsüber nicht ins Grübeln geriet. Sie arbeitete bis zur Erschöpfung, damit nachts keine Träume kamen. Den Zwillingen beibringen, auf die Toilette zu gehen, mit allen gemeinsam Videos ansehen: packende amerikanische Filme, plärrende ägyptische Seifenopern. Ihre Tante zum Arzt begleiten, sie auf dem Heimweg sagen hören: »Aus meinem Sohn wäre auch ein so guter Arzt geworden ...«

Nahla stundenlang zuhören, Nahla war wütend, weil ihre Hochzeit auf unbestimmte Zeit verschoben werden muss, die Gründe – eine lange Liste von Problemen: die Arbeit ihres Verlobten; der Arbeitsmangel; seine vergeblichen Versuche, Arbeit im Ausland zu finden; die Tatsache, dass sie keine Wohnung hatten; die Tatsache, dass sein Vater steinreich und doch gemein genug war, ihm nicht unter die Arme zu greifen.

Sammar war selten allein. Fast nie allein. Nachts wälzte sich ihre Tante im Schlaf, setzte sich auf, goss sich aus der Thermoskanne, die sie unterm Bett bereithielt, ein Glas Wasser ein. Amir murmelte im Schlaf, strampelte sich frei, träumte Kinderträume. In aller Frühe kam Dalia nach unten, brachte Haarschleifen und Kamm, eine zerknitterte Tube Wellaform. »Mach mir Zöpfe, schnell, sonst komm ich zu spät in die Schule.«

Wellaform verlieh Dalias Haar Glanz und klebte an Sammars Fingern. Sie wischte sie an ihrem eigenen Haar ab und bedeckte es, bevor Dalias Vater nach unten kam, um auf dem Weg zur Arbeit seiner Schwiegermutter guten Morgen zu sagen. Er arbeitete in der Eisfabrik seiner Familie. Morgen für Morgen stellte er dieselbe Frage: »Brauchst du irgendwas?«, und Morgen für Morgen gab ihre Tante zur Antwort: »Nur dein Wohlergehen.« Zu jeder anderen Tageszeit allerdings bat sie ihn um dies und jenes, ließ ihn durch Hanan wissen, was er besorgen sollte. Manchmal, wenn er Zeit hatte, trank er Kaffee mit ihrer Tante, Sammar rührte den Zucker um, reichte Kekse. Doch meist war er morgens in Eile und hatte keine Zeit, ihr Gesellschaft zu leisten. Er hielt Dalia an der Hand, hübsch anzuschauen in ihrer Schuluniform und ihren Zöpfen, begrüßte seine Schwiegermutter und fragte: »Brauchst du irgendwas, Tante?«

Wie war das Leben? Entbehrung und Überfluss, Seite an Seite, wie ein Wunder. Sich beiden ergeben. Armut und Sonne, Armut und Juwelen am Himmel. Dürre und die rauschenden Fluten des Nil. Krankheit und reine Herzen. Geschichten von Nachbarn, Verwandten.

Ein Zwanzigjähriger, der an Polio litt, schau, wie er jetzt aussieht, übergewichtig und plump, auf Krücken.

Auf dem Operationstisch, kurz vor der Betäubung, hab ich Fliegen um meinen Kopf schwirren sehen...

Dies nicht und jenes nicht. Kein Wasser. In jenem Land, in dem der Nil über seine Ufer tritt, kein Wasser. Kein Wasser zum Duschen, für die Toilettenspülung, zum Kochen, zum Trinken. Mit dem Auto quer durch die Stadt fahren, um aus Wasserhähnen in den Gärten anderer Leute Wasser in große Blechkanister zu füllen. Eimerweise Wasser in die Toilette kippen, zum Waschen Wasser aus einem Eimer schöpfen.

Wenn Wasser knapp war, war auch die Geduld schnell am Ende. Schneller noch als während eines Stromausfalls. Wenn es wieder Wasser gab, spuckten die Leitungen es aus, dunkelbraun und sandig, giftschwarz. Langsam wurde es klar. Doch selbst dann noch musste man es filtern, vor dem Trinken oder Kochen. Herausforderung, tagein, tagaus, Überlebenskampf. Doch man nahm ihn mit Humor, witzelte über die Stromausfälle, die Rationierung, die Regierung. Lachen an heißen Abenden im Garten, ihre Tante, lächelnd wie früher, Grashüpfer und Frösche so laut wie die Kinder.

Und täglich Amir in seiner Schuluniform, das weiße Hemd gestreift von Schweiß und Staub, schmutzige Schuhe. »Warum hast du deinen Bleistift verloren?« ... »Nein, von dem Mann am Tor gibt's keine Zuckerwatte, die ist voller Keime.«

Das war ihr Leben. Gegen Malaria ankämpfen, Penicillinpuder für Kinderwehwehchen. Die Ausgangssperre um elf Uhr nachts. Eintauchen, sich verlieren, damit tagsüber kein Platz für Grübelpausen blieb und nachts keine Zeit für Träume.

19

Doch sie träumte von ihm. Träume, in denen er an ihr vorbeiging, sie nicht ansah, nicht mit ihr sprach. Träume, in denen er sich eifrig mit anderen Leuten unterhielt. Wenn sie versuchte, ihn auf sich aufmerksam zu machen, runzelte er die Stirn, und sie erntete seinen eisigen Blick, keine Sympathie. Aus solchen Träumen erwachte Sammar mit brennenden Augen, führte Selbstgespräche, war ungeschickt, manche Dinge fielen ihr aus der Hand, andere verlegte sie. Wenn man sie dann fragte, was mit ihr los sei, schob sie es auf die gewisse Zeit im Monat.

Keine Nachricht von ihm, nicht einmal sein Name. Die Worte in Yasmins Briefen in großen geschwungenen Buchstaben: Ihre kleine Tochter schläft nachts nicht durch, ihr Baby bekommt Zähne, ein Foto des Säuglings, kein Wort über Rae. Wenn Sammar Yasmins Briefe beantwortete, riss sie sich zusammen, um nicht nach ihm zu fragen, sich weder nach Neuigkeiten zu erkundigen, noch nach jenen beiläufigen Bemerkungen, die sie in Aberdeen allenthalben im Überfluss gehört hatte, von Diane, von den nach Kaffee duftenden Sekretärinnen, von seinen Doktoranden, dem Mann aus Sierra Leone. Was sie wissen wollte: Wie ging es ihm, auch gesundheitlich, hatte er neue Doktoranden, wo veröffentlichte er den Artikel, an dem er mit Fareed arbeitete, wer übersetzte jetzt? Danach fragte sie Yasmin schließlich doch, diese Frage gestattete sie sich, allerdings ohne seinen Namen zu nennen, ihn aufzuschreiben. »Haben sie inzwischen Ersatz für mich gefunden?«, schrieb sie. Doch Yasmin war im verlängerten Mutterschutz, in einer anderen Welt mit ihrem kleinen Mädchen, nicht sonderlich versessen darauf, wieder arbeiten zu gehen, nicht sehr interessiert. Sie antwortete: »Nein, ich glaube nicht, dass der Fachbereich im Moment jemanden hat, der Übersetzungen macht, ich bin mir nicht sicher.« Und Sammar stellte fest, dass sie ihren alten Job vermisste, die Arbeit an sich, in der sie das Arabische in englische Formen gegossen, sich bemüht hatte, so transparent zu sein wie Glas, um die Bedeutung eines Wortes nicht zu verschleiern. Sie sehnte sich nach dem Zimmerchen, dem Summen des Computers. Sie hatte Sehnsucht nach Diane, dem Geruch ihrer Käse-Zwiebel-Chips, der Aufrichtigkeit, wenn sie sagte: »Raes Seminar war wirklich gut heute. Ein Typ wollte was wissen über...«

Das war also das Exil, die Trennung von ihm. Leben an einem Ort, wo niemand ihn kannte. Nie seinen Namen hören. Und geschwächt von Träumen über ihn reden müssen und nicht können. Sie wollte irgendetwas sagen können, sei es noch so belanglos. Manchmal, in Gesellschaft einer Freundin, mit Nahla, sogar mit Hanan wollte sie über ihn sprechen. Meist war eine Frage, die sie ihr stellten, der Auslöser für ihr Bedürfnis. Wenn sie sie nach ihrer Zeit in Schottland fragten. Eine Frage, gefolgt von einer Pause, die Chance, das Gespräch zu wenden, und dann füllten doch andere Worte die Lücke. Sie hatte Angst vor ihrer Stimme, wenn sie über ihn sprach, davor, wie albern es war, und außerdem schämte sie sich. Sie wusste, ihre Gesprächspartner würden nicht weitersprechen, sobald sich herausstellen würde, dass er Ausländer war, sie würden sich verschließen. Große Augen, ungläubig, *ein Ausländer?* Sie würden ihn sich vorstellen wie in einem amerikanischen Film. Wie in den Videos, die sie sahen: ein Bodyguard, ein Mann, der in Wirklichkeit ein mit Haut überzogener Roboter war. Sammar wollte nicht, dass sie ihn sich so vorstellten. Schwarz umrandete warme Augen, weit, und sie, die wusste, was in ihren Köpfen vorging, würde ihn verteidigen müssen, sich durch die Fragen haspeln, die sie ihr stellen würden.

»Nein, er ist anders, nicht so...«

»Zur Hälfte Ausländer?«

»Nein, er ist einfach anders, nicht... ungeduldig, nicht... kühl.«

»Ich kann's trotzdem kaum fassen. Ein *Christ*?«

»Eigentlich nicht, nein.«

»Was meinst du damit?«

»Er ist nicht gläubig, er geht nicht in die Kirche. Er ist sich nicht sicher...«

»Nicht *sicher*?«

»Er glaubt an Allah, aber als ich ihn gefragt habe, ob er akzeptiert, dass Mohammed, Friede sei mit ihm, sein Gesandter ist, sagte er, er sei sich nicht sicher.«

»Ausgerechnet *du*, Sammar? Du gehörst doch nicht zu den modernen Frauen, die Ausländer heiraten. Du bist nicht der Typ dazu.«

»Es hat ja ohnehin nicht geklappt. Ist schief gegangen.«

»Aber *warum* hast du dich überhaupt erst darauf eingelassen?«

Wenn sie anfangen würde, über ihn zu sprechen, müsste sie allerlei Fragen beantworten, rot werden vor Scham, und weil sie verschweigen musste, dass sie sich zu weit vorgewagt, ihn angefleht hatte: du brauchst nur die *Shahadah* sagen, brauchst nur die Worte sagen, das wäre genug, dann könnten wir heiraten. Keine Geschichte, auf die man stolz sein konnte. Hanan würde sie vielleicht ihrem Mann erzählen und ihn damit nach einem anstrengenden Arbeitstag aufheitern. Nahla würde sie ihrer Mutter weitererzählen, ein Stück Tratsch aus der Nachbarschaft. Es war vernünftig, zu schweigen, sich weiterhin mit Arbeit abzulenken, zu vergessen. Sie sprach mit sich selbst, sie redete sich ein, sie kenne ihn nicht. Sie verstand weder das Wort »Sechziger-Szene« noch einen Samstagnachmittag in Edinburgh, an dem er kirchlich getraut wurde und einen Kilt trug. Wie könnte sie solche Dinge verstehen, mit ihnen verbunden sein? Wenn die Träume kamen und sie schwächten, trichterte sie sich ein: »Ich muss ein neues Leben anfangen, Schluss mit der Gefühlsduselei, Schluss mit dem Selbstmitleid. Alle hier müssen sich im Mangel einrichten. Manche Leute haben nicht mal fließendes Wasser im Haus. Und all die Babys, die sterben, und die Inflation, die den Leuten fast die Luft abdreht. Und mir geht es sogar so gut, dass ich mir Medikamente für meinen Sohn leisten kann, und neue Kleider zu *Eid,* ordentliches Essen, ich kann mir sogar den Luxus erlauben, wertlose Videos auszuleihen. Ich sollte dankbar sein. Wenn ich gut wäre, mein Glaube stark, dann wäre ich dankbar für das, was ich habe.«

Doch sie träumte weiter von ihm. Starke Träume, in denen er an ihr vorbeiging, dicht, so dicht, dass sie ihn riechen konnte, doch er würdigte sie keines Blickes, sprach kein Wort mit ihr. In einem ihrer Träume war sie ein kleines Kind in einem Raum voll mit erwachsenen Menschen und Rauch. Sie war in diesem Raum, um ihn zu suchen, und sie stand an einem großen, hohen Tisch. Wenn sie sich auf die Zehenspitzen stellte, konnte sie erkennen, dass der Tisch grün war, ein dunkelgrünes Rechteck, ohne Besteck, ohne Essen, ohne Getränke. Sie streckte ihre Hand aus und hatte das Gefühl, der Tisch sei eine Schachtel mit niedrigem Rand, ausgelegt mit grüner grober Wolle. Am anderen Ende dieses Tisches unterhielt sich Rae mit einem Herrn, den sie nicht erkannte, ein Herr mit Brille und schwarzem glattem Haar, das ihm in die Stirn fiel. Der Raum war übervoll mit Menschen, die größer waren als sie, älter als sie. Ihr Missmut hing im Raum, war durch den Rauch hindurch zu spüren, und, wie in früheren Träumen auch, kam Rae auf sie zu, ging dann an ihr vorbei, abwesend, ohne sie zu bemerken, weil sie zu jung und zu klein war für ihn.

Brennende Augen am nächsten Morgen, ein Traum, der den neuen Tag ruinierte. Der Ventilator an der Decke drehte sich gemächlich und verteilte den Windhauch, der durchs Fenster drang. Die Vögel draußen zwitscherten eindringlich. Ein Traum, der den Tag bedroht und eine Erinnerung schärft. Nichts als ein Traum, und doch wurde ihr übel davon, ihre Augenhöhlen trocken und wund.

Sie goss ihrer Tante saure Milch in den Tee und musste neuen aufsetzen. Sie schickte Amir mit ungeputzten Zähnen zur Schule, ließ den Ventilator im leeren Schlafzimmer den ganzen Morgen über laufen. Abends bei der Arbeit merkte sie, dass es ihr gleichgültig war, dass es sie völlig kalt ließ, ob ihre erwachsenen Schüler Lesen und Schreiben lernten oder nicht. Die Analphabetenrate lag bei 60 oder 82 Prozent, je nachdem, wem man Recht geben wollte, und heute verspürte sie weder Energie noch Lust, zu ihrer Verringerung beizutragen.

»Was hast du? Bist du müde?«, wurde sie gefragt. »Schwester, bitte, sprich lauter, wir hören dich nicht.« Morgens kamen die Frauen zum Unterricht: Mütter, Großmütter, heute, statt zu lesen, eine Lektion über Gesundheit, das Stillen. Den Lehrplan bestimmte eine Regierungskommission, und weil es an Büchern mangelte, mussten die Schulbücher der Kinder herhalten. Dieselben Bücher, mit denen auch Dalia und Amir lesen lernten. *I am a girl. I come from the village. I am a boy. I come from the village. This is a camel. These are dates.* Erniedrigend, mit solchen Büchern Lesen lernen zu müssen. Sammar spürte es in ihren Stimmen, leicht gereizt, bei den Männern (in den Abendkursen in der Mehrheit) offenkundiger noch als bei den Frauen; sie nahmen die Sache mit Humor: »Jetzt kann ich wenigstens die Schulbücher meiner Kinder lesen.« Themen im Bereich Gesundheit oder Gemeinwesen waren also wesentlich beliebter. Zu Sammars Glück stand an dem Tag, an dem sie in ihrem Motivationstief steckte, das populäre Thema Säuglingsernährung auf dem Programm.

»Du hast heute den ganzen Morgen den Ventilator laufen lassen«, begann ihre Tante, mit der Sammar mittlerweile vertrauten Verachtung im Blick und einem bestimmten Ton in der Stimme, auf dem Kriegspfad. Das waren ihre ersten Worte, als Sammar, Amir und Dalia nach Hause kamen. Dalia mit einem Lutscher, den ihr eine Freundin geschenkt hatte, Amir mit seiner Schultasche im Schlepptau und nur scheinbar überhaupt nicht neidisch. Sammar nahm ihre Sonnenbrille ab, ging an den Kühlschrank und goss sich ein Glas Wasser ein. Sie ließ sich auf einen der Kinderstühle im Luftstrom der Klimaanlage fallen, stellte ihr Glas auf dem Beistelltisch ab. Durch das eisgekühlte Wasser hatte sich außen am Glas Kondenswasser abgesetzt.

»Es tut mir Leid«, sagte sie. Sie konnte nicht sagen, dass der Traum der Grund dafür war. Alles ging schief wegen dieses Traums. Sie trank einen Schluck. Nilwasser, um den Durst zu stillen, *Alhamdulillah*.

»Strom gibt es nicht umsonst«, sagte Mahasen. Sie saß auf einem der Betten, neben sich Hanans Baby, dem sie den Rücken tätschelte, damit er einschlief. Hanan war noch in der Praxis. Sie arbeitete länger als Sammar, war produktiver. Das Baby hob den Kopf, lächelte Sammar an. Sie lächelte zurück und flüsterte stumm seinen Namen. Mahasen tätschelte ihn heftiger. »Nun schlaf schon!«

Sammar wusste, dass die Bemerkung ihrer Tante »Strom gibt es nicht umsonst« nur der Auftakt war. Also flüchtete sie, ging ins Bad, zog sich um, rief dann nach Amir, um ihn zu duschen, damit er sauber zum Mittagessen käme. Er redete mit ihr, während sie ihn abtrocknete und anzog, doch sie hörte ihm nicht zu, ihre Gedanken taub hinter trocknen Augen, Angst, sie könnte diesen Tag nicht überstehen, er könnte zu anstrengend sein. Selbst beim Gebet spürte sie eine innere Spannung, eine düstere Ahnung.

Wie gewohnt wurde die Hauptmahlzeit des Tages serviert, Hanans Mann brachte die Zwillinge und ging wieder nach oben. Die Kinder setzten sich um den Tisch herum. Das Klappern von Plastikgeschirr, ihr Murmeln: »Sag *Bismillah,* bevor du isst. Sei brav, iss deinen Teller leer.« An manchen Tagen waren die Kinder lebhaft, an anderen Tagen ruhig. Heute, nach den ersten paar Bissen, schienen sie vom Teufel geritten, gingen über Tisch und Bänke. Reis überall, schrille Schreie, Kabbeleien, Reiskörner in Nasen und Ohren. Amir zwickte Dalia, streckte ihr die Zunge heraus. Dalia biss Amir, hinterließ Spucke, gekauten Reis und Rillen auf seinem Arm. Er zog sie mit aller Kraft an den Haaren, und sie schrie so laut, dass Sammar, noch im Bemühen, die beiden Kämpfhähne zu trennen, staunte, wie viel Lärm ein Mensch dieser Größe machen konnte. Teufel tanzten durch den Raum, nahmen Sammar die Sicht. Millionen von Kindern, Geplapper, Tellergeklapper – und sie mittendrin, untergetaucht, hypnotisiert. Dalias Geschrei weckte das Baby, es ruderte mit den Armen durch die Luft, das Gesicht von zornigen Falten zerknautscht, schrie es auf seine Weise. Mahasen hob es hoch und wiegte es. Wenn es nicht ausgiebig Mittagsschlaf hielt, wäre es für den Rest des Tages quengelig.

»So beruhig sie doch!«, schrie Mahasen. »Tu was, statt sie anzustarren wie ein Idiot!«

Doch die Kinder waren wild, stärker als sie. Sie zogen Kreise im Zimmer, brüllend, stampfend, tretend. Sie waren zu schnell. Und endlich stand Hanan in der Tür, wie eine Heldin, felsenfest, das Heft in der Hand, würdevoll in ihrer Zahnarztuniform. Sie gab Dalia einen Klaps, nahm ihr schreiendes Baby an sich und trieb ihre bekleckerten Zwillinge die Treppe hinauf. Sie ließ Dalia bei Sammar zurück, die sich wimmernd an sie klammerte, und eine düstere Stille blieb im Raum. Als sei nichts geschehen, reihte Amir seine

Spielzeugautos am Boden auf, sprach mit ihnen und rollte sie sanft über den Teppich auf die Fliesen.

»Alles nur, weil du zu nichts zu gebrauchen bist«, sagte ihre Tante. »Eine Hand voll Kinder, und du wirst nicht mit ihnen fertig. Was ist aus dir geworden? Früher warst du lebhaft und stark, jetzt bist du nichts als eine Idiotin.«

Sammar wäre zu gerne geflüchtet, doch Dalia klammerte sich an sie, klebrig und schwer. Sie wollte fliehen, das Zimmer sauber machen, den Reis aufwischen, der auf Tisch und Boden verstreut lag.

»Du hast ja nicht mal richtige Arbeit, keine Arbeit, die gut bezahlt wird. Was trägst du zum Haushalt bei?«

»Nicht viel«, ihre Stimme klang unterdrückt, gehorsam, gab Antworten, die Mahasen hören wollte.

»Und zufrieden damit, anderer Leute Kleidung zu tragen, ohne *einen Funken* Stolz.«

Damit hatte sie Recht. Man hatte ihr Hanans gesamte Garderobe vermacht, Kleider, die ihr nach der Geburt ihres Kindes zu eng geworden waren, ihr nicht mehr passten. Wahr war auch, dass sie keinen Stolz hatte. Über die Kleider hatte sie sich gefreut, als Hanan sie ihr anbot, sie lagen nicht zu eng an, waren lang. Hanan war nett gewesen; während Sammar jedes Stück anprobierte, sich vor dem großen Spiegel drehte und wendete, um sich von Kopf bis Fuß und von allen Seiten zu begutachten, hatte Hanan gesagt: »Die Sachen stehen dir sehr gut, Sammar.« Und jetzt besudelte ihre Tante all das, wollte sie beschämen.

»Du solltest wieder nach England gehen, dort arbeiten und uns Sachen schicken.«

»Ich will nicht wieder zurück.«

»Als wir den Verstorbenen begraben haben, hast du überall herumerzählt: ›Wie gut, dass ich nur ein Kind von ihm habe, und nicht drei oder vier, wie sollte ich denn mit ihnen fertig werden?‹ Sagt man so was? Das zeigt doch nur, wie tief du gesunken bist, ohne Manieren, ohne Respekt für sein Andenken. Nun hast du dieses eine Kind und willst es nicht einmal mit nach England nehmen, um für sein Wohl zu sorgen.«

Sammar wollte Geschirr spülen, Seife riechen, Beruhigung durch Wasser, das über Löffel und Teller lief, doch sie war festgenagelt, durch Dalia, ihre kleinen Schluchzer, ihren Kopf auf ihrem Schoß. Jemand musste ihre Worte in Mahasens Gegenwart wiederholt haben. Sie selbst hatte ihr nie gesagt, dass sie froh war, nur ein Kind zu haben. Es fehlte nicht viel, und der alte Streit um 'Am Ahmed würde wieder hochkommen ...

»Ich weiß, was los ist«, ihre Tante war nicht zu bremsen, ihre Stimme und das gleichmäßige Brummen der Klimaanlage. »Ich weiß, warum du zurückgekommen bist. Sie haben dich gefeuert, hab ich Recht, weil du deine Arbeit schlecht gemacht hast? Denk bloß nicht, dass ich dir die Geschichte glaube, du warst bei Waleed und hast deine Kündigung geschrieben, oder dein Gefasel von Sehnsucht nach deiner Heimat. Ausländer lassen sich solchen Quatsch nicht bieten. Sonst wären ihre Länder nicht so fortschrittlich.« Sie deutete vage in Richtung des Fernsehers, ihrer Quelle des Wissens über die Welt. »Du warst einfach nicht gut genug, deshalb haben sie dich weggeschickt.«

»Nein.« Sammar schaute unter sich, auf Dalias Kopf in ihrem Schoß, sah die Haarsträhnen, die aus ihren Zöpfen herausschauten.

»Du lügst.«

»Ich lüge nicht.« Sie strich Dalias Haar glatt, ihre Hände kalt, unbeholfen.

»Du lügst und du hast meinen Sohn umgebracht.«

Sammar schüttelte den Kopf, war nicht sicher, ob ihre Tante ihre Worte ernst gemeint oder ob ihre verfahrene Fantasie ihr nicht einen Streich gespielt hatte. Es war kein Zitat aus einer ägyptischen Seifenoper, das ihre Tante wiederholte. »Du hast meinen Sohn umgebracht.« Mahasen hatte die Worte tatsächlich laut ausgesprochen. Nun lag auf ihrem Gesicht etwas wie Triumph, als habe sie endlich aus ihrer tiefsten Seele hervorgeholt, was sie immer hatte aussprechen wollen.

Eine Entgegnung blieb Sammar im Halse stecken.

»Du hast ihn gedrängt, dieses Auto zu kaufen.« Endlich drückte ihre Tante sich in klaren Worten aus, zielgerichtet. »Du hast ihn Tag und Nacht gedrängt, und er hat mir geschrieben, dass er Geld braucht.«

Sammar schüttelte den Kopf. Das wusste sie nicht, sie wusste nicht, dass er knapp bei Kasse war, dass er seine Mutter um Geld gebeten hatte. »Das hat er mir nicht gesagt«, sagte sie und atmete durch die Angst hindurch, die Angst, dass ihr Verstand *tatsächlich* schwinden, sie sich dem Wahnsinn ergeben, die Anklage hinnehmen, für immer mit dieser Schuld leben könnte.

»Du hast nicht locker gelassen, und dieses Auto hat ihn umgebracht. Er hat geschrieben: ›Bitte, Mama, hilf mir, Sammar geht mir auf die Nerven, sie sagt, dass es kalt ist, zu kalt, um überall zu Fuß hinzugehen, lass uns ein Auto kaufen.‹ Also hab ich ihm das Geld geschickt.«

Tarig hatte Mahasen also geschrieben und sich über sie beklagt ... Sammar geht mir auf die Nerven ... Das klang so typisch für ihn, seine Worte, Sammar geht mir auf die Nerven. Es traf sie, trotz all der Jahre, trotz des Grabens zwischen ihrer und seiner Welt. Das klang so typisch für ihn, seine Art zu sprechen. Die Art, wie er manchmal mit seiner Mutter sprach, als bestünde eine Verschwörung gegen ihn, die seine Karriere gefährdete. So war er ... Sammar versuchte, sich an die Zeit zu erinnern, bevor sie das Auto gekauft hatten, sie versuchte, sich zu erinnern, wie sie ihm auf die Nerven gegangen war. Vor Jahren. Er hatte ihr nicht gesagt, dass er wenig Geld hatte, er hatte ihr nicht gesagt, dass er an Mahasen geschrieben und sie um Geld gebeten hatte. Sie hatte geglaubt, er wollte das Auto genauso gerne wie sie. Und nun war er nicht hier, sie konnte ihn nicht fragen. Die Worte ihrer Tante hingen in der Luft, ein Siegesbanner, konnten weder entkräftet noch geleugnet werden.

»Dalia, steh auf.« Sie schob den Kopf des Kindes behutsam aus ihrem Schoß. Dalia setzte sich auf und rieb sich die Augen. Sammar begann, die Teller abzuräumen und die Reiskörner aufzufegen. Sie spürte, dass ihre Tante sie dabei beobachtete, wie ungeschickt sie sich anstellte, linkische Bewegungen, langsam. Ihr war kalt, ihre Knochen kalt und steif, ungelenk. Sie wollte ein Bett und eine Decke, schlafen. Sie wollte so schlafen wie früher in Aberdeen, alles um sie herum gedämpft und grau, sich zusammenrollen, unter die Decke kriechen, ihr Atem wärmend im Kokon, den sie sich gesponnen hatte.

Amir schob eine Kassette in den Videorecorder, und fröhliche Musik erfüllte den Raum. Dalia saß im Schneidersitz am Boden und sah Mary Poppins durch die Luft fliegen. Mahasen streckte sich auf ihrem Bett aus, den Kopf auf einen Ellenbogen gestützt, und betrachtete den Fernseher. Ein friedvoller Ausdruck lag auf ihrem Gesicht, als sei sie gereinigt, zufrieden nach ihrem Ausbruch.

Sammar spülte mit ruhigen Händen Geschirr. Das Wasser spritzte und stotterte schubweise aus dem Hahn. Bunte Seifenblasen, rosa, grün. Sie spülte die Gläser und stellte sie umgekehrt zum Trocknen auf, verlagerte ihr Gewicht von einem Bein aufs andere. Etwas, an das man sich anlehnen, auf das man sich stützen konnte, das einen aufrecht hielt. Wenn sie nur glauben könnte, dass er sie liebte, dass er sie jetzt wahrnahm ... Doch sie glaubte es nicht, konnte sich nicht dazu durchringen, ihm zu glauben. Sie fühlte es nicht. Sie spürte nur eine brennende Härte. Es war Monate her, dass sie ihn zum letzten Mal gesehen hatte, ihr Abschied von Aberdeen. Monate her. Er war weit weg. Er hatte sie vergessen, er war ein Fremder, und sie war die, die sie war. Inzwischen hatte er sicher eine andere Frau kennen gelernt. Die Zeit mit seiner Frau lag nun schon so lange zurück. Man musste schließlich realistisch sein. Seine Welt gehorchte anderen Regeln. Vielleicht war er auch erleichtert, froh, dass sie gegangen war, viel zu verworren alles, verklemmt, kompliziert. Eine andere Frau, leichter zugänglich, unbeschwert. Eine Frau mit fröhlicheren Augen, mehr Freude im Herzen, jemand, dem es gleichgültig war, ob er an Gott glaubte oder nicht.

Als sie mit dem Abwasch fertig war, trat sie zur Wohnzimmertür. Sammar sah Dalia vor dem Fernseher blinzeln. Mahasen saß aufrecht auf dem Bett, verrieb Creme auf ihrer Hand und bewegte die Finger, um die Gelenke geschmeidig zu halten. Sammar wollte ihrer Tante sagen, dass niemand Tarig umgebracht hatte, dass es einfach geschehen, dass sein Tag gekommen war. Sie wollte ihr sagen, dass Allah es war, der Leben gab und Leben nahm, und dass sie sich nicht schuldig fühlte, weil Tarig ein Auto kaufen wollte. Es war nicht ihre Schuld. Wenn er ihr erklärt hätte, dass er nicht genug Geld hatte, hätte sie Verständnis gehabt. Doch er hatte es ihr verschwiegen. Sie wollte ihrer Tante sagen, sei vorsichtig, wenn du über die Toten redest, denn sie sind nicht unter uns und können sich nicht verteidigen. Warum sagst du mir, dass er sich über mich beklagt hat, gesagt hat, ich gehe ihm auf die Nerven? Er hätte nicht gewollt, dass ich das erfahre.

Mahasen blickte hoch: »Bist du fertig?«

»Ja.«

Mahasen betrachtete wieder ihre Hände, rieb die weiße Creme in ihre lockere Haut ein.

Nun war es an Sammar zu reden, zu sagen, was sie zu sagen hatte.

»Wenn ich sage, du sollst wieder nach England gehen«, fuhr Mahasen fort, »dann, weil es für dich und Amir das Beste ist. Ich sage das nicht um meinetwillen. Amir braucht viel Platz hier im Haus, und du bist mir...«

Das Haus. Natürlich musste sie das Haus erwähnen. Das Haus, das ihnen gemeinsam gehörte...

»Es ist besser für uns beide, wenn wir hier sind«, sagte Sammar. Was sie hatte sagen wollen, als sie aus der Küche kam, war verflogen. Ihre Stimme klang widerspenstig wie die eines Kindes. »Ich habe meinen Job nicht verloren, sie haben mir nicht gekündigt, ich bin freiwillig gegangen.«

Mahasen seufzte, schien ihr nicht zu glauben, schien sich lustig zu machen über sie. »Ja, ja, schon gut«, sagte sie und widmete sich wieder dem Fernseher.

Im Schlafzimmer war es nicht allzu heiß. Bei laufendem Deckenventilator und geschlossenen Fensterläden war die Wärme erträglich. Das Zimmer roch nach ihrer Tante, nach Cremes und Parfüm. Sammar setzte sich aufrecht aufs Bett, zog die Beine an, schlang die Arme um die Knie und betrachtete die Risse an der Decke. Einige wütend und schmerzerfüllt, andere zart und winzig: eine Europäerin aus vergangenen Zeiten in einem betörenden Kleid, eine Zeder. Wenn sie nur Rae spüren könnte, seine Nähe, trotz der harten Worte, die sie im Zorn zu ihm gesagt hatte, trotz seines »Geh weg, lass mich in Ruhe«. Sie betete darum, ihn nah bei sich zu spüren, nicht wie in diesem Traum, nicht abwesend, nicht abweisend. Könnte sie doch einen guten Traum von ihm träumen. Einen schönen Traum, der ihr Gewissheit gäbe. Inzwischen war er so weit weg, dass sie sich nicht einmal seine Stimme mehr vorstellen, die Dinge, die er zu ihr gesagt hatte, nicht mehr glauben konnte. Noch ein Exil.

Zweifel, das Exil der Ungewissheit, des Zweifels daran, ob überhaupt etwas zwischen ihnen existierte, kein greifbarer Beweis. Das Parfüm, das er ihr geschenkt hatte, war in einem anderen Zimmer, weggeschlossen, in einem Koffer voll nutzloser Dinge: Wolle und Strumpfhosen, ihr Dufflecoat. All die Kleider, in denen er sie gesehen hatte, weggeschlossen in der Abstellkammer, zwischen Säcken mit Linsen und Reis.

Heute war sie schwach. Wegen des Traums gestern Nacht und weil sie ihre Tante verärgert hatte. Sie erinnerte sich nicht genau, mit was sie diesen Ausbruch ausgelöst hatte. Die Risse an der Decke, War's der Ventilator? Die Kinder? Die Kinder, die wie Teufel durchs Zimmer getobt, furchtbaren Lärm gemacht hatten, und dann, nachdem Hanan aufgetaucht und wieder verschwunden war, hatte ihre Tante Sachen gesagt... Ihre Tante gab ihr die Schuld an Tarigs Tod. Seltsam. Wenn doch wenigstens Hanan dabei gewesen wäre oder Waleed, dann hätte sie sich normal gefühlt und sicher, sich vielleicht weniger geängstigt. Sie hätten sie verteidigt. Selbst wenn sie aus Respekt für ihre Tante geschwiegen hätten, ihr das Gefühl gegeben, auf ihrer Seite zu sein. Rae war auf ihrer Seite. Das hatte er ihr im Krankenhaus gesagt, als sie ihm Mahasens Brief gezeigt hatte, die Adresse auf dem Umschlag, Aberdeen, England. Du hast mich soeben für dich gewonnen, Sammar, hatte er gesagt, ganz gleich, warum du Streit mit deiner Tante hattest. Das waren seine Worte. Sie erinnerte sich. Sie konnte sich erinnern. Das Krankenhaus und die Glastür, die so schwer zu öffnen war. Wie er aussah, als er sie sah. Sie erinnerte sich jetzt. Lächeln, ein Blick an die Decke, zur Frau im Reifrock und den Zweigen der Zeder.

Im Spaß gesagt. Ich bin auf deiner Seite, Sammar, ganz gleich, warum du Streit mit deiner Tante hast. Ein Witz wegen der Adresse, und sie hatte gelacht. Jemand bei der

Post hatte England dick mit roter Tinte durchgestrichen. Sie hatte ihm den Umschlag gezeigt, und er hatte ihn in der Hand gehalten. Auf seinem Handrücken ein Pflaster von der Amoxylin-Infusion. Er fand sie hübsch. Sie trug ihren neuen Mantel, hennafarben, mit Knebeln statt Knöpfen. Auf der Station war es warm, zu warm, und sie hatte den Mantel ablegen wollen, aber nicht den Mut dazu gehabt. Als er gesagt hatte, er liebe sie, kam ihr das ungewöhnlich vor, weil es ihr vorher noch niemand in englischer Sprache gesagt hatte. Und es klang nicht wie im Film, es war so, wie er sprach, normal. Wenn sie jetzt einen Wunsch frei hätte, würde sie sich Fotos aus seiner Kinderzeit anschauen wollen, Schwarzweißfotos und frühe Farbfotografien. Sein Haar und die Kleider, die er anhatte. Sie würde seine Fotos gerne anschauen und ihm Fragen stellen. Seine Aufmerksamkeit würde eher ihr gelten als den Fotos, er würde ihre Fragen zögernd beantworten, nicht so gerne über die Vergangenheit reden wollen wie sie. Es war die Art, wie er sie ansah, sie hatte die Dinge zum Überkochen gebracht, ihre Schüchternheit, ihre Verlegenheit. Wenn sie nicht ein Mann und eine Frau wären, sondern einfach Freunde, wenn nichts zwischen ihnen wäre als kristallklare Luft, hätte sie Geduld gehabt, als er antwortete: »Ich bin mir nicht sicher.«

Es gab Menschen, die andere zum Islam hinführten. Tief gläubige Menschen, die wenig Schlaf brauchten, energiegeladen. Sie taten es nicht, weil sie persönlichen Vorteil davon hätten. Sie taten es um Allahs willen. Sammar hatte von Menschen gehört, die sich geändert hatten: Gefangene in Brixton, ein deutscher Diplomat, ein Amerikaner mit griechischen Vorfahren. Jemand, der einen Anstoß gab, uneigennützig. Und sie, im Gespräch mit Rae, hatte dies und jenes gefordert, egoistisch; wollte ihn nach Stirling begleiten, für ihn kochen, ein Zuhause, seine Frau sein.

Nie, nicht ein einziges Mal, hatte sie dafür gebetet, dass er um seinetwillen Muslim würde, zu seinem eigenen Nutzen. Sie hatte nur an sich selbst gedacht, an ihr Bedürfnis, wieder zu heiraten, nicht alleine zu sein. Könnte sie darüber erhaben sein, könnte sie ihre Absichten reinigen, selbstlos sein. Er hatte sie gut behandelt, und sie hatte seine Freundlichkeit nicht erwidert. Sie würde es jetzt tun, aus der Ferne, ohne dass er es je erfuhr. Es bliebe ihr Geheimnis. Selbst wenn es zehn Monate dauern sollte, oder zehn Jahre oder zwanzig oder länger.

20

»Das ist mein erster Ramadan, seit ich wieder hier bin«, antwortete sie Waleed.

»Stimmt, letztes Jahr warst du nicht hier«, sagte Mahasen und nahm sich noch Brot. Sammar hatte es in Stücke geschnitten. So dünn, in letzter Zeit fielen die Portionen immer kleiner aus, während der Preis jederzeit steigen konnte.

Sie aßen zu dritt im Garten. Kein elektrisches Licht im Wettstreit mit dem Mond, keine Gartenlaternen. Die Kerze, die Sammar von drinnen geholt hatte, war überflüssig und sie blies sie aus.

Es war mitten im Monat Ramadan und Vollmond. Ab morgen würde er abnehmen und sich verlieren. Eine neue Sichel bedeutete das Ende des Ramadan, das Ende der Fastenzeit. Besuch würde wieder ein frohes Fest wünschen, *Eid Mubaruk,* und die Kinder bekämen neue Kleider.

Es war ungewohnt, mit Mahasen und Waleed alleine zu sein, ohne die anderen, ohne die Kinder. Hanan war mit ihrer Familie bei den Schwiegereltern und hatte Amir mitgenommen. Eigentlich wollte Mahasen gemeinsam mit Sammar das Fasten beenden, doch kaum erklang der *Azan,* die ersten Worte des Abendgebets, die Datteln noch nicht angerührt, hatte es geklingelt. Sammar zog das Gartentor auf, erkannte Waleed und war so freudig überrascht, dass sie ihm um den Hals fiel und wissen wollte: »Was ist denn mit dir los?«

»Wie kommt's, dass du uns ohne deine Frau beehrst?«

»Sie isst bei ihren Eltern«, sagte er und verlor kein weiteres Wort.

Sammar fragte ihn nicht, warum er sie nicht begleitet hatte, sondern konzentrierte sich darauf, gemeinsam mit ihm das Fasten zu beenden, mit Datteln und *Kerkedeh,* und ihre Tante sagte: »Wenn wir gewusst hätten, dass du kommst, hätten wir Grapefruitsaft gemacht.«

Nachdem Sammar den Krug mit *Kerkedeh* zurück in den Kühlschrank gestellt und die Dattelkerne weggeworfen hatte, beteten sie gemeinsam, Waleed als Vorbeter. Mahasen und Sammar standen dicht nebeneinander, ihre Arme und Kleider berührten sich. Mahasen bewegte sich langsam, wenn sie sich vorbeugte, auf die Knie ging und mit der Stirn die Gebetsmatte berührte. Sammar spürte, dass Waleed mit Absicht Pausen machte, damit Mahasen Schritt halten könnte. Kaum hatten sie ihr Gebet beendet, fiel der Strom aus. Die Klimaanlage plötzlich still, alle Lampen plötzlich dunkel, der Ventilator langsamer. In der Stille und dem fahlen Glanz des Sonnenuntergangs zählte Sammar mit den Fingern bis siebenundzwanzig: *Es gibt keinen Gott außer Gott, und ich bitte Gott um Vergebung für meine Verfehlungen und um Vergebung für alle gläubigen Männer und Frauen …*

Die Stimme ihrer Tante hallte laut durch den Raum: »Allah soll sie verfluchen, ausgerechnet jetzt?« Sie, das waren die Stromversorger und die Regierung, in Mahasens Augen untrennbar miteinander verbunden. Sie wetterte weiter: »Sie haben uns dazu gebracht, das Leben zu hassen …« Ohne die Klimaanlage wurde es im Zimmer schnell unangenehm heiß, doch ohne Licht konnten sie einander noch erkennen.

Waleed stand auf und rollte seine Gebetsmatte zusammen. »Tante, die Bitte der Fastenden wird erhört werden«, lächelte er. »Der Stromfirma geht es bestimmt schon sehr viel schlechter jetzt.«

»Die ganze Nachbarschaft verflucht sie«, schimpfte Mahasen und erhob sich.

Sammar nahm Waleed die Matte ab und hob ihre eigene und die ihrer Tante vom Boden auf. Die ganze Nachbarschaft fluchend schien ihr eine lustige Vorstellung, gebündelte Energie, die in den Sonnenuntergang floss. Manche Leute nahmen sich Stromausfälle sehr zu Herzen. Ihre Tante wurde jedes Mal wütend bis auf die Knochen.

»Lasst uns draußen im Garten essen, Tante«, sagte Sammar und Mahasen seufzte, nickte zustimmend. Seit dem Unglückstag, an dem Mahasen gesagt hatte: »Du hast meinen Sohn umgebracht«, hatte sich ihr Verhältnis erstaunlich verbessert, hatten sich die Wogen geglättet. Mahasen hatte sich wohl das Schlimmste von der Seele geredet und keine weiteren Anklagen vorzubringen.

In der Küche wärmte Sammar das Essen bei Kerzenlicht, ihr Schatten übergroß an den Wänden. Ohne den Ventilator war es in der Küche heiß, die Luft stand, und Sammar konnte die Kakerlaken hören, die sich rührten und blitzschnell über den Boden huschten. Zu dritt draußen sitzen, bei leichtem Wind, auf gepolsterten Gartenstühlen, mit einer Tischdecke über dem wackligen Tisch, so ließ sich das gute Essen im Freien genießen. Viel angenehmer als an einem Tag, an dem man wie sonst bei eingeschalteter Klimaanlage und elektrischem Licht drinnen aß.

»Im letzten Ramadan«, sagte Mahasen und nahm mit einem Stück Brot Soße auf, »ist der Strom nicht ein einziges Mal ausgefallen. Es sollte doch alles besser werden, stattdessen wird alles schlimmer.«

Waleed war beim Essen nicht sehr gesprächig. Er grummelte, um seiner Tante zuzustimmen, und bat dann: »Gib mir einen Schluck Wasser, Sammar.« Sie fand, er sah müde aus, nicht einfach erschöpft vom Fasten. Vielleicht hatte er Streit mit seiner Frau und war deshalb nicht mit zu ihren Eltern gegangen. Stattdessen war er hier, bei ihnen, und Mahasen war taktvoll genug, keine Fragen zu stellen, froh, ihn zu sehen. Mahasen konnte erstaunlich taktvoll sein, wenn ihr danach zumute war. Durch Waleeds Anwesenheit lebte sie auf. Mit Sammar alleine wäre sie schweigsam und in sich gekehrt geblieben.

Nach dem Essen brachte Sammar das Geschirr in die Küche und setzte Tee auf. Sie gab Minzeblätter in die Kanne, füllte die Zuckerdose auf. Sie stellte die Kerze aufs Tablett, um den Weg nach draußen wiederzufinden, ging von der Küche durch den Flur ins Wohnzimmer, hielt das Tablett in der einen Hand, öffnete die Tür zur Veranda mit der anderen, schloss sie wieder, um streunenden Katzen den Weg ins Haus zu verschließen. Auf der Veranda lag graues Mondlicht über den Kakteen neben dunklen Bougainvilleen. Sammar konnte die Kerze jetzt ausblasen, die Stufen der Veranda hinabgehen, den Stimmen ihrer Tante und ihres Bruders entgegen.

In Ruhe bei ihnen sitzen, ohne zu sprechen, nicht einmal zuhören, während sie sich unterhielten. Waleed jetzt ausgelassen, nach dem Essen und mit einem Glas Tee in der Hand, er brachte Mahasen zum Lachen. Dieses gute Gefühl kam mit dem Ramadan, essen und trinken, wenn man tagsüber gefastet hatte, unter zu heißer Sonne, mehr Durst als Hunger, mit niemandem sprechen wollen, Worte sparen, nur das Nötigste sagen, um durch den Tag zu kommen. Ein ganzer Monat so frei und der Blick nach oben auf den runden Mond, wissen, der Monat ist zur Hälfte um, in zwei Wochen wird der Mittelpunkt des Mondes verschwunden sein. Verschwunden das Gefühl der tiefen Verbundenheit mit allem.

In der kommenden Nacht würde sie, so wie in der letzten und in allen Nächten bis zum Ende des Ramadan, Stunden vor Sonnenaufgang aufwachen, würde beten und im Koran lesen. In dieser Stunde der Nacht wurden Gebete erhört, zu dieser Zeit des Jahres …

»Sammar, Nahlas Verlobter arbeitet doch für die Elektrizitätswerke von Abu Dhabi, oder?«, fragte ihre Tante.

»Qatar, nicht Abu Dhabi. Er ist zurzeit in Doha.«

»Also hat er schließlich doch einen guten Job gefunden.« Bewunderung lag in Waleeds Stimme, kontrollierter Neid.

»Ja, nach viel Ärger und Streit, und die Hochzeit haben sie schon zweimal verschoben«, sagte Mahasen. »Das Mädchen hätte vor Monaten heiraten sollen, und jetzt sitzt sie immer noch da und wartet.«

»Ein sehr guter Job, bei den Elektrizitätswerken von Qatar. Wer hat ihm den denn verschafft?«

»Jemand, der jemanden kannte«, sagte Sammar.

»Klar, dass Beziehungen im Spiel waren«, sagte er ohne Groll, »aber wer kannte wen?«

»Weiß ich nicht. Ich könnte es für dich herausfinden.«

»War nur eine Frage«, sagte er abwehrend und trank seinen Tee aus.

»Sie heiraten erst im Dezember«, sagte Sammar, an ihre Tante gerichtet. »Das hab ich gestern von Nahla erfahren. Sie müssen noch ihr Visum beschaffen, und Nahla muss Prüfungen wiederholen. Sie will ihren Abschluss machen, bevor sie geht.«

»Das ist besser für sie. Qatar ist gut, sie findet dort sicher Arbeit«, sagte Mahasen energisch. Wenn es nach ihr ginge, hätte alle Welt wunderbare Jobs, gutes Geld und würde Karriere machen.

»Eine meiner Freundinnen ist in Qatar«, sagte Sammar, »eine Frau aus Pakistan, die ich aus Aberdeen kenne. Ihr Mann arbeitet bei einer Ölfirma und wurde dorthin versetzt. Es gefällt ihr sehr gut dort.« Yasmin war jetzt auch in Doha, mit ihrer Tochter und Nazim. Jetzt war sie also nicht einmal mehr im gleichen Land wie Rae. Sammar könnte ihr nicht mehr schreiben und sie nach Neuigkeiten über ihn ausfragen. Obwohl sie schon in der Zeit, in der sie noch die Möglichkeit hatte, nie gefragt hatte, verbuchte sie diese neue Wendung als Verlust und dachte: »Nun verbindet mich nichts mehr mit ihm, kein Mensch mehr. Wer aus meinem Bekanntenkreis kennt ihn? Diane? Fareed? Nie im Leben werd ich den Mut aufbringen, ihr oder ihm zu schreiben.«

Doch es gab andere Verbindungen, ein Traum, ein Gefühl zum Beispiel, das sie plötzlich überkam. Einmal, im Garten mit den Kindern, sie barfuß und in einem jener Kleider, die Hanan abgelegt hatte, stand sie staunend vor der Erde der Blumenbeete unter dem Jasminbusch, glatt und gekräuselt zugleich. Sie hatte ihren Zeh in die Erde gebohrt, eine kleine Delle hineingedrückt, hatte sich dann gebückt und die Erde berührt. Wie Knete oder Plastilin, und als sie ihre Finger betrachtete, waren sie sauber. Saubere, schwere Erde. Er war so, innerlich schwer, nicht wie andere Leute. Er brachte diese Schwere mit, wenn er einen Raum betrat oder wenn er mitten in einem Satz innehielt, etwas Zeit verstreichen ließ, bevor er eine ihrer Fragen beantwortete.

Ein andermal, als sie den Kühlschrank öffnete, um ihrer Tante ein Glas Wasser zu holen. Der plötzliche Schwall kühler Luft, wenn sie an einem zu heißen Tag die Kühlschranktür öffnete; die blaue Kälte, Frost wie in Aberdeen, wo er war, sein Jackett und zu Fuß im Grau gegen den Wind angehen. Weiße Möwen und blasses Meer, bis ihre Tante hinter ihr rief: »Was stehst du da rum wie eine Idiotin, lässt die Kühlschranktür weit offen. Es taut doch alles ab.«

So war es anfangs, der Moment im Garten, der Augenblick vor dem Kühlschrank, lebhaft, plötzlich. Doch je mehr sie für ihn betete, desto häufiger kamen diese Momente, bis sie schließlich ständig präsent waren, nicht nur Gedanken, nicht nur Erinnerungsfetzen, sondern ein Dauerzustand.

Waleed unterhielt sich mit ihrer Tante, und der Mond war noch immer unbesiegt von den Lichtern der Stadt unter ihm. Ein Geschenk für sie, das, klarer als Wasser, klarer als der Himmel …

Rae, der sagte: »Ich hab von dir geträumt, wieder diesen Traum. Ich steige eine Treppe hinauf, eine steile Steintreppe, Stufen, die feucht und schmal sind. Oben angelangt öffne ich eine Tür und sehe dich.«

»Und bin ich froh, dich zu sehen?«

»Ja, ... sehr. Du gibst mir ein Glas Milch zu trinken.«

»*Milch,* wie kindisch von mir!«

»Doch während ich sie trinke, geschieht etwas. Etwas, das nur im Traum passieren kann ... Aus meinem Mund purzeln Perlen, fallen in meine Hand. Ich strecke sie aus und zeige sie dir.«

21

Dezember, kühler Wind, staubbeladen und rissige Haut. »Ich liebe diese Jahreszeit«, ging es ihr durch den Kopf, während sie durchs Autofenster die Bäume entlang der Nile Avenue vorbeiziehen sah: kräftige Stämme und im Hintergrund der Blaue Nil. Sie schaute, sie nahm ihre Sonnenbrille ab und schaute, bis ihr die Seele wehtat.

Nahla saß am Steuer. Erst waren sie zur Videothek gefahren, anschließend hatte Nahla ihre Hochzeitskarten aus der Druckerei geholt. Sie lagen auf Sammars Schoß, steife weiße Umschläge in Kartons.

»Warum so schweigsam heute?«, fragte Nahla.

»Ich betrachte nur die Gegend. Glaubst du, Khartoum wird dir fehlen, wenn du nach Qatar gehst?« Ende Dezember würde Nahla heiraten und wegziehen, nach Doha, wo auch Yasmin war, mit ihrer Tochter und Nazim. Wenn sie es sich je leisten könnte, würde Sammar sie eines Tages beide besuchen.

»Wer weiß«, sagte Nahla. »Anfangs wohl nicht, später vielleicht. Jetzt wollen wir einfach nur weg. Es hat sich alles so lange hingezogen.«

»*Insha' Allah,* diesmal geht bestimmt alles gut.«

»Manchmal hab ich Angst«, sagte Nahla, schaltete in einen anderen Gang, »manchmal denke ich, jemand wird sterben, entweder aus meiner Familie oder aus seiner. Irgendein seniler Onkel, eine Großmutter, eine Tante fällt tot um und macht alles kaputt.«

Sammar lachte. »Sag einfach, *Insha' Allah,* so was passiert nicht.« Auf dem Fluss ein Boot, mit Segeln beige und braun, Bauern am anderen Ufer, über Hacken gebeugt. Die Sonne lag auf der Wasseroberfläche und machte sie leuchten, doch darunter nichts als Blau über Blau.

Im vergangenen Dezember, an einem anderen Ort, hatte keine Sonne geschienen. Weihnachten, und Rae in Edinburgh, bei den Eltern seiner Ex-Frau, Weihnachtspäckchen für Mhairi. Ob sein Leben noch immer so verlief? Durch Schottland fahren und Bob Marley hören: *Ambush in the night, all guns aiming at me* ... Aufsätze seiner Studenten benoten, CNN und VH-1 sehen, haufenweise Bücher lesen. Sagte er manchmal noch: »Ich bin ein altmodischer Sozialist«, oder manchmal: »... hinter der westlichen Propaganda des islamischen Fundamentalismus«. Ein Jahr in seiner Welt mochte kürzer sein als eines in ihrer, weniger Abwechslung, weniger Veränderung. Hier wurden neue Gesetze erlassen, Preise erhöht, alte Menschen starben leicht, und Kinder wurden groß und veränderten sich. Benutzte er noch dasselbe Ventolin-Inhalationsgerät? Brachte er seinen Studenten bei, dass der Unterschied zwischen dem westlichen Liberalismus und dem Islam darin bestand, dass der Mittelpunkt des einen Freiheit, der des anderen Gerechtigkeit war? Sie wusste nicht, was er gerade tat, in diesem Augenblick, an diesem Tag, doch es war unerheblich, er war ihr so nahe wie in jenem Traum. Dem Traum einer Nacht auf der Veranda, ohne Mondlicht und sie als Kind beim Spielen, quadratische Fliesen, Himmel-und-Hölle. Viele Menschen auf der Veranda, Erwachsene, die dort in der Dunkelheit standen und sich unterhielten, und er mitten unter ihnen. Sie bemerkte ihn und war nicht erstaunt, ihn zu sehen, hier auf diesem Kontinent, in diesem Land, auf der Veranda ihrer Tante. Sie in ihr Spiel vertieft, ihre Hände am Holzgeländer, hüpfte die Stufen hinab, über die Fugen zwischen den Fliesen. Sie verlor ihn aus den Augen und vergaß ihn, wie Kinder vergessen, auf die Stufen konzentriert, bis er ihr seine Hand auf die Schulter legte und, als sie aufschaute, lächelnd sagte: »Dachtest du, ich würde dich nicht finden im Dunkeln?« Sie schwieg, sie wurde vollkommen und weich wie Wasser aus dem Gartenschlauch.

Was sie Tag für Tag über Wasser hielt: Er würde Muslim werden, vor seinem Tod. Das war nicht zu viel verlangt, nicht zu viel, das man erbitten konnte. Sie würden sich im Paradies treffen, und dort würde nichts schief gehen, gar nichts.

Gestern hatte sie mit Mahasen Tarigs Grab besucht. Die Stadt hinter sich lassen, fahren, bis keine Häuser mehr dem Wind im Weg stehen. Fahren und ebenen Boden finden, Sand, wissen, hier liegt Tarig. Ihn und alle anderen grüßen. Ihre Tante setzte sich auf die Erde, still, hielt den Koran ungeöffnet auf ihrem Schoß. Sie fanden Abfall auf den Gräbern, Unrat, vom Wind durch den Stacheldrahtzaun geweht. Orangenschalen, eine Zigarettenschachtel, Reste eines Vogelnests. Den Kronkorken einer Miranda-Flasche, zerkratzt und verbeult. Sammar verletzte sich leicht an der Hand, als sie ihn aufhob. Sie machte sich ans Aufräumen, auf Händen und Füßen, sich recken, Vorsicht, nicht auf die Menschen treten, die dort unter ihr ruhten. »Wir sollten uns beschweren, damit der Wärter gefeuert wird, das ist *seine* Aufgabe«, sagte sie zu ihrer Tante, bekam aber keine Antwort. Sie fürchtete, sie könnte Schlimmeres finden als den Abfall, den sie jetzt aufsammelte: Spuren streunender Hunde. Der Wärter hatte die Aufgabe, streunende Hunde fern zu halten, den Friedhof sauber zu halten, die Gräber vor Räubern zu schützen. Doch, so fand Sammar, er entsprach dem Bild eines Friedhofswärters nicht. Hatte kein sauberes weißes Haar, keine Gebetsmatte, keine klangvolle Stimme, um den Koran zu rezitieren. Er war, ganz im Gegenteil, jung und hager, hatte schlechte Zähne und roch nach Haschisch. Während sie eben Abfall aufklaubte, stand er an die Wand seines Verschlags gelehnt und stierte aus der Ferne nach ihr. Sammar wurde wütend, ging und baute sich vor ihm auf: »Wenn ich Hundescheiße finde, kannst du anfangen, dir einen anderen Job zu suchen.« Er winselte eine Ausrede und trollte sich in die Dunkelheit seiner Behausung. Sie schrie ihm hinterher: »Ich meine es ernst, weißt du!« Umgeben von all den Gräbern, all der Wahrheit, fühlte sie sich sicher. Sauber machen: eine schmierige Zeitungsseite mit dem Konterfei eines bekannten Politikers, eine Rasierklinge, Blätter. Als sie fertig war, wusch sie sich, *Wudu* am Wasserhahn nahe beim Wärterhäuschen. Sie setzte sich neben ihre Tante, legte die Arme um sie, gab ihr einen Kuss auf die Wange. Dann nahm sie ihr den Koran aus der Hand und begann zu lesen, Wort für Wort, Vers um Vers, Seite um Seite.

»Komm doch auf einen Sprung mit rein«, bot sie an, als Nahla vor ihrem Haus anhielt.

»Danke, nein, keine Zeit.«

»Komm und zeig Tante Mahasen die Karten.«

»Na schön, ich komme kurz mit rein. Aber lass mich erst das Auto zu Hause parken.«

Während Sammar draußen auf Nahla wartete, um gemeinsam mit ihr ins Haus zu gehen, hielt sie Zwiesprache mit Rae. Sie erzählte ihm von dem Poster in der Videothek, ein Werbeplakat für einen amerikanischen Film, die Namen der Schauspieler arabisch und englisch abgedruckt. Sie sagte ihm, wie der Titel des Films ins Arabische übersetzt worden war. »Aus *Guck mal wer da spricht* haben sie im Arabischen *Ich und Mama und Travolta* gemacht.« Er lachte und sagte: »Der Titel ist ja viel besser.« Er lachte und sie sah Hanan im Auto um die Ecke biegen, Amir auf dem Beifahrersitz, Dalia hinten. Sie sahen Sammar am Tor warten und winkten ihr.

Sammar stieß das schwarze Eisentor für Hanan auf, damit sie in den Schatten des Stellplatzes fahren konnte.

Das Tor war schwer und schleifte über den Boden, hinterließ Rillen im Sand.

Hanan parkte, schaltete den Motor aus. Amir und Dalia sprangen aus dem Wagen, und laute Begrüßungen mischten sich mit dem Lärm zuknallender Autotüren. »Du hast Post«, verkündete Dalia, und Hoffnung kam als Reflex, so unbedacht wie Augenzwinkern.

Sammar griff nach dem Umschlag, das Platingesicht der Queen, Perlenhalsband. Doch sie würde seine Schrift erkennen. Und das war nicht seine Schrift. Sie hätte nicht hoffen dürfen, das war nicht seine Schrift.

Stattdessen stand ihr Name in arabischen Buchstaben auf dem Umschlag, abgestempelt in Stirling. Neugier und das Gefühl von zerreißendem Papier, Kinderstimmen, Nahla, die Hanan begrüßte.

Zuerst die Unterschrift. Fareed. Fareed Khalifa? Warum sollte er ihr schreiben? Die Erinnerung an das Treffen in Aberdeen, Rae, der sie miteinander bekannt gemacht hatte. Fragen, er stellte ein Menge Fragen, er war ein ehemaliger Journalist, in Israel im Gefängnis gewesen. »Sie haben ihm übel mitgespielt«, hatte Rae gesagt, »wirklich übel mitgespielt.« Die Zeilen mit den Begrüßungsfloskeln überspringen, suchen und da war Raes Name. Endlich, nach all den Monaten, in denen sie nichts als seinen Namen gewollt hatte. Hier war er: *Ich schreibe Ihnen im Namen meines Freundes Rae Isles*. Die Zeilen bis zum Ende der Seite überspringen: *... wurde ... vor etwa vier Monaten ... in meinem Haus ... meine Freude darüber, dass Allah ihm das Herz geöffnet hat ... Ramadan ... Ihre Erlaubnis ... sofern sie einwilligen ...*

Lesen, noch einmal lesen, jedes Wort erlesen, wirklich glauben. Plötzlich dieses neue Wissen, Hochgefühl, emporgehoben zu werden. Sie konnte sich sogar sehen, ihren Kopf über den Brief gebeugt, ihr Lächeln. Rote Blumen auf dem Schal, der ihr über die Schultern fiel, die dunkelblaue Strickjacke, aufgeknöpft, ihre Sonnenbrille, zusammengeklappt schaute sie aus der Tasche heraus. Ihr langer Rock streifte die abgenutzten Riemen ihrer Sandalen, war hinten zerknautscht, weil sie im Auto gesessen hatte. Und die Leichtigkeit, mit der sie sich von den Kindern entfernte, von Hanan und Nahla, vom Autostellplatz, in den Garten ging. Denn nun wurde sie geehrt, sie wurde belohnt. Sie alleine, ein Wunder, das nur sie allein zur Kenntnis nahm und niemand sonst. Der Himmel hatte sich aufgetan, einen kleinen Spalt weit, und war in ihr Leben gedrungen. Unter den Eukalyptusbaum gehen, die Vögel hören, sich hinknien ... Die Blätter riechen nach Wick, im Schatten und auf dem Rasen.

22

Später, am selben Tag, suchte sie nach einer Möglichkeit, sich zurückzuziehen, weg vom Geschrei der Kinder, den Fragen der Frauen. Die hatten sie nie zuvor so erlebt: strahlend, verwandelt. Bis heute hatten sie sie als Gespenst hingenommen, das umherschlich, sein Tagwerk verrichtete, geistesabwesend, teilnahmslos, matt. Jetzt stellten sie ihr Fragen, doch sie gab nichts preis, ihr verträumtes Lächeln, ihr Geheimnis ... Wann könnte sie ungestört sein ... eine Zeit des Tages, zu der sie nicht gebraucht, niemand sie vermissen würde. Wohin flüchten? An einen kühlen Ort, halbdunkel und friedlich.

Der Fernseher war ihr Freund, das Video über das sprechende Baby war ihre Rettung. Alle saßen gefesselt von Travoltas Charme, der Schönheit der neuen Mutter, den weisen Worten des Säuglings, in arabischer Übersetzung, weiße Worte am unteren Bildschirmrand. Mahasen lag ausgestreckt auf dem Bett, den Kopf auf einen Ellenbogen gestützt, Hanan auf dem Bett gegenüber, ihr jüngeres Spiegelbild, Hanans Mann saß im Sessel, hatte Hassan auf dem Schoß, und die Kinder, ihre Eiersandwiches am Boden zerkrümelt.

Sammar öffnete die Tür zur Abstellkammer. Der Muff eines nicht genutzten Raumes, stickig, ein Geruch nach Staub und Reis. Sie machte Licht. Eine staubige Glühbirne baumelte von der Decke, verlieh dem Raum bräunlich fahles Licht. Zwischen den großen Säcken mit Linsen und Bohnen, inmitten der riesigen Kochtöpfe, die nur bei besonderen Anlässen zum Einsatz kamen, stand ihr Koffer mit den Winterkleidern. Ihr Dufflecoat, ihre gefütterten Röcke, all die Kleider, die sie in Aberdeen getragen, Kleider, in denen Rae sie gesehen hatte. Eine Staubschicht lag auf dem Koffer.

In diesen Staub könnte sie mit ihrem Finger ihren Namen schreiben, in großen Bögen. Doch sie war hier, um Fareeds Brief zu beantworten. Er steckte in ihrer Tasche, sie hatte ihn den ganzen Tag über mit sich herumgetragen. Sie hatte ihn bei sich, als Nahla Mahasen ihre Hochzeitskarten gezeigt hatte, beim Mittagessen, beim Geschirrspülen nach dem Mittagessen, im Kampf mit Amir und seinen Hausaufgaben ... Ihr Briefgeheimnis, ein Griff in ihre Tasche und sie konnte es spüren, bei jeder sich bietenden Gelegenheit zog sie den Brief hervor und las ihn. Bei jeder Gelegenheit. Er hatte schon gelitten, war abgegriffen und zerknittert: Spülwasserflecken, Ei von den Sandwiches der Kinder, Amirs Fingerabdrücke, der versuchte hatte, ihn ihr zu entreißen, als sie ihm bei seinen Rechenaufgaben half.

Sammar ließ sich auf dem Koffer nieder. Vor vier Monaten, so hatte Fareed geschrieben, war Rae also Muslim geworden, er hatte die *Shahadah* gesagt, bei Fareed zu Hause ... in Stirling. Warum hatte Rae ihr das nicht schon selbst gesagt, warum vier Monate warten? Um sicher zu gehen, um sicher zu sein, dass er seine Meinung nicht ändern würde. So vorsichtig war er. Und nun fragte er... Sie lächelte. Sie hatte einen Block Luftpostpapier bei sich, einen Kugelschreiber, zwei Umschläge. Sie wollte zwei Briefe in zwei Sprachen schreiben. Sie würden zwar denselben Inhalt haben, doch wäre der eine nicht die wörtliche Übersetzung des anderen. Zuerst der Brief an Fareed: ausführliche, freundliche Passagen, Grüße, die Hoffnung, dass seine Frau und seine Kinder bei guter Gesundheit wären. Als sie fertig war, faltete sie die Seiten, schob sie in einen Umschlag, versah ihn mit einer Adresse in Stirling.

Der Brief an Rae. Ein Blatt Luftpostpapier, transparent, wenige Zeilen. Auf den Umschlag schrieb sie Aberdeen, Schottland.

Fernsehmusik drang in den Raum, die Stimmen von *Ich und Mama und Travolta*. Sammar zog den Reißverschluss des Koffers auf und inspizierte ihre Winterkleider. Sie faltete die Wollsachen auf und roch Winter und europäische Wolken. Sie streifte ihre Handschuhe über, zog sie wieder aus, sah ihre Nylonstrümpfe, seit einem Jahr hatte sie keine Nylonstrümpfe mehr getragen. Ihr hennafarbener Dufflecoat, das Seidenfutter. Sie würde ihn wieder tragen, wenn sie nach Aberdeen zurückging, die Knebel anstelle der Knöpfe ... In einer Manteltasche fand sie den Parfümflakon, oval, bernsteinfarben. Sie öffnete ihn und atmete den Duft ein, vergaß den Geruch von Trockenbohnen und Reis. Sie fuhr mit der Hand über einen Schal, zu warm für Khartoum, Herbstblattmuster.

Morgen früh würde sie zur Post gehen. Sie würde Briefmarken kaufen. Farbenfrohe Briefmarken. Eine Landkarte des Sudan oder Dschungeltiere: ein Elefant, ein Rhinozeros, ein Nilpferd. Sie würde die Briefe in der Hand halten und in der Sonne vor dem Briefkasten stehen. Zögern, bevor sie sie einwarf. Dann von einem Tag zum nächsten leben, Nahla bei den Vorbereitungen zu ihrer Hochzeit helfen und warten. Warten. Sie hatte Rae geschrieben: *Bitte komm mich besuchen. Bitte. Ich bin hier...*

23

Als sie zwei Wochen später das Tor aufmachte und ihn sah, lachten sie beide, als gäbe es Grund, über alles zu lachen. Und sie war nicht so schüchtern wie befürchtet, nicht verlegen. Er sah älter aus, als sie ihn in Erinnerung hatte, gleichzeitig aber auch jünger. Ein paar graue Haare mehr, doch wie einem Jüngeren sah man ihm die weite Reise nicht an, keine Erschöpfung. Er sagte: »Ich hab den ganzen Tag gebraucht, um das Haus zu finden«, und auch das war lustig. Den ganzen Tag nach dem Haus gesucht, nach ihrem Haus. Den ganzen Tag auf der Suche nach ihr, dabei hatte sie sich nicht versteckt, sich nicht hinter einer Maske verkrochen, sie wollte gefunden werden. Sie wollte ihn so vieles fragen – Warum hatte er sich verirrt, wo war er untergebracht –, doch all die Fragen schienen nebensächlich, nicht dringlich. Nur die Gegenwart, das schwere Eisentor unter ihrer Hand, das sie nun wieder schloss, warm und mit Sonnenstreifen. Ihre Schritte auf dem Zementboden des Autostellplatzes, ihre Kleider, die den Staub von Hanans Wagen wischten. Sie stiegen über Amirs Fahrrad, das auf der Treppe zum Garten lag. Sammar sah ihn an, war geblendet von der Sonne, weil sie schnell nach draußen gelaufen war, als es geklingelt hatte, aus Angst, die anderen könnten wach werden, und hatte dabei ihre Sonnenbrille im Haus vergessen.

Normalerweise klingelte es um diese Zeit nicht, kam kein Besuch. Nach dem Mittagessen, die Sonne stand im Zenit, hatte sie alle anderen schlafen lassen, selbst die Kinder. »Schlaft, oder ihr dürft heute Abend nicht mit zu Nahlas Hochzeit«, hatte sie ihnen angedroht, und sie waren tatsächlich eingeschlafen.

Sammar musste Rae für einen Augenblick alleine lassen, um drinnen Polster für die Gartenstühle zu holen, eine

Tischdecke. Sie musste sich leise bewegen, um niemanden zu wecken. In der Küche zögerte sie kurz, Pepsi oder Miranda? Was würde ihm besser schmecken, sie hätte fragen sollen, nun musste sie raten. Pepsi aus dem Kühlschrank. Eiswürfel und keinen Lärm machen, wenn sie den Eisbehälter über der Spüle auf den Kopf stellte. In der Küche stehen, Wasser über das Eis laufen lassen, den nächsten Schritt überlegen, ein Glas, ein Tablett, das Eis nach draußen bringen ... Überfluss nach der mageren Zeit, der rauen, mageren Zeit.

Im Garten konnte man sich leicht unterhalten. Pepsi ins Glas gießen, zusehen, wie es schäumte, winzige Spritzer auf der Tischdecke, dann sehen, wie es sprudelte. Über den wackligen Tisch reden, über die Kooperative gegenüber, über Dianes inzwischen abgeschlossene Dissertation.

Mhairi war vom Pferd gestürzt, es ging ihr zwar gut, doch der Sturz hatte ihr einen Schrecken eingejagt. Rae erzählte von seinen neuen Studenten, woher sie kamen, woran sie arbeiteten. »Ich schreibe ein Sachbuch«, sagte er, »eine Einführung in die Politik Nordafrikas. Ich fand, es war an der Zeit, ein Sachbuch zu schreiben, statt mich ausschließlich auf die Analyse aktueller Ereignisse zu konzentrieren.«

Er trank seine Pepsi, und die Eiswürfel schmolzen schon, wurden glatt und hell an den Rändern. »Macht man das so bei euch«, fragte er, »Gästen zu trinken anbieten und selbst nichts trinken?«

Sie nickte lächelnd, das war so Brauch, ja. »Mit welcher Fluggesellschaft bist du hergekommen?«

»KLM. In Amsterdam bin ich umgestiegen. Aberdeen, Amsterdam, Zwischenstopp in Kairo, etwa eine Stunde Aufenthalt. Um zwei Uhr früh war ich hier.« Er lächelte und sah sie an: »Um die Zeit hast du noch geschlafen.«

Um zwei Uhr morgens hatte sie noch fest geschlafen, die Maschine nicht gehört, die auf dem nahen Flughafen gelandet war. Doch später, bei Tagesanbruch, hatte sie den *Azan* gehört und war aufgestanden, um zu beten. Ein neuer Morgen, um Vergebung bitten, sagen, dass Allahs Wille und Kraft einzig ist, ohne zu wissen, ohne zu ahnen, was der kommende Tag für sie bereithielt.

»Ging alles gut am Flughafen?« Hin und wieder machte man Ausländern das Leben schwer, durchsuchte ihr Gepäck ausnehmend gründlich und bedächtig, stellte viele Fragen.

»Bestens, ohne Probleme. Das Transportband war zwar kaputt, und es hat ewig gedauert, bis das Gepäck draußen war, aber im Grunde keine Probleme. Seit ich reise, ging zum ersten Mal alles glatt. Das liegt sicher daran, dass ich in guter Absicht unterwegs bin.«

Sammar lächelte, und sie schwiegen eine Weile. Er hielt sein Glas in der rechten Hand, jetzt Eis und Pepsi zu gleichen Teilen.

»Warum hast du Fareed gesagt, er soll mir schreiben, warum hast du mir nicht selbst geschrieben?« In ihrer Frage lag weder Klage noch Vorwurf. Fareeds Brief war hilfreich gewesen: offiziell, korrekt, genau das, was sie brauchte. Sie konnte ihn Waleed und Hanan zeigen und ihnen sagen: »Ihr müsst mit Mahasen reden, ihr müsst es ihr sagen, es wird leichter für sie, wenn sie es von euch hört.«

»Ich wollte alles richtig machen«, sagte Rae. »Ich hatte Angst, du wärst verheiratet, verdient hätte ich es ja...«

»Nein. Nein, unsere Nachbarin nebenan heiratet.« Sie redete noch immer wirres, zusammenhangloses Zeug.

»Wie heißt sie?«

»Nahla.« Sammar fiel auf, wie schön der Name war. Und wie schön, dass sie nebenan wohnte und dass sie heute Abend Hochzeit feierte. Der syrische Klub, viel Platz im Freien, laute Musik und ein leichter Wind, man würde Wollsachen über den besten Kleidern tragen. Rae könnte mitkommen. Sammar würde ihn Waleed und allen Bekannten vorstellen.

»Und Nahla ist deine Freundin?«

»Ja, obwohl sie viel jünger ist als ich. Und sie geht nach Qatar, Yasmin ist auch dort.«

»Würdest du gerne nach Qatar fahren?«

»Eines Tages gern, ja.«

Sie strahlte, war ganz für ihn da. Stattdessen sollte sie ihm Vorwürfe machen, der Vergangenheit wegen, sollte praktische Dinge mit ihm besprechen. Wo war sie mit ihren Gedanken? Gelber Rasen und die Bäume nicht gestutzt, der vertraute Geruch nach Jasmin und Erde.

»Ich finde«, sagte er, »wir sollten dieser Folter ein Ende machen.«

»Welcher Folter?«

Er lachte und fuhr sich mit der Hand übers Gesicht. Für sie bestand Folter in jenen Tagen, in denen sie eine weltliche, vernünftige Stimme hatte sagen hören, jemand wie er wird nie Muslim. Die Stimme maß die Distanz zwischen ihnen, berechnete die Wahrscheinlichkeit, dass er jemand anderen hatte, eine andere Frau, mit freundlicheren Augen, unbeschwerter...

»Ich meine«, sagte er, »wenn wir noch in dieser Woche heiraten, könnten wir irgendwo hinfahren. Wir hätten Zeit, weil ich erst Mitte Januar wieder in Aberdeen sein muss. Ich dachte an Aswan, warst du schon in Aswan?«

»Nein.« Sammar sprach leise, unterdrückt, in Erinnerung an jene böse Stimme.

»Ich auch noch nicht«, sagte er und sah, wie sich der Ausdruck in ihren Augen veränderte. »Der große Damm ist nicht weit von der Stadt weg – Nassers Riesenprojekt. Es heißt, der Süden Ägyptens hat sehr viel Ähnlichkeit mit der Gegend hier, das Klima, der Boden. Das wäre schön, was hältst du davon?«

Sie lachte: »Es wäre schön.«

»Du könntest Amir bei deiner Tante lassen, und wir kommen wieder hierher und gehen dann gemeinsam zurück nach Aberdeen.«

Sie nickte, doch es schien ihr kompliziert, erst nach Norden zu reisen, dann nach Khartoum zurückzukommen. »Damals in Aberdeen wäre es leichter gewesen, an dem Tag, an dem so viel Schnee lag...«, sie verschluckte den Rest. Das hätte sie nicht sagen sollen. Er würde über diesen Tag nicht sprechen wollen.

Als er sprach, klang seine Stimme gefasst: »Im Koran heißt es, reinen Männern sind reine Frauen bestimmt ... und ich war damals nicht klar, nicht rein genug für dich ...« Er blickte hoch, zum Haus, und auch Sammar wandte den Kopf. Dalia kam die Stufen der Veranda herab, verschlafen, Haarsträhnen schauten aus ihren Zöpfen heraus. Sie kam auf Sammar zu, setzte sich auf die Armlehne ihres Stuhles und legte ihren Kopf an Sammars Schulter. Sie starrte Rae an, noch zu verschlafen, um richtig neugierig zu sein.

»Schläfst du noch?«, fragte Sammar auf Arabisch, nachdem sie Rae in seiner Sprache erklärt hatte, wer Dalia war. Dalia nickte und rieb sich die Nase.

»Willst du dem Herrn nicht die Hand geben?«

Dalia schüttelte den Kopf.

»Er spricht Arabisch«, sagte Sammar. »Du sprichst doch Arabisch, oder«, fragte sie Rae.

»Ein paar Brocken, nicht sehr viel«, sagte er.

»Er spricht gar nicht richtig«, flüsterte Dalia Sammar ins Ohr und brachte sie zum Lachen.

»Er muss mehr üben«, flüsterte sie zurück, »aber sei lieb und sag *Salamu alleikum.*«

Dalia sagte guten Tag, sah inzwischen wacher aus, hob ihre Hand leicht, ein schüchterner Gruß.

»*Alleikum al-salaam*«, antwortete er. Dalia lachte und richtete sich noch weiter auf. Ihr Blick fiel auf Amirs Fahrrad, das herrenlos in so greifbarer Nähe lag.

Sammar und Rae schauten ihr hinterher, während sie sich von ihnen entfernte, ihr Hauskleid zerknittert und zu klein, der Reißverschluss am Rücken ein Stück weit offen. Sie stieg aufs Fahrrad und fuhr langsam davon, hinters Haus.

»Du wirst ihr fehlen«, stellte Rae fest und klang bestimmt. Klar für Sammar, dass sie Khartoum tatsächlich verlassen und mit ihm nach Aberdeen zurückkehren würde. Sie würde Dalia verlassen, ihr nicht mehr nahe sein, ohne die tägliche Nähe, Essen, Schlafen, Nähe. Sie würde Amir seiner Cousine wegnehmen, seiner Großmutter, seinem Haus. Sie würde ihn an einen Ort mitnehmen, der nur grau war, Geräusche von Wolken gedämpft, in eine neue Schule, in der er nicht besonders gerne gesehen wäre, angestarrt würde. Und sie würde diese Stadt hinter sich lassen, ihren staubigen Wind und ihre Gerüche.

»Wenn ich anders wäre, stark und unabhängig, würde ich dir jetzt sagen, nein, ich will nicht mit dir zurückgehen, ich will meine Familie nicht verlassen, ich liebe mein Land zu sehr«, sagte sie und klang spielerisch und traurig zugleich.

Er schien nicht überrascht. »Du bist aber nicht anders.«

Eine Fliege flog in lautlosem Sturzflug das Tablett an und landete auf dem Rand des leeren Glases. Sammar beugte sich vor und verscheuchte sie mit einer Handbewegung.

»Jetzt ist es zu spät«, sagte er.

»Ich weiß.« Sie hatte ihre Chance, und doch war es ihr nicht gelungen, ihn durch ihr Land oder irgendetwas anderes zu ersetzen.

»Unsere Religion ist weder eine Religion des Leids«, sagte er, »noch ist sie an einen bestimmten Ort gebunden.« Seine Worte gaben ihr das Gefühl, ihm nahe zu sein, aufgehoben, näher als je zuvor, denn von nun an war es »unsere«, nicht allein ihre. Und er verstand. Keine Religion des Pathos, keine Religion, die für Vergebung Opfer verlangte.

Er sagte: »Mir ist irgendwann klar geworden, dass es nicht darauf ankam, wie viel ich über den Islam gelesen oder wie viele Fakten ich gesammelt hatte. Kenntnisse braucht man, keine Frage. Doch der Glaube, der kommt direkt von Gott.«

»Ein Wunder«, dachte sie. Seit sie Fareeds Brief bekommen hatte, wachte sie nachts oft auf, lächelte im Dunkeln, staunte über das, was geschehen war, und fand keinen Schlaf mehr.

»Nachdem du abgereist warst«, sagte er, »dachte ich, wenn mir das nicht genug Anreiz gibt, zu konvertieren, dann wird nichts anderes mich dazu bringen, und ich fühlte mich krank, durcheinander, aus dem Gleichgewicht.« Einmal, erzählte er, verpasste er einen Flug nach Paris. Eine Konferenz mehr, ein Vortrag mehr. Er war spät dran, hatte die Nummer des Flugsteigs nicht richtig gelesen. Er lief, atemlos, durch Gänge voller Menschen, fröhlich und braun gebrannt, zurück aus dem Urlaub, mit Kindern, die Mickey-Mouse-Luftballons vor sich her trugen. Als er endlich am richtigen Flugsteig ankam, war es zu spät. Er ließ sich in einen Stuhl fallen, zog sein Inhalationsgerät aus der Tasche, um zu atmen, nur zu atmen, und sah durchs Fenster seine Maschine, die zurücksetzte und davonrollte.

»Ich war ausgebrannt. Die ganze Rennerei für die Katz«, er lachte und begrub sein Gesicht in den Händen. Als er den Kopf wieder hob und sie ansah, lachte sie über seine Beschreibung der hektischen Gänge voller Mickey-Mouse-Luftballons.

Dann erzählte er über die Zeit seiner Krankheit. Ein neuer Asthmaanfall, draußen in Aberdeen Stürme, die die Bäume schüttelten, und er, in seinen vier Wänden, musste um Luft ringen. Wie lang kann eine Nacht sein, wie hart ohne Schlaf? Luft einatmen, die nicht in die Lungen, nicht nach innen will. In dieser hilflosen Lage, in dieser Erniedrigung, das Bedürfnis zu beten. Das, sein Gefühl, weder erhaben noch gelassen. Kein Gebet zum Wohl der Menschheit oder um Erfolg, sondern einzig, um zu atmen.

»Was ich am meisten bedaure«, sagte er, »ist, dass ich früher Dinge geschrieben habe wie ›Der Islam gibt denjenigen Würde, denen das Leben sonst Würde verwehrt‹, als ob ich selbst ohne Würde auskäme.«

Wieder zog eine Fliege Kreise über dem Tablett. Sammar verscheuchte sie.

Er sagte: »Ich war doch erstaunt. Ich hielt mich nicht für jemanden, der eines Tages religiös werden würde ...«

»Ich schon. Ich hatte immer das Gefühl, dass eine Schwere, eine Stille in dir ist.«

»Die religiöse Dimension, die in jedem steckt?«

»Vielleicht.« Ihr erschien es als etwas, das in ihm schlummerte, fest schlief, reglos. Etwas, dem sie hatte näher kommen, nahe sein wollen, wenn es erwachte.

Er sagte: »Schließlich war ich nur noch einen Schritt davon entfernt, es für mich selbst zu wollen, unabhängig von der Arbeit, und dann kam alles ganz plötzlich. So empfand ich es.«

»Wie denken die anderen im Fachbereich darüber«, fragte sie. »Hast du's ihnen gesagt?«

»Ja ... sie glauben, ich stecke in meiner Midlife-Crisis.« Er lachte leise und schaute zur Kooperative auf der anderen Straßenseite.

Sie runzelte die Stirn, fragte sich, ob er in ihren Augen seine Glaubwürdigkeit als objektiver Beobachter des Nahen Ostens eingebüßt hatte. Sie sagte ihm, dass Yasmin einmal erwähnt hatte, er würde beruflichen Selbstmord begehen, wenn er konvertierte.

»Ich hab mir inzwischen einen Namen gemacht«, antwortete er. »Zerbrich dir nicht den Kopf. Mich beunruhigt das nicht.«

Er hatte Recht, sie sollte sich keine Gedanken machen, Allah würde Sorge treffen, Allah würde es geben, sie sollte sich nicht sorgen.

»Ich bewundere dich so sehr...« Sie senkte den Blick, schaute auf den Rasen. Als sie den Kopf wieder hob, lag Freundlichkeit in seinem Blick und in seiner Stimme.

Dalia drehte eifrig weiter Fahrradrunden ums Haus, klappernde Räder auf dem Zementboden des Stellplatzes. Ein kurzer Blick zu Sammar und Rae, und schon war sie wieder hinterm Haus verschwunden.

»Ich hab eine Ratte in meinem Hotelzimmer«, sagte er. Sie lachte ungläubig und angewidert und fragte ihn, was sie völlig vergessen hatte, in welchem Hotel er wohnte.

Er nannte eines der älteren Hotels, mit Blick auf den Nil. Es hatte bessere Zeiten erlebt. Doch Ratten sollten sich dort nicht tummeln. Rae hatte das Tier nachts gehört, an der Wand hinter dem Schrank.

»Wie schrecklich«, sagte sie entschuldigend. Immerhin war das ihr Land, er war ihr Gast.

»Die Dusche funktioniert nicht«, sagte er. »Das ist schlimmer als die Ratte ... finde ich.«

»Hast du dich beschwert?«

Er nickte. »Sie haben versprochen, die Dusche zu reparieren. Vorläufig haben sie mir einen Eimer und einen Krug hingestellt. Doch die Ratte schien sie völlig kalt zu lassen.«

»Das tut mir Leid«, sagte sie, empfand Mitleid mit ihm, der sich in sein Schicksal gefügt zu haben schien.

»Die Aussicht ist allerdings fantastisch«, sagte er. »Das Zimmer hat einen Balkon und der Fluss heute früh, sehr malerisch.«

Sie stellte sich vor, wie er auf dem Balkon stand und über den Nil schaute. Das Hotel stammte noch aus der Kolonialzeit, von den Briten gebaut, einst glanzvoll und überragend. Inzwischen ein verschlafenes, verfallendes Haus, das Ratten duldete und Duschen, die nicht funktionierten. Doch die Aussicht hatte sich nicht verändert, Natur im Überfluss, der letzte Abschnitt des Blauen Nil, bevor er einen Bogen machte und sich mit dem anderen Fluss vereinte, die Farbe änderte und gen Norden floss.

Rae beschrieb die Aussicht vom Balkon aus, seine ersten Eindrücke von Khartoum. Gestern Abend: der schwach beleuchtete Flughafen, die Ruhe. Der Taxifahrer erklärte ihm, dass eine Ausgangssperre bestand, Flughafen-Taxen aber Passierscheine hatten. Auf dem Weg zum Hotel waren sie an einer Straßensperre angehalten worden, ein Kontrollposten. Der Polizist trug einen grauen Mantel, Gewehr über der Schulter. Nach einer Begrüßung verlangte er den Passierschein des Taxifahrers, überprüfte ihn im Licht des Autoscheinwerfers. Er fragte Rae nicht nach seinen Papieren.

»Die Straßen sind so dunkel, wie du sie beschrieben hast«, sagte Rae. »Überraschend, so auf Mond und Sterne angewiesen zu sein.«

Er würde diese Stadt nicht vergessen, meinte er. Würde sich sein Leben lang an sie erinnern. Ihre Luft schien ungeschützt, zart, und dieser Eindruck wurde durch die flache Wüste und den imposanten Himmel noch verstärkt. Er fragte nach Umdurman. Weit weg von hier?

»Umdurman«, sagte sie, »ist noch schöner. Über die Brücke, an deinem Hotel vorbei. In Umdurman liegen Heilige begraben.«

Er sagte: »Als ich klein war, hatte mein Vater alte Landkarten. Karten, auf denen Eritrea und Palästina existierten. Ich studierte sie gerne. Damals las ich den Namen Umdurman, nahe der blauen Linie des Nil. Ich wiederholte im Stillen Umdurman, wieder und immer wieder, ich mochte den Klang.«

Sie würden also nach Umdurman fahren, vor ihrer Rückreise. Zwischen alten Häusern spazieren, über den Kamelmarkt.

»Der Staub hier«, frage sie, »ist der nicht schlecht für deine Lunge?«

»Der stört mich nicht. Mein Asthma ist intrinsisch. Das trockene Klima tut mir gut. Hier ist es sehr trocken, hab ich bemerkt, gut für die Knochen.«

»Du wirst doch nicht alt?«, fragte sie lächelnd.

Er lachte. »Anfangs taten mir beim Beten die Knie weh, und ich dachte auch, ›du wirst alt‹, aber inzwischen hat der Schmerz nachgelassen ...«

»Das hab ich verpasst, wie du beten gelernt hast ...« Die Geräusche des Gartens, ein Auto auf der Straße, weit weg.

»Einsam ist es«, sagte er, »man kommt nicht drumherum.«

»Um was?«

»Den Weg des Geistes. Den geht jeder mit sich allein.«

Dalia wollte das Fahrrad auf die Veranda heben. Nach einiger Mühe gelang es ihr, und Sammar und Rae sahen sie zwischen Kakteen und Bougainvilleen hin und her radeln, die Reifen geräuschlos auf den Verandafliesen.

»Komm, wir spielen ein Spiel!«, sagte ich. Ich wollte, dass meine Augen leuchten, um ihm zu gefallen.

»Wir schenken uns gegenseitig Gedanken«, sagte er. »Sie verlassen uns, nehmen Gestalt und Farbe an und werden zu richtigen Geschenken.«

»Du zuerst«, sagte er. »Was habe ich dir geschenkt?«

Ich zeigte ihm drei Tücher. Ich entfaltete Seide, wüstenfarben, Wolle, mahagonibraun, weiße Baumwolle aus einer Wolke. Ich sagte: »Seide dafür, wie ich geschaffen wurde, Wolle, um mich zu wärmen.«

Er sagte: »Wolle, weil ich dich beschützen möchte, und Baumwolle, weil du rein bist.«

Dann sah ich mir an, was er von mir bekommen hatte. Eine Schüssel, glatt und sanft, mit einer milchigen Flüssigkeit, Moschusduft. »Ist es Parfüm?«, fragte ich, als hätte ich eben entbunden und wollte wissen, ob das Kind, das ich seit Monaten trug, ein Junge oder ein Mädchen war.

»Nein«, er hielt inne, sprach langsam, »es ist etwas von dir, das mich stärken wird.«

Als er sagte, was es war, schaute er verlegen zur Seite: »Bewunderung.«

Nachwort

Leila Aboulelas Roman *Die Übersetzerin* erscheint in Deutschland zur rechten Zeit. Denn während konservative Kräfte hierzulande sich fremden Einflüssen gegenüber zunehmend verschließen möchten, macht uns die Autorin das Angebot, die Welt des Islam zu entdecken. Ihr Roman handelt von Menschen, die sich auf die Reise machen, jenseits der eigenen Landesgrenzen finden, wonach sie lange suchten, und sich in anderen Kulturen häuslich einrichten. Leila Aboulela, geboren 1964, gehört selbst zu jener mobilen Generation.

Rezeption Hotel M., Harare, Zimbabwe, Mitte August 2000:

»Ich möchte Frau Aboulela gerne eine Nachricht hinterlassen.«

»Aboulela? Ah ja, die Preisträgerin!«

»Ja, Zimmer Nummer…«

»Wir müssen Sie enttäuschen, Frau Aboulela ist gestern abgereist.«

Anfrage beim deutschen Verleger, Ende August 2000: »Könnte ich Frau Aboulelas Adresse in Aberdeen haben?«

»Leila? Die lebt inzwischen in Indonesien.«

E-Mail aus Jakarta, Anfang September 2000: »Nach zehn Jahren in Schottland sind wir jetzt nach Indonesien umgezogen, und ich fühle mich wohl hier.«

Im Alter von 13 Jahren ging sie von Khartoum aus zum ersten Mal nach Großbritannien, gemeinsam mit ihrer Mutter, die an der London School of Economics promovierte. Dank der ungewöhnlichen Lehr- und Lernmethoden ihrer Mutter machte Aboulela zwei Jahre früher als üblich Abitur und studierte anschließend Wirtschaftswissenschaften und Statistik an der University of Khartoum. Ihr Mathematiklehrer, der ihr in der Grundschule noch »Zurückgebliebenheit« bescheinigt hatte, war damit eines Besseren belehrt. Eigentlich wollte Aboulela Kunst studieren. Der allgemeinen Erwartung »Wer so gute Abiturnoten hat, studiert das schwierigste Fach« entsprechend, entschied sie sich anders.

Nach ihrem Studium heiratete sie, bekam ein Jahr später ihr erstes Kind und ging 1987 wieder nach London, diesmal gemeinsam mit Mutter und Bruder, um an der London School of Economics weiter zu studieren. Während sie und ihr Bruder Vorlesungen besuchten, hütete ihre Mutter das Enkelkind (Aboulelas Mann arbeitete damals für eine Ölfirma im Jemen) und fand außerdem Zeit für eigene Recherchen im Rahmen ihrer Arbeit als Statistikerin. Aboulela schloss ihr Studium mit dem *M.Sc.* und dem *M.phil.* ab, zog 1990 nach Aberdeen, lehrte am Aberdeen College of Further Education, wurde wissenschaftliche Mitarbeiterin an der University of Aberdeen und begann 1992 zu schreiben. Sie hat mehrere Kurzgeschichten veröffentlicht, und *Cardamom*, ein von ihr mitverfasstes Hörspiel, wurde 1994 von BBC Radio 4 ausgestrahlt. Für ihre Kurzgeschichte *The Museum* erhielt sie im August 2000 den erstmals verliehenen *Caine Prize* für afrikanische Literatur.[1] *Die Übersetzerin* wurde sogar für den renommierten britischen *Orange Prize* nominiert.

Zurzeit lebt Aboulela mit ihrem Mann und drei Kindern in Jakarta, Indonesien. Sie plant unter anderem einen zweiten Roman, in dem sie uns vielleicht auch etwas über ihre Zeit im Goethe-Institut in Khartoum verraten wird, wo sie Deutsch gelernt hat.

In *Die Übersetzerin* porträtiert die Autorin Menschen, die in mehreren Kulturen zu Hause sind, erfolgreiche Pendler zwischen dem Süden und dem Norden, die sich weiterbilden, Geld verdienen oder einen neuen Lebenssinn finden wollen. In der Realität wie im Roman sind der Nahe Osten, Europa oder Asien Tummelplätze für Aussteiger, Umsteiger und Übersetzer. Der Originaltitel des Buches erweist sich für die deutsche Ausgabe als Glücksfall: Sammar arbeitet zwar als Übersetzerin, doch dieser Vorgang bleibt nicht auf die sprachliche Dimension beschränkt. Übergesetzt wird auch vom Christentum zum Islam oder zum Buddhismus, von der Trauer über den Tod eines geliebten Menschen zu neuer Lebensfreude. Sammars seelische Heilung zählt genauso dazu wie die Tatsache, dass beinahe alle Romanfiguren schließlich ihr persönliches Glück finden. Doch das Buch bietet mehr als nur leichte Kost mit Happyend; es ist vielschichtiger, als es auf den ersten Blick erscheint.

Der Einstieg in den Text gelingt nicht ganz mühelos, und ebenso mühevoll gestaltet sich Sammars Heilungsprozess. Der Textinhalt findet seine Entsprechung in Stil und Form. Denn so, wie Sammar daran zu arbeiten hat, ihre Trauer über Tarigs Tod zu überwinden, ist der Leser aufgefordert, sich in den Roman hineinzulesen, sich Orientierung zu verschaffen und Sammar zusammenzusetzen aus Zeitsprüngen, Lebensbrüchen, Satzfetzen. Und während wir Sammar näher kommen, stellt auch sie fest, dass sie »wieder ganz« wird, Trauer und Unsicherheit überwindet, und nach vier qualvollen Jahren ihr so genanntes Krankenzimmer gesund verlassen kann. Wer würde ihr verdenken wollen, dass sie sich in den Mann verliebt, der an ihrer Heilung maßgeblichen Anteil hat?

Zu dieser Annäherung von Sammar und Rae hat wesentlich das Telefon beigetragen. Beide werden sich in Ferngesprächen vertrauter als von Angesicht zu Angesicht; die Liebesgeschichte nimmt sehr dezent ihren Lauf. Diese unaufdringliche Art der Darstellung mögen nicht nur muslimische Leserinnen und Leser begrüßen. Der Roman, der sich keineswegs an ein ausschließlich muslimisches Publikum richtet, bietet im Gegenteil gerade Nicht-Muslimen die Möglichkeit, mehr über die Gefühlswelt einer Muslimin zu erfahren.

»Wer die Literaturgeschichte schätzt, wird staunen, wie viele Männer im Orient in allen Gattungen der Literatur bewandert waren zu einer Zeit, da unser Europa wie in eine schwarze Nacht der Unwissenheit und Barbarei gehüllt lag, und mit Vergnügen erkennen, welchen Beitrag jeder von ihnen für das Wachstum der Bildung geleistet. Wer solches studiert, hat eine des menschlichen Imperiums durchaus würdige Beschäftigung und die angenehmste Erquickung des Gemüts.«[2] Dieses Zitat stammt aus dem Jahre 1747, und die Literatur ist längst keine Männerdomäne mehr. Doch so wie der geniale Orientalist und Philologe Johann Jakob Reiske damals für das Studium islamischer Geschichte warb, will heute Leila Aboulela zum Abbau von Berührungsängsten mit dem Islam beitragen. Daher nimmt die offene Darstellung von Sammars Gedanken und Gefühlen, neben der Kritik an Europa und der Absage an radikal-islamische Strömungen im Nahen Osten, den größten Raum in ihrem Buch ein.

Sammar möchte als Muslimin wahr- und ernst genommen werden; sie wünscht sich von nicht-muslimischen Zeitgenossinnen und Zeitgenossen Respekt und Verständnis statt Samthandschuhe und Pseudotoleranz. Mancher Leser mag bemängeln, dass der Text streckenweise wie eine Vorlesung klingt, dort, wo ausführliche wirtschaftspolitische Abhandlungen – wir erinnern uns an Aboulelas Studienfächer – die Vorzüge des Islam untermauern, oder dort, wo der Leser sich selbst aufgefordert fühlen könnte, zum Islam zu konvertieren. Aber: Leila Aboulela ist Muslimin. Sie schreibt aus tiefer Überzeugung und möchte helfen, die falschen Vorstellungen auszuräumen, die der Norden vom

Süden hat. Doch nicht nur der Norden hat vorgefasste Meinungen. Der Roman porträtiert auch Menschen aus dem Süden – wie Mahasen und Waleed –, deren Weltbild von diffusen Sehnsüchten und Fehlurteilen geprägt ist und die sich kaum davon überzeugen lassen, dass das Leben im Ausland seinen Preis hat.

Neben den vielen glaubwürdig dargestellten Wegbegleitern von Sammar und Rae trägt zur eingangs erwähnten Mehrstimmigkeit des Romans auch bei, dass zahlreiche Fragen berührt werden, die sich seit jeher im Zusammenleben von Muslimen und Nicht-Muslimen stellen. Dabei gibt nicht nur der Islam Geheimnisse und Rätsel auf; auch die muslimische Welt ist gefordert, den christlichen Westen zu entschlüsseln. Beide Gesellschaften stehen heute zunehmend in Kontakt miteinander; sie täten deshalb gut daran, sich zu wandeln und aufeinander zu zubewegen. Doch: Werden junge Musliminnen und Muslime zunehmend westliche Werte annehmen? Und: Was kann der Islam zu nichtmuslimischen Gesellschaften beitragen? »... auf der Suche nach den Antworten ist uns eine aufregende und lebendige Zeit gewiss«, schreibt A.S. Ahmad in seinem Buch *Lebendiger Islam.*[3] Die Romanfigur Rae hat für sich in der *Shahada* eine klare Antwort gefunden: »*La ilaha illa 'Llah*. Es gibt keinen Gott außer Gott.«

Auch der Autor Charles Le Gai Eaton, nach eigenem Bekennen »ein Europäer, der vor vielen Jahren Muslim geworden ist, aus intellektueller Überzeugung«, scheint mit seinen Erläuterungen Sammars Geschichte zu interpretieren: »... für den gläubigen Christen gehören das ›Erhabene‹ und das ›Irdische‹ verschiedenen Dimensionen an, und durch eine Vermischung der beiden wird er beunruhigt. Der Islam kennt diese Unterscheidung nicht an ... Für den Muslim sind sein Gottesdienst und seine Art, mit körperlichen Funktionen umzugehen, sein Streben nach Heiligkeit und sein Handeln auf dem Markt, seine Arbeit und seine Mußestunden nur Elemente eines unteilbaren Ganzen ... Ein einziger Schlüssel öffnet die Tür zu der integrierten und fest gefügten Welt des Muslims. Dieser Schlüssel ist die Bejahung der göttlichen Einheit und alles dessen, was aus dieser Anerkenntnis folgt ...«[4] Und zum Thema Übersetzung schreibt Le Gai Eaton: »Diejenigen, die mit einem Bein in dieser, mit dem anderen in jener Tradition stehen, sehen sich verpflichtet, als Dolmetscher zwischen zwei verschiedenen Sprachen zu wirken, und müssen selbst beide einigermaßen fließend beherrschen.«[5]

Einen vielfältigen Austausch zwischen Europa und dem islamischen Orient gab es schon im 9. Jahrhundert. Und Übersetzer hatten daran erheblichen Anteil.[6] Ging damals aber der Kulturkontakt häufig mit Gewalt und Verwüstungen einher, so haben wir es heute leichter: Leila Aboulela macht uns mit ihrem Roman ein sympathisches Angebot. Dabei müssen wir in unserer Annäherung ja nicht so weit gehen wie Rae, der schließlich zum Islam konvertiert, um Sammar heiraten zu können ...

Im Dezember 2000 habe ich ein E-Mail-Interview mit Leila Aboulela geführt:

Nachdem ich *Die Übersetzerin* gelesen hatte, war ich fast sicher: Sammar ist Ihr Spiegelbild. Dann stieß ich im *Times Educational Supplement* vom August 2000 auf Ihr Interview mit Hilary Wilce und dachte, Sie sind ja eher Sammars Gegenteil: Das Leben macht Ihnen Spaß, mühelos verbinden Sie Wirtschaftswissenschaften und literarisches Schaffen, haben nicht nur ein Kind, wie Sammar, sondern drei. Auch wenn nun *Die Übersetzerin* keine Autobiografie ist, trägt nicht doch jede Romanfigur Züge der Autorin – bis hin zu Yasmins Mann, der auf einer Bohrinsel arbeitet, und Waleeds Frau, die Deutsch lernt?

Aboulela: In der Schule und an der Universität kannte ich viele Mädchen wie Sammar, sanftmütig, freundlich, mit ausdrucksvollen Augen. Doch obwohl ich sie immer bewundert, mich an ihnen orientiert habe, waren sie nie meine besten Freundinnen. Weil ich selbst eher schüchtern und zurückhaltend bin, hatte ich immer energische Freundinnen, die kein Blatt vor den Mund nahmen, ähnlich wie Yasmin im Roman. Sie haben mich unter ihre Fittiche genommen, und durch sie kam ich unter Leute. Ja, richtig, jede Romanfigur trägt Züge von mir und von Menschen aus meiner Umgebung. Sogar Rae. Wenn ich ein europäischer Mann wäre, wäre ich wahrscheinlich wie er.

Ihr Roman stellt die Gefühlswelt einer Muslimin dar und macht die Leserinnen und Leser gleichzeitig mit Grundsätzen und Riten des Islam vertraut. Genügt Ihnen der Gedanke, dass verschiedene Religionen friedlich koexistieren, oder soll Ihr Publikum erkennen: Der Welt wäre geholfen, wenn mehr Menschen den Islam so erlebten und Freude daraus schöpften wie Sie und Sammar und Rae? Oder ist diese Vorstellung müßig? Ihre Kurzgeschichte *The Museum* zum Beispiel erzählt genau vom Gegenteil, nämlich der Unmöglichkeit einer Annäherung von Christen und Muslimen.

Aboulela: Diese Frage ist nicht ganz einfach zu beantworten. Shadia in *The Museum* ist ein unreifer Mensch. Sie ist der Herausforderung nicht gewachsen, Bryan in ihre islamische Welt zu holen, obwohl er viel mehr Bereitschaft zeigt, viel weicher und umgänglicher ist als Rae. Shadia ist Muslimin und sich ihrer Identität bewusst, gewiss. Doch sie trägt so viel mehr Gepäck mit sich herum – die Bindung an ihre Eltern, ihre Karriereziele, ihre Eitelkeit, den Stolz auf ihren Status. Dadurch ist sie geschwächt, behindert. Im Gegensatz zu ihr hat Sammar das Gefühl, alles verloren zu haben, ihren Mann, ihren Status, ihre Familie und mehr. Das Einzige, was ihr geblieben ist, ist ihr Glaube, sie ist eine überzeugte Muslimin, mit sich im Gleichgewicht, hat innere Ruhe gefunden und bezieht daraus Stärke und Kraft für den schmerzvollen Kampf, den sie ausfechten muss, um Rae für sich zu gewinnen.

Ich hoffe, dass das, was ich jetzt sage, nicht so klingt, als wolle ich Ihnen einen Vortrag halten oder Sie belehren: Der Islam schließt alles ein, Menschen, Bäume, Berge, andere Pflanzen und Sonnensysteme, den unsichtbaren *Jinn* (Dämon, Geist, auch Teufel, d. Ü.), die, wie Gott uns durch den Koran mitteilt, aus Feuer erschaffen wurden. Der Islam erstreckt sich sogar auf andere Wesen und Welten, von denen wir nichts wissen. »Herr der Welten« (Plural), so nennt Gott sich im Koran, und der Begriff »Muslim« wird im Koran für all jene verwendet, die sich Gott ergeben haben. Salomon, Abraham und Jesus gebrauchen ihn, um sich und ihre Jünger zu bezeichnen. Anders ausgedrückt sind alle Dinge, alle Menschen Muslime (die sich Gott ergeben und sich in der Zeit auf Gott zu bewegen), bewusst oder unbewusst. Das Besondere an den Menschen (und am *Jinn*) ist, dass sie die Wahl haben. Anders als die Tiere, Pflanzen, Wolken, der Mond und andere, die sich nicht gegen Gott auflehnen oder ihn ablehnen können. Wir Menschen aber haben die Möglichkeit der Rebellion oder Ablehnung.

Andererseits aber bringt uns die Entscheidung für Gott auch einen großen Gewinn. Und an diesem Gewinn können alle teilhaben, denn der Islam ist nicht einer besonderen Nationalität, einem bestimmten Ort oder einer bestimmten Zeit vorbehalten. Der Roman will uns zeigen, dass der Islam offen ist, nicht mir oder dir gehört, sondern allen zugänglich ist, die ihn wollen. Wichtig ist auch, dass Rae die Materie kennt. Er hat den Islam studiert und weiß, wovon er redet. Doch er hat ihm stets als Akademiker gegenübergestanden, im Rahmen seiner Arbeit. Durch Sammar wird er zum ersten Mal dazu herausgefordert, ihn vom Gefühl her zu betrachten, ihn an sich heranzulassen als etwas, das ihm persönlich gut tut.

Es freut mich, dass Sie Erleben und Freude am Islam ansprechen und damit eine Seite sehen, die viele Menschen nicht sehen möchten, nämlich die Freude, die man am Islam empfindet. Was andere Religionen betrifft: Ich bin nicht sicher, ob ich in Rae einen Christen sehe. Er ist ein sehr weltlicher Mensch, durch seine Arbeit und Studien eindeutig von linksliberalem Gedankengut beeinflusst, das mehr oder minder gegen die Religion eingestellt ist. Ich ging in Khartoum auf ein katholisches Mädchengymnasium, und viele meiner Mitschülerinnen waren Christinnen. (Im Sudan lebt eine große christliche Minderheit.) Aber Rae stammt nicht aus der Welt der afrikanischen oder arabischen Christen in meinem Bekanntenkreis. Er ist eindeutig ein säkularer Europäer.

Nachdem Sammar sich erholt hat und wieder leben und lieben kann, spielt das Telefon eine wichtige Rolle für die Entwicklung ihrer Beziehung zu Rae. Umgehen Sie auf diese Weise die sonst eher üblichen »eindeutigen« Liebesszenen, um muslimische Leserinnen und Leser nicht zu vergraulen?

Aboulela: Ich wollte Sammar nicht vergraulen. Ich glaube, im Anfangsstadium der Beziehung hätte sie Angst bekommen und wäre geflüchtet, wenn Rae ihr physisch zu nahe gekommen wäre. So aber vermittelt er ihr geschickt ein Gefühl der Sicherheit und baut schrittweise Vertrauen und Nähe auf. In der arabischen Kultur wird das Telefon sehr häufig von Liebespaaren, sogar von Ehepaaren genutzt, deren Familien ihnen nicht gestatten, sich unbeaufsichtigt zu treffen.

Wir telefonieren zwar nicht miteinander, hatten aber bisher mehrfach per E-Mail Kontakt. Mir bleibt an dieser Stelle nur, Ihnen für die offenen Gespräche zu danken. Und hoffentlich dürfen wir bald mehr von Ihnen lesen!

Aboulela: Ich danke Ihnen. Ja, E-Mail ist schon wunderbar nützlich. So konnten wir uns unterhalten, obwohl wir uns in Harare verpasst haben. Ich freue mich auf die deutsche Ausgabe von *The Translator* und bin sicher, dass ich damit an meine angenehmen Erinnerungen an das Goethe-Institut in Khartoum anknüpfen kann.

Jutta Himmelreich

Anmerkungen

1 Gestiftet von dem 1999 verstorbenen Briten Sir Michael Caine zur Förderung afrikanischer Belletristik; der Preis ist mit 15 000 US-Dollar dotiert.

2 Zit. nach: Gerhard Endress, Der Islam – Eine Einführung in seine Geschichte, C.H. Beck, München 1991, S. 13

3 Akbar S. Ahmad, Lebendiger Islam, Econ, Düsseldorf 1992, S. 29

4 Charles Le Gai Eaton, Der Islam und die Bestimmung des Menschen, Diederichs, Köln 1987, S. 13 ff.

5 Ebd.

6 »Vom Reichtum des Orients und den Schätzen, die Karl der Große als Gesandtschaftsgeschenke entgegennahm, berichten schon karolingische Quellen. (...) Das in der arabischen Welt aufbewahrte Wissen der Antike gelangte, durch Vermittlung arabischer und jüdischer Übersetzer und Kommentatoren, zwischen dem 10. und 13. Jahrhundert nach Europa. Gerühmt waren die Übersetzerschulen auf Sizilien und in Toledo.« Hendrik Budde/Gereon Sivernich (Hg.), Europa und der Orient: 800–1900, Bertelsmann, Gütersloh/München 1989, S. 16